FJB

ALLY CONDIE

RIVER GOLD

Roman

Aus dem amerikanischen Englisch
von Stefanie Schäfer

FJB

MIX
Papier aus verantwortungsvollen Quellen
FSC® C083411

Erschienen bei FISCHER FJB

Die amerikanische Originalausgabe erschien unter dem Titel
»The Last Voyage of Poe Blythe« bei Dutton Books, New York.

Dieses Werk wurde vermittelt durch die
Literarische Agentur Thomas Schlück GmbH, 30161 Hannover.

Gesamtherstellung: CPI books GmbH, Leck
Printed in Germany
ISBN 978-3-8414-2224-8

Für Lainey, einen Stern

Call behauptet, einen Stern zu sehen, was mich zum Lachen bringt.

»Doch wirklich!« Seine Stimme klingt ernst, als er es mir ins Ohr flüstert.

Ich lege den Kopf in den Nacken. Er hat recht. Ein Stern. Er steht tief über dem Horizont. »Das macht sechs«, sage ich.

»Sieben«, erwidert er. »Das war wirklich ein Stern, den wir in der ersten Nacht auf dem Fluss gesehen haben.«

»War es nicht.« Wir streiten seit Wochen darüber, seit wir den Außenposten verlassen und den Schwimmbagger bestiegen haben, um flussaufwärts zu fahren.

Er lacht leise, dann küsst er mich wieder.

Oben auf dem Deck ist es einfacher, den lauten Krach unseres hungrigen Metallschiffs zu überhören. Aber es ist immer noch unmöglich, das unentwegte Stampfen und Schaben des Baggers zu ignorieren, während er sich auf der Suche nach Gold auf dem Fluss bewegt, Steine und Schotter aufnimmt und ausmahlt. Er reißt das Flussbett auf und lässt dafür Müll und Schlamm zurück, zerstört Täler, vernebelt den Himmel mit Rauchschwaden.

»All das nur, weil der Admiral eine Schwäche für Gold hat«, bemerke ich.

»Und ich habe eine Schwäche für dich«, sagt Call. Ich lache, weil es albern ist, so etwas zu sagen, doch es stimmt, und ich spüre, wie er lächelt.

»Es ergibt keinen Sinn«, sage ich. »Was nützt dieses ganze Gold?« Wir alle wissen, dass der Admiral den Außenposten weiterentwickeln will. Er denkt, dass eine größere Menge Gold dazu beitragen kann, aber ich bin mir nicht sicher, warum das so sein sollte. Wir haben genug abgebaut, um eine Weile damit auszukommen, und es gibt nicht viele Möglichkeiten, damit Handel zu treiben. Wir brauchen viele andere Dinge nötiger. Saubere Luft, mehr Wasser, bessere Medizin, Möglichkeiten, die Böden zu regenerieren. Gold kann aber nichts anderes, als uns die Zeit bis zu unserem Tod zu verzieren.

»Wen interessiert das?«, fragt Call. »Wenn der Admiral nicht so unbedingt Gold wollte, wären wir nie hierhergekommen.«

Call sagt öfter so etwas, aber ich habe seinen Gesichtsausdruck gesehen, wenn er die Zerstörung betrachtet, die wir hinterlassen. Ein aufgewühltes Flussbett, alles Leben erstickt, damit wir das Gold rausholen können.

Wenn auch der Gedanke an das Verderben, das wir verursachen, mich erschauern lässt, so kann ich doch die Sterne zählen, solange ich noch die Möglichkeit dazu habe. Schon jetzt, nach zwei Wochen auf dem Fluss, habe ich mehr entdeckt, als die meisten Menschen im Außenposten in ihrem ganzen Leben zu sehen bekommen.

»Es war eine gute Idee, mitzufahren«, flüstert Call. »Gib es zu.«

»Eine gute Idee!«, erwidere ich spöttisch. »Eine echt gute

Idee, unsere Tage im Bauch eines lärmenden alten Baggerschiffs zu verbringen, das laut genug ist, um uns taub zu machen. Eine gute Idee, nächtelang hier oben zu stehen, Wache zu halten und uns die Augen zu verderben, indem wir die Dunkelheit nach Gefahren absuchen.«

»Eine *sehr* gute Idee«, sagt er.

Call hatte bei seiner Arbeit auf dem Schrottplatz einige Maschinisten dabei belauscht, wie sie sich über die Baggerfahrten unterhielten. »Es ist kein idealer Job«, sagten die Maschinisten zu Call. »Es ist gefährlich, und du musst den Außenposten verlassen.« Für Call klang das jedoch mehr nach einer Verheißung als nach einem Nachteil.

»Es ist die einzige Möglichkeit, die Welt zu sehen, Romy«, sagte er zu mir. »Der einzige Weg, wie du den Staub des Außenpostens von deinen Füßen schütteln kannst.«

Und wir wussten beide, dass uns das Anheuern auf dem Baggerschiff eine Möglichkeit bot, zusammen zu sein, ohne uns niederzulassen und Babys zu bekommen und den ganzen Tag, jeden Tag, an denselben Orten zu arbeiten und dieselben Dinge zu tun.

Und dann ist da noch das größte Geheimnis, der schönste Traum von allen.

Wir wollen abhauen.

Am Wendepunkt werden wir uns davonmachen. Weglaufen. Frei sein.

Ich stelle es mir die ganze Zeit vor. Blaue Seen. Duftender Wald. Geräusche anderer, nichtmenschlicher Lebewesen, die den Wald bewohnen und denen es egal ist, was wir sind. Wir überleben womöglich nicht lange in der Wildnis, aber wer weiß. Vielleicht haben wir doch eine Chance.

Ich würde lieber von einem wilden Tier zerrissen werden, als auf nichts zu warten. Und es nützt nichts, sich Gedanken darüber zu machen, was später passieren könnte.

Stattdessen denke ich an jetzt. Ich mag das Jetzt. Ein Kuss auf dem obersten Deck des Baggers unter einem verrußten Sternenhimmel und Calls Hände, die mich berühren.

»Sollen wir jemanden von der Besatzung einladen, mit uns zu kommen, wenn wir gehen?«, fragt Call.

Auch darüber haben wir schon öfter diskutiert.

»Nein«, entgegne ich. »Nur wir beide.«

Call seufzt in mein Ohr, Metall schrammt und kratzt über Stein, die Aufbereitungsanlage im Inneren des Schiffes dreht das Gestein und die Sedimente und siebt das Gold heraus, Wasser klatscht gegen Fels und Metall.

Dann ertönt die Glocke aus dem Minendeck.

Ich fluche, weil ich weiß, was das bedeutet. Sie brauchen Hilfe beim Hauptmotor des Baggers, der alle Systeme auf dem Schiff antreibt.

»Mach schon«, drängt Call. »Umso schneller kannst du wieder raufkommen.«

Die Abenddämmerung gleitet allmählich in die Nacht über.

»Sei vorsichtig, während ich weg bin«, sage ich. »Pass auf die Piraten auf.«

»Ich passe besser auf, wenn du nicht da bist«, erwidert er, und selbst im schwachen Licht erkenne ich, wie sich seine Mundwinkel zu einem Lächeln kräuseln.

»Das stimmt«, sage ich. »Ich bleibe wohl besser unten.« Das ist kein Scherz. Vielleicht waren wir zu aufgeregt vor lauter Freiheit, der frischen Luft.

»Romy«, sagt Call. »Mach dir keine Sorgen. Wir haben hier am Fluss noch keinen einzigen Piraten gesehen.«

Vielleicht sterben sie aus. Jeder weiß, dass das irgendwann passieren wird.

Der Außenposten ist der einzige Ort, an dem man überleben kann. Der einzige Ort mit zuverlässiger medizinischer Versorgung, genügend Nahrung und dem Schutz des Admirals und seiner Miliz. Man gibt einen Teil seiner Freiheit dafür auf, aber die meisten sind der Meinung, es sei ein fairer Handel.

Call berührt meine Hand im Dunkeln, als ich gehe.

»Da«, sagt Naomi, als die Fördermaschinerie wieder anspringt, ein konstantes, tiefes Brummen und Schleifen, das ein Teil von einem wird, wie ein Herzschlag. Der Hauptmotor wird von Solarzellen und Batteriespeichern angetrieben und aktiviert alles auf dem Bagger über Nebenantriebe. Das Fördersystem ist das lauteste. Wir haben es aus dem ursprünglichen System des Baggers zusammengeschustert, weil wir nicht über die nötigen Mittel verfügten, um es komplett zu ersetzen. Die Eimer bewegen sich auf ihrer Kette, die Siebtrommel, die das Gold vom Gestein trennt, rotiert, alles klirrt und dreht sich und mahlt. Schweiß rinnt über Naomis gebräuntes Gesicht. Sie wischt sich die Hände an einem Lappen ab und nickt Nik und mir zu. »Danke.«

»Gern geschehen«, sagt Nik. Wir müssen schreien, um das Getöse des Goldbaggers zu übertönen. Oft lesen wir den anderen von den Lippen ab. »Tut mir leid, dass wir dich runtergerufen haben, Kleines«, sagt er zu mir. In der Beleuchtung unter Deck sieht sein Gesicht gruselig und doch freundlich aus.

»Und, Sterne auf dem Oberdeck?«, fragt Naomi.

»Ja, einen haben wir heute Abend schon gesehen«, antworte ich. »Du solltest auch hochkommen.«

Nik lacht. »Das ist doch nicht dein Ernst. Du und Call, ihr wollt das Deck doch lieber für euch allein haben.«

Ich verdrehe die Augen, obwohl er recht hat. Aber Naomi und Nik folgen mir beide die Treppe hinauf. Wir lechzen nach frischer Luft, nachdem wir unten auf dem Minendeck waren. Während wir klettern, weht der Geruch von nächtlichen Brisen und vielleicht sogar von Pinienwäldern irgendwo in der Nähe zu uns hinunter. Ich atme ein. Das alles ist es wert.

»Call«, rufe ich, als ich auf das Deck komme, aber er ist nicht dort, wo ich ihn zurückgelassen habe. Ich sehe mehrere Gestalten im Licht der schwachen Scheinwerfer umhergehen, die die Basis des Decks umrahmen. Wer ist noch hier oben? Ein Teil der Crew? »Hey«, sage ich, gehe hinaus auf das Deck, und dann packt Naomi mich fest am Arm und hält mich zurück.

Die Gestalten kommen näher, nehmen Form an. Sie verwandeln sich von Schatten zu Menschen, deren Gesichter ich nicht kenne.

Piraten!

»Wir wollen das Gold!«, sagt einer von ihnen. »Sagt uns, wo es ist. Sofort!«

Meine Gedanken überschlagen sich. Meine Augen huschen umher.

Wo ist Call?

Er hatte keine Zeit, den Alarm auszulösen. Hatte er Zeit, sich zu verstecken?

»Sagt uns, wo es ist!«, fordert ein anderer Pirat. »Oder wir töten euch alle und nehmen es trotzdem.«

Ich sehe Naomi und Nik an. Sie haben die Hände gehoben.

»Ihr könnt uns nicht alle töten«, erwidere ich. »Ihr braucht uns lebend. Ihr wisst nicht, wie man den Bagger führt.«

»Ihr zwei, bringt uns nach unten!«, sagt der Pirat zu Naomi und Nik. »Zeigt uns, wo das Gold ist, oder wir erschießen euch.« Er gestikuliert in meine Richtung. »Haltet sie hier oben fest!«

Die Piraten richten ihre Waffen auf mich. Mein Verstand will, dass ich am Leben bleibe. Mein Herz ist krank vor Sorge um Call. Aber er ist schnell. Er ist gut. Er versteckt sich wahrscheinlich irgendwo und wartet auf seine Gelegenheit. Auf den Moment, in dem er sie alle überwältigen kann.

Ein kurzer Moment vergeht.

Und dann höre ich ein schreckliches Geräusch: Der Motor des Baggers schaltet sich ab. Sie legen uns still.

Ich bewege mich vorsichtig zum Rand des Decks. Warten da unten im Wasser noch mehr Piraten? Konnte Call entkommen? Steht er reglos im Fluss und hofft, dass ich über die Reling schaue? Wartest du darauf, mich aufzufangen, wenn ich springe?

Wenn es so wäre, könnten wir immer noch entkommen. Wir könnten weglaufen und nicht zurückblicken.

»Nur zu«, sagt der Pirat, der mich bewacht. »Schau es dir an.«

Ich werfe einen Blick über den Rand. Lichtpunkte tanzen auf den Wellen – Piraten in Booten, die Fackeln halten. Mindestens drei Dutzend von ihnen warten da unten, zusätzlich zu denjenigen, die bereits auf dem Schiff sind.

Wie kommt es, dass es so viele sind? Sie sollten doch im Aussterben begriffen sein?

Nur dreiundzwanzig Besatzungsmitglieder arbeiten auf dem Goldbagger. Wir können es unmöglich mit bewaffneten Angreifern in dieser Menge aufnehmen. Und wir sind zu weit den Fluss hinaufgefahren, um Verstärkung vom Außenposten anzufordern. Sie haben den Angriff perfekt geplant.

Wo ist Call?

Ich bin verzweifelt, ich muss ihn finden!

Die Piraten treiben die anderen Mitglieder der Crew die Treppe hinauf und hinaus auf das Deck. Ich sehe Naomi, Nik. Den Koch, den Ersten Offizier. Den Kapitän. Den Kartographen. Die anderen Maschinisten und die Bergleute. Keines unserer Besatzungsmitglieder ist bewaffnet. Die Piraten müssen ihnen die Waffen abgenommen haben.

Call ist nicht der Einzige, der fehlt. Den Zweiten Offizier entdecke ich auch nirgends.

Als Letzte kommen zwei weitere Piraten die Treppe hoch, die beide jemanden tragen. Gut, denke ich, wir haben ein paar verletzt, aber dann werfen sie die Leute auf das Deck des Baggers, und ich sehe, dass einer davon der Zweite Offizier ist. Den anderen drehen sie mit dem Gesicht nach unten. Keiner von beiden bewegt sich.

Aber ich. Ich stolpere über das Deck und falle neben dem auf dem Bauch liegenden Mann auf die Knie. Ich lege meine Hand auf die dunkle Stelle auf seinem Rücken, und als ich sie wegnehme, ist sie voller Blut. Naomi stößt einen Laut aus, fast einen Schrei. Egal, ob sie mir auch in den Rücken schießen, ich muss es wissen. Ich muss bestätigt sehen, was ich bereits weiß.

Ich drehe ihn um. Und da ist er, sein Gesicht erleuchtet vom kühlen Schein der Decklichter und dem Feuer der Fackeln der Piraten. Seine Augen sind offen, leer.

Call.

Ich lege meine Finger auf seine Lippen. Seine Haut fühlt sich schon kalt an.

»Steh auf«, sagt ein Pirat.

Ich rühre mich nicht.

Call wurde in den Rücken geschossen. Er hatte keine Chance, Alarm zu schlagen. Er wurde in den Rücken geschossen und war allein. Was sagen seine Augen? Nichts. Sie sagen nichts. Er ist nicht da. Er ist nicht mehr hier.

Bin ich noch hier?

Kann man so leer sein und nicht vom Wind weggetragen werden?

Ich blicke über meine Schulter zu den anderen Besatzungsmitgliedern. Meinen Freunden. Naomi und der Kapitän und alle anderen, und ich denke, *ich wünschte, einer von euch wäre tot und nicht er. Du und du und du und du und du. Alle anderen auf diesem Schiff. Jeder von euch. Ich würde euch alle gegen ihn eintauschen, und es würde mir kein bisschen weh tun.*

Eine andere Person tritt in mein Blickfeld. Ein Pirat. Ich habe das Knarren seiner Stiefel gehört, als er sich hinkauert, aber ich hebe meinen Blick nicht von Calls Gesicht. Seinen Augen.

»Weißt du, wer wir sind?« Die Stimme des Mannes ist rau wie Stein oder Gold. Nicht das polierte, glänzende Gold, das verfeinert und gereinigt wurde. Die schwerere, schmutzbrünierte Art, die wir vom Flussgrund heraufziehen.

»Piraten«, sage ich.

»Vagabunden«, erwidert er.

Es ist mir völlig egal, wie sie sich nennen. Ich nehme Calls harte Hand in meine.

Mein Gesicht ist nass.

»Wir lassen euch gehen«, sagt der Mann, ohne die Stimme zu erheben. Trotzdem hört man ihn deutlich, so still liegt der Bagger da. »Wir haben Nahrungsmittel für euch an Land gelassen. Genug, damit ihr es zurück zum Außenposten schafft, wenn ihr schnell geht und nicht viel esst.« Er beugt sich zu nahe zu mir hin, so nah, dass ich seinen Atem auf meiner Wange spüren und den Glanz seiner Augen im Fackellicht sehen kann. »Sag deinem Admiral, dass wir die Nase voll davon haben, dass ihr uns bestehlt. Sag ihm, dass dies das letzte Mal ist, dass wir jemanden am Leben lassen.«

Ich greife in Calls Hemdtasche. Ich schaue auf die Knöpfe, den Stoff, anstatt in seine toten Augen. Eine der Piratenwachen packt mich an der Schulter und reißt mich zurück, aber nicht, bevor ich den Zollstock herausgenommen habe, den Call immer bei sich hatte.

»Was ist das?«, fragt der Pirat.

Ich antworte nicht. »Hilf mir«, sage ich zu Nik. »Hilf mir, ihn mitzunehmen.« Auch wenn Call fort ist, werde ich seine körperliche Hülle nicht bei den Piraten zurücklassen.

»Lass das!«, befiehlt der Pirat mit der rauen Stimme. »Verschwindet von hier!«

Wut, weißglühend und heulend wie ein Motor, dröhnt durch mich hindurch. »Naomi«, sage ich. »Hilfst du mir?«

Sie bewegt sich nicht. Sie sieht traurig und mitleidig aus. Sie hat Angst. Sie haben alle Angst. Ich nicht. Das Schlimmste ist bereits passiert.

Als sie mich wegzerren, drehe ich mich um und sehe, dass die Piraten auch Call wegschleppen. Sein Kopf kippt nach hinten. Er trägt nichts von seinem eigenen Gewicht.

Er ist schwer, und doch ist er gar nicht hier.

Als wir draußen am Ufer stehen, hebt sich der Goldbagger als riesige, wuchtige Masse vor dem Nachthimmel ab. Dann leuchtet er plötzlich auf wie die Sonne, ein explodierender Feuerball.

»Sie haben ihn in die Luft gejagt.« Die Stimme des Kapitäns zittert.

Die Hitzewelle faucht über uns hinweg. Ein paar glühende Metallsplitter fallen ins Wasser und schimmern auf den Steinen, die wir vorhin aus dem Grund gerissen haben.

Der Wind dreht sich, und ich sehe ganz viele Sterne jenseits der verschmutzten Dunstschicht. Dann verschwinden sie wieder hinter dem Rauch des brennenden Schiffes.

Call ist tot.

Die Piraten haben Call zu nichts gemacht. Call, der alles für mich war.

Innerlich gebe ich ihnen ein Versprechen, während ihr Rauch und ihr Feuer die Sterne auslöschen.

Ich werde euch auch zu nichts machen.

ZWEI JAHRE SPÄTER

Kapitel 1

»WIR REDEN ÜBER DICH.«

»Ich weiß«, erwidere ich dem Admiral. Wir sitzen in einem Raum im hölzernen Bürogebäude des Schrottplatzes und warten auf die Ankunft der restlichen Berater. Das Quorum des Admirals – eine Gruppe von vier Leuten, drei Männern und einer Frau – berät und unterstützt ihn bei der Leitung des Außenpostens. Ich habe einiges von dem erfahren, was das Quorum hinter meinem Rücken über mich redet, die Geschichten, die sie erzählen. Manche gut, andere schlecht. Manche wahr, andere unwahr.

Man sagt, ich sei die Marionette des Admirals.

Ich hätte eigentlich Angst vor den Flüssen.

Sie tuscheln darüber, dass ich Maschinistin war, als ich vor zwei Jahren zum ersten Mal auf den Goldbagger ging und anschließend mit der Seele eines Waffenschmieds und dem Durst nach Blut nach Hause kam.

Zwei Tage nach dem Tod von Call, während unsere Crew den langen Weg zurück zum Außenposten zurücklegte, hatte ich meine erste »Offenbarung«. So nennt es der Admiral. Gegenüber dem Quorum erklärt er: »Gott flüstert ihr im Schlaf etwas zu, und am nächsten Morgen zeichnet sie die Entwürfe dazu.«

Mein erster Entwurf war eine Panzerung für den Bagger, die alle Piraten tötet, die versuchen, an Bord zu gehen. In den anderen Offenbarungen ging es darum, wie man sie perfektionieren konnte.

Es gibt zwei Probleme mit der Offenbarungstheorie des Admirals. Erstens glaube ich nicht an Gott, also kann er nicht mit mir reden. Zweitens glaube ich nicht, dass ich wirklich tief genug schlafe, um noch zu träumen.

Der Admiral und ich beobachten die Arbeiter, die auf dem Bagger im Hof unter uns herumklettern. Er kam gestern vom Fluss und wurde landeinwärts zur Überholung auf den Schrottplatz gebracht.

Es ist die heiß-orange, siedende Sonnenuntergangszeit, die nur deshalb erträglich ist, weil man weiß, dass es nur noch wenige Stunden bis zur Abkühlung der Nacht sind. Die Besatzung muss schwitzen, während sie die Panzerung am Bagger repariert. Ich weiß von der Arbeit auf dem Schrottplatz mit Call, wie es sich anfühlt, wenn die Kleidung den ganzen Tag über abwechselnd nass und trocken wird, wenn die Hände von Schmutz und Öl schwarz verschmiert sind, wenn die Haut über der Nase von der Sonne spannt, die Augen versengt und trocken vom Blicken auf glänzendes Metall und passende Zahnräder sind.

Das ist das Einzige, woran ich mir zu denken erlaube.

Auf dem Hof herrscht hektische Betriebsamkeit, als die Arbeiter von einer Position zur nächsten wechseln. Der Bagger sieht bedrohlich aus mit seinen verschiedenen, nach vorn und zur Seite ausgerichteten Zahnrädern. Die Panzerung. Wenn sich der Bagger bewegt, kriechen die Mechanismen über seine Außenseite wie bei einem mit Parasiten bedeckten Tier. Die Zahnräder sind stark genug, um einen Knochen wie einen Zweig zu zermalmen, ein Stück Eisen wie einen Ast zu knacken.

Jahrzehntelang waren die beiden Bagger, die der Außenposten besaß, nichts anderes als große Metallhaufen aus einer längst vergangenen Zeit. Sie standen am Rande der Stadt, zusammen mit all den anderen Überbleibseln und den Maschinen, die zu groß waren, um sie zu bewegen. Als der jetzige Admiral die Macht übernahm, machte er sich daran, vieles zu reparieren, um einen Weg zu finden, den Außenposten zum Florieren zu bringen, anstatt nur zu überleben. Er brachte einige der alten Relikte zur Reinigung und Reparatur auf den Schrottplatz der Mechaniker, einschließlich des Baggers. Die Piraten haben in der Nacht, in der Call starb, einen davon verbrannt. Jetzt ist nur noch ein einziger übrig, um die Flüsse nach Gold zu durchpflügen.

»Ah«, sagt der Admiral. »Willkommen.« Die anderen sind angekommen. General Dale, Bishop Weaver, General Foster, Schwester Haring. Sie geben dem Admiral die Hand und nicken mir zu.

Meine Stellung bei diesen Treffen ist immer etwas heikel. Ich gehöre nicht zum Quorum. Ich nehme nur an Besprechungen über den Bagger teil. Und die Bürger des Außenpostens betrachten mich als eine Besonderheit, nicht als eine Person. Wenn sie mir auf der Straße begegnen, lächeln sie und halten Abstand. Was sinnvoll ist. Ich bin mit den Machthabern verbunden, und es ist am besten, sie nicht zu stören. Das ist allgemein bekannt im Außenposten. Alle haben ihre Arbeit, die sie beschäftigt, alle müssen sich abrackern, um am Leben zu bleiben. Wir kümmern uns um unsere eigenen

Angelegenheiten. Das ist es, was den Außenposten all die Jahre überlebensfähig gehalten hat, allein, ohne eine andere Stadt oder Siedlung in einem Umkreis von Hunderten Kilometern.

Und ich verstehe auch, warum die Mitglieder des Quorums mich nicht unter ihre gemeinsamen Fittiche genommen haben. Ich bin kein offizielles Mitglied ihrer Gruppe. Ich bin viel jünger als sie. Und das Quorum mag zwar keine Bedenken bezüglich der Menschen haben, die ich töte, aber niemand will eine Mörderin in seiner Nähe haben.

Es ist etwas Merkwürdiges an ihr. Das habe ich flüstern gehört. Nicht nur in letzter Zeit. Schon mein ganzes Leben lang.

»Danke, dass Sie gekommen sind«, begrüßt der Admiral die Versammlung.

»Es ist uns ein Vergnügen«, sagt Schwester Haring. Ihr gepflegtes blondes Haar hat sie zu einem Dutt geschlungen. Sie ist sehr schön. Ich kann sie nicht leiden. Ich mag keinen von ihnen, aber sie mag ich am wenigsten, weil sie diejenige ist, die mich am meisten anlächelt.

»Bitte«, sagt der Admiral. »Setzen Sie sich.« Der Holztisch und die Stühle im Raum sind abgenutzt. Überall liegen Bleistiftstummel und Stücke Papier herum, die nach anderen Meetings zurückgeblieben sind. So gefällt es dem Admiral. Ich weiß nicht, wo das Quorum sich normalerweise trifft, aber wann immer wir hier zusammenkommen, um über den Bagger zu sprechen, verlangt der Admiral, dass der Raum so bleibt, wie er ist, so wie ihn die Leute benutzen, die tatsächlich auf dem Hof arbeiten. Er mag die Alltäglichkeit, das Gefühl dazuzugehören, das er ihm vermittelt.

Bischof Weaver nimmt seinen Platz auf der rechten Seite des Admirals ein. Wenn ich an den Meetings mit dem Admiral teilnehme, möchte er, dass ich zu seiner Linken sitze.

Die Teufelsseite, wie sie früher genannt wurde.

Ich frage mich, wer zu seiner Linken sitzt, wenn ich nicht da bin.

General Dales Augen verweilen auf mir in seiner üblichen berechnenden Art. Schwester Haring lächelt höflich. Es ist mir egal, was sie von mir oder über mich denken. Meine Aufgabe ist es, die Panzerung für den Bagger zu entwerfen und beides am Laufen zu halten, und nicht, mit dem Quorum zu sprechen oder mich darum zu kümmern, was es tut.

»Ich habe gute Neuigkeiten von der letzten Fahrt zu berichten.«

Der Admiral lehnt sich nach vorn und stützt die Ellbogen auf den Tisch. Er ist groß und breitschultrig, hat einen quadratisch gestutzten, sandfarbenen Bart und durchdringende blaue Augen. Seine Haut ist immer ein wenig rosig, als hielte er sich viel draußen in der Sonne auf und arbeite hart. Seine Lippen sind aufgesprungen, die Haare auf seinen starken Armen von der Sonne gebleicht. Vor Jahren, als die Zeit kam, einen neuen Admiral zu wählen, kam der Außenposten nicht an ihm vorbei. Er hat großartige Ideen, und er sieht aus wie ein Mann des Volkes. Wie immer trägt er ein blaues Arbeitshemd, eine braune Hose, zerkratzte schwarze Arbeitsstiefel und eine Seidenkrawatte, die locker und nachlässig um seinen Kragen geschlungen ist. Ein beiläufiger Hinweis auf seine Position.

Ich bin genauso angezogen wie er, bis auf die Krawatte. Und ich trage mein Haar lang, in geflochtenen Zöpfen.

Ich frage mich, was Call sagen würde, wenn er mich jetzt sehen könnte. Nichts davon hätte er sich gewünscht. Außer dass er gewollt hätte, dass ich lebe, und auf diese Art und Weise schaffe ich es.

»Die *Golden Lily* hat perfekt funktioniert«, verkündet der Admiral.

Ich hasse den Namen, den sie dem Bagger gegeben haben. Ich betrachte ihn nicht als *sie*, und im Übrigen auch nicht als *er*. Es ist ein Bagger. Es ist ein Ding aus Metall.

Es ist nicht lebendig.

»Wir haben doppelt so viel Gold aufgenommen wie erwartet«, sagt der Admiral. Seine Augen leuchten auf, wie immer, wenn er über Gold spricht, und seine Stimme verrät seinen Gefühlsüberschwang.

So klingt er auch, wenn er zu den Leuten spricht, aber in diesem Fall ist es nicht einstudiert, sondern unbeabsichtigt. Es äußert sich in flüchtigen Blicken und ist nicht aufgesetzt wie für eine Ansprache.

»Ah«, sagt Schwester Haring zufrieden. Bishop Weaver zieht die Augenbrauen hoch, und General Dale lächelt.

General Foster presst tatsächlich vor Vergnügen die Handflächen zusammen. »Wunderbar!«, sagt er.

»Es war bei weitem unsere bisher erfolgreichste Reise.« Der Admiral wartet einen Augenblick, bevor er fortfährt. »Auch wenn keine Piraten getötet wurden.«

Die Mitglieder des Quorums reagieren mit kleinen, spontanen Bewegungen auf dieses Thema. Holen Luft, verschränken die Arme, schlagen die Beine übereinander. Ich fühle, wie sich alle Augen auf mich richten.

»Es sind keine Piraten gestorben«, sagt der Admiral, »weil

unserer Maschine ein Ruf vorauseilt, so dass nicht ein einziger von ihnen versucht hat, an Bord zu gehen.«

General Dale verschränkt die Arme. »Das ist interessant.« Unsere Augen treffen sich. Er sieht mich herausfordernd an. Als fände er, dass meine Panzerung nicht Bedrohung genug ist, um die Piraten fernzuhalten.

Als hätte er die vielen rostroten Flecken auf der Panzerung vergessen, wenn der Bagger von anderen Reisen zurückkehrte. Überall wo meine stachelbewehrten, beweglichen Zahnräder die Piraten zu Mus zerquetschten, wenn sie den Bagger zu entern versuchten.

»Wir haben Piraten am Ufer gesehen, die uns beobachteten und verfolgten«, fährt der Admiral fort, »aber keiner hat es gewagt, einen Angriff zu starten.«

Wir haben Piraten gesehen. So drückt er sich aus. Aber die Wahrheit ist, dass keiner von uns in diesem Raum je mitfährt. Der Admiral bleibt in seinem Haus auf der Klippe, und ich ziehe mich in meine Wohnung unten in der Stadt zurück. Er denkt an Gold und ans Regieren, und ich denke an Töten und an Call.

»Es ist Zeit«, sagt der Admiral. »Wir sind bereit, den Serpentin in Angriff zu nehmen.«

»Gut«, sagt Schwester Haring, zur selben Zeit, wie Bischof Weaver sagt, »Endlich«, feierlich wie ein Gebet.

Der Serpentin. Der größte Fluss in der Gegend, derjenige mit dem größten Potential für Goldvorkommen. Wir haben bisher gewartet, weil er der am schwierigsten auszubaggernde Fluss ist. Er ist lang und tief und führt weit in das Gebiet der Piraten hinein.

Ein kleines Lächeln kräuselt meine Lippen, und ich neige

den Kopf, um meine Freude über die Entscheidung des Admirals zu verbergen. Ich hoffe, die Piraten finden den Mut, den Bagger zu entern. Damit wir sie niedermetzeln können.

»Um sicherzustellen, dass alles reibungslos verläuft, wird Leutnant Blythe diese Fahrt begleiten.«

Mein Kopf schnellt hoch vor Überraschung. Er will, dass ich mitfahre?

Das ist gegen unsere Vereinbarung!, würde ich ihm gern entgegenschleudern. Ich habe die Panzerung für den Bagger entworfen, im Tausch gegen mein Leben und gegen das der anderen auf meiner ersten Reise. *Meiner einzigen Reise.*

Wir haben das Schiff und das Gold verloren. Wir wussten, dass der Admiral unseren Tod befehlen konnte, aber meine Offenbarung über die Panzerung hat uns gerettet. Sie gab mir ein Druckmittel. Etwas, womit man verhandeln kann.

Ich sehe den Admiral an, seine klaren Augen und die gerade Linie seines Mundes. Ich arbeite für ihn. Ich lebe unter seinem Schutz. Und ich unterschätze nie, niemals die Gefährlichkeit meiner Situation.

»Das ist die bisher wichtigste Fahrt«, sagt der Admiral. »Ich will nicht, dass etwas schiefgeht. Ich will, dass die Tötungsmechanismen funktionieren.«

»Sie werden funktionieren«, verspreche ich.

»Und du wirst da sein, falls sie es nicht tun«, erwidert er mit kühler Endgültigkeit in seinem Tonfall.

Wenn der Admiral sagt, dass du etwas tun sollst, dann tust du es.

Oder du stirbst.

Man könnte meinen, dass es mir nach dem Tod von Call egal ist, ob ich lebe oder sterbe. Aber das ist es nicht. Ich habe ihn gesehen. Ich habe gesehen, wie seine Augen nach oben blickten und nichts sahen. Ich sah, wie weit fort er war. Ich wusste, dass er nirgendwo auf der Welt oder jenseits davon war. Er war weg.

Das Quorum beobachtet mich.

Warum will der Admiral, dass ich auf diese Reise gehe und niemand von den anderen? Hat er entschieden, dass er mich satt hat? Ist das eine Art Falle?

Möglich wäre es. Vielleicht auch nicht. So oder so, ich kann ebenso gut das Beste aus der Situation machen. »Ganz recht«, sage ich zu den Beratern. Ich halte jedem ihrer Blicke nacheinander stand. Schwester Haring lächelt jetzt nicht mehr. Und dann treffe ich die Augen des Admirals. »Aber ich gehe als Kapitänin auf den Bagger.«

Das muss ich dem Admiral lassen: Er lässt sich nichts anmerken. Alles was ich erkenne, ist ein leichtes Straffen seiner Lippen, das zeigt, wie sehr ich ihn überrascht habe.

Und dass er wütend ist.

KAPITEL 2

Der Admiral entlässt das Quorum, befiehlt mir aber, noch dazubleiben. Wir sitzen noch immer am Ende des verkratzten Holztischs. Ohne die anderen fühlt sich die Situation sehr intim an. Ich blicke ihm ins Gesicht, in diese eisblauen Augen, die Sommersprossen und Altersflecken, die seine Haut sprenkeln. Er ist ein Naturereignis, eine magische Erscheinung, die jedermann in seinen Bann zieht.

Seit der Abspaltung vor mehreren Generationen, als sich die übrige Welt von uns zurückzog und wir lernen mussten, aus eigener Kraft zu überleben, wurden wir von Admirälen angeführt. Die Älteren sagen, dass der letzte Admiral den Außenposten beinahe in den Ruin getrieben habe und dass dieser hier unsere Rettung war. »Bis heute scheut er sich nicht, selbst mit anzupacken«, sagen sie, wenn sie sehen, wie er auf dem Holzplatz Holz spaltet oder Waren auf seinem Wagen über die Hauptstraße transportiert. »Hat keine Angst davor, sich die Hände schmutzig zu machen.«

»Du glaubst also, ich mache dich zur Kapitänin.« Der Admiral lehnt sich in seinem Stuhl zurück und verschränkt die Arme hinter seinem Kopf, eine seiner zwanglosen Gesten, die besagen: *Du hast nichts von mir zu befürchten* und zugleich: *Du musst mit dem Schlimmsten rechnen.*

»Wenn Sie wollen, dass ich mitfahre«, sage ich.

»*Du* arbeitest für *mich.*« Er nimmt die Arme runter, legt sie auf den Tisch und zieht sich näher heran. »Du tust, was ich dir sage! Deshalb bist du noch am Leben.«

Ich weiß das alles. Es gibt nichts dazu zu sagen. Ich starre auf die Hände des Admirals. Sie sind in der Tat schmutzig. Unter seinen Fingernägeln und in den Falten seiner Knöchel hat sich schwarzer Dreck festgesetzt.

»Ich hätte nicht gedacht, dass du dich für eine Anführerin hältst«, fährt er fort. »Du hast es bisher immer vorgezogen, allein zu arbeiten.«

»Das tue ich immer noch«, erwidere ich. »Aber wenn ich auf diesem Bagger mitfahren muss, wird niemand anderes das Kommando übernehmen.«

Ich will so viel Kontrolle wie möglich, wenn ich schon wieder raus auf dem Fluss muss. Und der Kapitän ist die einzige Person an Bord des Baggers, der eine eigene Kajüte bekommt. Ich will nicht mit jemand anderem in einem Raum schlafen müssen. Meine Privatsphäre zu haben ist ein Luxus, an den ich mich in den letzten zwei Jahren gewöhnt habe. Vorher habe ich, wie die meisten unverheirateten Arbeiterinnen und Arbeiter, in Gemeinschaftsunterkünften in der Nähe unseres Arbeitsplatzes gelebt. Auch meine Wohnung liegt in der Nähe des Schrottplatzes, aber ich habe mein eigenes Schlafzimmer, meine eigene Küche. Sobald ich mit der Arbeit fertig bin, brauche ich niemanden mehr zu sehen, muss mit keiner Menschenseele mehr reden.

»Es könnte sein, dass ein Teil der Besatzung nicht mit deiner Ernennung einverstanden ist«, warnt der Admiral. »Du bist noch jung. Und du hast erst eine einzige Fahrt mitgemacht. Und das nicht mal bis zum Ende eures Flussabschnitts, könnten manche einwenden. Eure Mission wurde schließlich nicht beendet. Und ihr seid ohne Gold zurückgekommen.«

Ich mache mir nicht die Mühe, ihn darauf hinzuweisen, wie viel Einfluss ich auf jeder Fahrt seitdem hatte. Das weiß er ohnehin.

»Du hast mehr in den Bagger investiert als jeder andere«, fährt er fort, als ich die Stille nicht ausfülle.

»Außer Ihnen.«

»In der Tat.« Am rechten Mittelfinger trägt er einen Türkisring. Er trägt ihn schon so lange, dass es aussieht, als wäre er eingewachsen, obwohl der Admiral kein dicker Mann ist und schlanke Finger hat. »Unterschätze nicht, wie sehr die Piraten deinen Bagger hassen.«

»Tue ich nicht«, entgegne ich. Ich freue mich darüber. Ich will, dass sie ihn hassen. Und fürchten.

»Gut.«

Eine der Wachen des Admirals erscheint in der Tür, und der Admiral erhebt sich.

»Der Bagger legt in sieben Tagen ab«, sagt er. »Bereite dich entsprechend vor. Ich lasse dir die Besatzungsliste zukommen, dann kannst du dich schon einmal mit deiner Crew vertraut machen.« Der Admiral lächelt. Ein Blitzen sehr regelmäßiger Zähne. »Captain Blythe.«

Er lässt mich allein zurück.

Ich spüre etwas, was ich in den letzten zwei Jahren nach Calls Tod nicht oft gespürt habe. Interesse. Warum versuchen die Piraten nicht, den Bagger zu entern?

Zwar weiß ich nicht genau, warum der Admiral so besessen davon ist, immer mehr Gold aus den Flüssen zu holen, aber ich verstehe, wie mächtig eine solche Besessenheit von einem Besitz ergreifen kann. Meine hält mich aufrecht. Hält mich am Leben.

Kapitel 3

Wir fahren heute.

Aus der Ferne, von einem der archaischen, trägen Wagen des Admirals aus, kann ich mein Baggerschiff auf dem Fluss fast nicht erkennen. Vor dem Hintergrund der Berge und inmitten einer sich davor erstreckenden, grasbewachsenen Flussniederung, gibt sich der Bagger als etwas aus, was er nicht ist, nämlich als ein natürlicher Teil der Landschaft. Sonnenaufgang und Wasser können sogar ein totes Ding halb lebendig aussehen lassen.

Aber dann nähern wir uns, und ich sehe den Bagger als das, was er ist.

Ich würde am liebsten über die gesamte Außenhaut des Gefährts kriechen und sicherstellen, dass jedes Zahnrad funktioniert – die Panzerung berühren, polieren. Ich habe das schon vor den anderen Reisen getan, denjenigen, bei denen ich nicht dabei war. Aber der Admiral hat es diesmal nicht erlaubt. Er sagt, er wolle nicht riskieren, dass ich mich verletze.

Das gefällt mir nicht. Ich hätte mir mehr Zeit gewünscht, um den Bagger zu überprüfen.

Als der Wagen langsamer wird, springe ich als Erste herunter. Die Wachen des Admirals beim Bagger kennen mich; ich hebe die Hand, und sie treten beiseite.

»Lasst niemanden mehr an Bord, bis ich es sage.« Sie nicken, und ich besteige den Bagger. Ich bin die Erste. Und ich werde die Letzte sein.

Wie es sich für einen Captain gehört.

Auf dem Weg nach unten, wo ich den Motor und die Schürfausrüstung überprüfen werde, gehe ich an der Tür vorbei, die zum Oberdeck des Schiffes führt. Sie ist abgeschlossen. Jetzt, da der Bagger über ein Verteidigungssystem verfügt, gibt es keinen Grund mehr, sie zu öffnen. Sobald die Reise beginnt, wird bis zu ihrem Ende keiner von uns mehr nach oben gehen. Seit Call war niemand mehr dort und hat nach Sternen Ausschau gehalten.

Er hatte oft Schlafstörungen, und zwar normalerweise dann, wenn er von etwas angefangen hatte zu träumen, dessen Ende er nicht fand. Er träumte in der dritten Person, was ich immer seltsam fand. Als wäre er ein Zuschauer der Ereignisse, anstatt sie selbst zu erleben, so wie es bei mir immer war.

Als wir Kinder waren und noch im Waisenhaus lebten, kam er alle paar Wochen beim Frühstück zu mir, um mir von einem Traum zu erzählen. Das Gleiche tat er auf dem Schrottplatz, als wir älter waren. Und später, auf dem Bagger. Er erzählte, er habe einen Jungen rennen und rennen sehen, oder ein Mann habe spätnachts mit einer Laterne an einem Baum gestanden, oder seine Mutter sei auf ein Feld gegangen und stehen geblieben, um drei Blumen zu pflücken.

»Und was dann?«, fragte ich jedes Mal.

»Dann bin ich aufgewacht«, antwortete Call. »Beende den Traum für mich. Bitte!«

Call wünschte sich immer, dass ich mir ein Ende für seine Träume ausdachte. Wenn wir uns als Kinder gestritten hatten, weigerte ich mich manchmal. Als wir älter waren und ich ihn liebte, fragte er seltener, nur wenn er es unbedingt wissen musste, und ich lehnte niemals ab.

Wir freundeten uns im Waisenhaus an. Weder Call noch ich hatten eine besonders tragische Geschichte. Wir waren genau wie die anderen fünfundzwanzig Kinder dort, weil wir beide Eltern verloren hatten, und ebenso wie sie wussten wir nicht genau, wie. Es gibt so viele Möglichkeiten, wie die Menschen im Außenposten zu Tode kommen – bei Unfällen, Geburten, Lungenerkrankungen durch die Umweltverschmutzung, ein Überbleibsel längst untergegangener Städte, eine der unzähligen Krankheiten, die wir mit unseren begrenzten medizinischen Mitteln nicht behandeln können. Trotzdem, so sagt man uns, ist es hier weniger gefährlich als in der Wildnis.

Ich konnte mich kaum an meine Eltern erinnern – mein Vater war nie da, und meine Mutter starb, als ich drei Jahre alt war. Call hatte konkretere Erinnerungen als ich. »Meine Mutter hatte sonnenschwarze Haare, so wie du«, sagte er mir einmal, als wir klein waren.

»Aber die Sonne ist doch gar nicht schwarz«, erwiderte ich.

»Doch, nachdem man hineingesehen hat«, entgegnete er, »und man dann die Augen zumacht. Dann sieht man Schwarz und Gold.«

»Und Rot«, ergänzte ich.

»Ja.« Er deutete auf mein Haar. Ich zog die Enden meiner Zöpfe vors Gesicht, um sie mir anzusehen. Er hatte recht. In der Sonne glitzerten goldene Fäden in meinen Flechten.

»Du darfst nicht in die Sonne schauen«, mahnte ich.

»Aber manchmal macht man es aus Versehen«, sagte er. »Dann passiert es einfach.«

Ich war eifersüchtig auf Call, weil er sich so gut an seine Mutter erinnern konnte. Später erzählte er mir noch andere Dinge über sie: dass sie aufbrausend war, aber oft lachte. Es war schwer, das mit Call in Einklang zu bringen, der unendlich geduldig war und nur selten und mit tiefer Stimme lachte.

Call und ich waren beide geschickt mit unseren Händen. Als dann also, mit fünfzehn Jahren, die Zeit gekommen war, das Waisenhaus zu verlassen, wurden wir auf den Schrottplatz geschickt, um uns emporzuarbeiten. Wir begannen damit, für die Mechaniker Teile zu schleppen und zu transportieren, Handlangerarbeiten für sie zu erledigen und von ihnen zu lernen.

Als ich das erste Mal nach Calls Tod schlief, träumte ich von einer Panzerung für den Bagger. Ich habe gesehen, wie jemand sie konstruierte. Es dauerte nicht lange, bis ich erkannte, dass es Call war. Ich versuchte immer wieder, mit ihm zu reden, aber er antwortete einfach nicht. Er konnte mich nicht hören. Er sah jedes Mal durch mich hindurch. Schließlich hörte ich auf zu versuchen, mit ihm zu reden, und achtete darauf, was er machte.

Ich wusste zu jeder Zeit, dass es nicht die Wirklichkeit war. Ich wusste, dass Call nicht in einem Traum zu mir kam, um mir zu sagen, dass ich die Panzerung bauen soll. Ich wusste es, weil Call niemals gewollt hätte, dass ich so etwas im wahren Leben baue.

Aber ich habe es trotzdem für ihn getan.

»Stellt euch vor mir auf«, befehle ich der Crew, die sich am Ufer versammelt hat. »Ganz beliebig, unabhängig von der Rangordnung.«

Der Admiral steht abseits und beobachtet mich.

Die Mannschaft hat dunkelgrüne Uniformen wie die, die wir damals getragen haben; die Mützen sind ebenfalls die gleichen. Meine trägt das Kapitänsabzeichen. Ich habe mein Haar bisher zu Zöpfen geflochten, damit es mir nicht ins Gesicht fiel, aber jetzt befürchte ich, dass die Mütze nicht gut dazu passt und ich lächerlich aussehe.

Die Crew steht in Habacht-Stellung, aber nicht sehr geordnet, da die meisten keine echten Milizionäre sind. Es ist eine zusammengewürfelte Gruppe von Maschinisten, Goldschürfern und anderen, die für diese Fahrt vom Admiral rekrutiert wurden. Die meisten Leute im Außenposten schenken den Baggerfahrten nicht viel Aufmerksamkeit. Ihr Alltag ist so arbeitsreich, dass sie keinen Gedanken an die Aufgaben anderer verschwenden. Sie vertrauen dem Admiral, und den Außenposten lebensfähig zu erhalten ist ein Vollzeitjob für alle, die hier leben.

Vor Generationen, als die Menschen hierherzogen und den Außenposten in diesem wilden Landstrich, dem Territorium, errichteten, erhielten sie noch Unterstützung von der Union, die sie geschickt hatte, sie versorgte und den Kontakt zu ihnen aufrechterhielt. Die Siedler sollten den Außenposten als Ausgangsbasis für weitere Erkundungen nutzen, unter anderem, weil die Union gehört hatte, dass es in der Gegend Goldminen geben könne. Aber nach ein paar Jahren verkündete die Union, dass sie den Außenposten nicht mehr unterstützen würde. Wir machten zu viel Arbeit, war das Argument. Wären weit weg von ihren anderen Provinzen und Städten. Zu schwer zu schützen. Zu wild. Wir hatten nicht genug Gold gefunden, um wichtig zu sein, und die Erkundungen waren anscheinend nicht mehr so bedeutend. Die Union setzte die Goldbagger an Land und hörte auf, Leute und Lieferungen zu schicken. Wir waren auf uns allein gestellt. Der erste Admiral sammelte jene ein, die sich außerhalb des Außenpostens niedergelassen hatten, zu ihrem eigenen Schutz. Die Piraten sind die Nachkommen derer, die sich weigerten, sich dem Außenposten anzuschließen.

»Name?«, frage ich den Mann vor mir.

»Owen Fales«, antwortet er.

»Du bist einer der Goldgräber.« Ich habe die Namen auf der Liste so oft wiederholt, dass ich sie alle kenne.

Er nickt. »Captain Blythe.«

Er ist älter als ich – in seinen Dreißigern oder Vierzigern – aber er scheint eine sanfte Wesensart zu haben. Vielleicht macht es ihm nichts aus, von einer so jungen Kapitänin wie mir geführt zu werden.

Ich gehe die Reihen entlang. Als ich zu einem jungen Mann mit dunklen Haaren und blauen Augen komme, klopft mir das Herz im Hals, so wie es mir immer bei einer unerwarteten Erinnerung an Call geht. Dieser Mann ist vom selben Typ wie Call und attraktiv, aber ansonsten sehen sie sich nicht ähnlich.

»Brig Tanner«, sagt er.

»Erster Offizier«, antworte ich, und er nickt.

»Eira Clyde«, sagt die junge Frau neben ihm. Sie ist sehr schön, hat hohe Wangenknochen und dunkles Haar. »Kartographin.«

Ich sehe sie mit hochgezogenen Augenbrauen an. Sie ist damit herausgeplatzt, bevor ich sie angesprochen habe. Sie errötet, erkennt ihren Fehler, weicht meinem Blick aber nicht aus.

Ist sie unverschämt? Oder nur unerfahren? Ich unterdrücke den Drang, zum Admiral hinüberzuschauen. Ich bin sicher, dass er jemanden an Bord hat, der mich beobachtet. Um uns alle zu beobachten. Ich frage mich, wer es ist. Ich gehe die Namen und Ränge durch. Offizierin Ophelia Hill, Navigatorin. Offizierin Laura Seng, Sanitäterin. Offizier Cecil Clair, Kaplan. Offizier Corwin Revis, Chefmechaniker.

Dann lässt mich ein sehr junges Gesicht aufmerken. Der Junge muss in meinem Alter sein, vielleicht sogar noch jünger.

»Tam Wallace«, sagt er.

»Schiffskoch«, antworte ich.

Die Aufregung auf seinem Gesicht erinnert mich an mich selbst vor zwei Jahren. Er wird von den zahlreichen Unannehmlichkeiten gehört haben, die an Bord des Baggers auf uns warten – das ohrenbetäubende Knirschen, die harte Arbeit, die Langeweile, die erstickende Enge. Er hat das alles noch nicht am eigenen Leib erfahren. Aber wenn er wie Call und ich ist, wird ihm die Fahrt trotzdem gefallen – denn es ist ein Abenteuer. Ein Stich fährt mir durchs Herz, als ich daran denke, wie ich einmal war und was ich verloren habe.

»Wie alt bist du?«, frage ich.

»Sechzehn.«

Ein Jahr jünger als ich.

»Wie konntest du so jung zum Schiffskoch ernannt werden?«

Tam fährt sich mit einer Hand durchs Haar und bricht damit die Vorschrift, bei der Überprüfung der Mannschaft dem Kapitän gegenüber Haltung anzunehmen. Er bemerkt es plötzlich und lässt die Hand sinken. »Ich arbeite in der Messe, wo der Admiral speist. Er hat mir diesen Auftrag persönlich erteilt.«

»Wenn er dein Essen mag, warum sollte er dich dann an den Bagger verschwenden?«, frage ich.

»Er möchte, dass diese Reise erfolgreich verläuft«, erwidert Tam. »Die Leute arbeiten besser, wenn sie gutes Essen bekommen.«

Jung, formbar, talentiert, aber nicht in einer Weise, die eine Bedrohung für den Admiral darstellt, jemand, der praktischerweise in der Küche steht, wo er allen Klatsch erfährt ...

Möglicherweise habe ich den Wachhund des Admirals gefunden.

Gegen Ende sehe ich den einen Namen auf der Liste, den ich wiedererkannt habe, den der einzigen Person, die ich wirklich dabeihaben wollte. Meine ehemalige Chefin, jetzt meine Zweite Offizierin.

»Naomi Moran«, sagt sie. Ihr Haar, dunkel, graumeliert, ist länger als in meiner Erinnerung.

»Zweite Offizierin«, sage ich.

»Captain Blythe«, sagt eine Wache neben mir. »Der Admiral ist jetzt bereit, eine Rede an die Mannschaft zu halten.« Eine subtile Untergrabung meiner Autorität. Ich wollte mich zuerst an meine Crew wenden; alles, was ich nach seiner Rede sagen werde, kann nur eine Enttäuschung sein. Ich nicke, und die Wache ruft: »Der Admiral wird jetzt zu Ihnen sprechen.« Alle drehen sich in seine Richtung wie Blumen zur Sonne.

Der Admiral trägt heute ein Sakko mit Weste. Bei der Hitze! Ich weiß, dass das der Mannschaft gefallen wird. Sie werden es als ein Zeichen der Wertschätzung betrachten. Vielleicht ist es das sogar. Der Admiral sieht hocherfreut aus.

»Kommen Sie zu mir, Captain Blythe«, sagt er. Ich nehme meinen Platz zu seiner Linken ein. »Captain Blythe hat die Panzerung entworfen, die unser Schiff, unsere Ladung und unsere Crew so hervorragend schützt«, beginnt er. »Ich möchte, dass Sie ihr Respekt zollen für die vielen Menschenleben, die sie gerettet hat. Captain Blythe.«

Ich stehe steif und unbeholfen da, während die anderen salutieren. Wird mir der Segen des Admirals auf dem Fluss helfen oder schaden? Früher waren die Besatzungen Leute wie Call und ich, die für eine Weile vom Außenposten weg wollten. Und der Admiral brauchte Leute, die die Arbeit machten, und die nichts dagegen hatten, auf dem Goldbagger mitzufahren. Es funktionierte im Großen und Ganzen. Aber inzwischen hat sich einiges geändert. Das erkenne ich. Ich rieche es in der ausgekühlten Morgenluft, in der Drehung des Windes. In der Art, wie ein Teil der Mannschaft hierher passt und ein anderer nicht. Der Admiral hat uns alle persönlich ausgewählt.

»Das ist der letzte Fluss«, fährt der Admiral fort. »Die letzte Reise. Eure Mission ist wichtig für den Außenposten, für uns alle. Ich wünsche euch alles Gute und weiß, dass ihr Erfolg haben werdet.«

Er hebt seinen breitkrempigen Hut in die Luft, und alle jubeln, wir alle dreiundzwanzig zusammen. Ich erhebe meine

Stimme mit den anderen, um nicht den Zorn des Admirals auf mich zu ziehen.

Ich habe es nie gemocht, mit Menschen zusammen zu sein, aber seit Call ist es schlimmer geworden.

Meine Augen begegnen denen des Admirals, und er lächelt.

Weder umarmen wir uns, noch schütteln wir uns die Hand, aber sie geht im Gleichschritt dicht neben mir und unsere Schultern berühren sich fast, als wir an Bord des Schwimmbaggers gehen.

»Wir reisen auf einem Schiff voller Kinder und Narren«, sagt Naomi leise.

»Du hast recht«, sage ich. »Was ist das für ein Spiel, das der Admiral hier mit uns spielt?«

»Ich halte es nicht für ein Spiel«, erwidert Naomi mit einer genauso verbitterten Stimme, wie sie alle ihre Altersgenossen haben. So wie meine auch irgendwann klingen wird.

»Ich glaube, er hat jeden Einzelnen von uns aus gutem Grund auf diese Reise geschickt. Ich weiß nur nicht, warum.«

Kapitel 4

Jetzt ist der Moment gekommen, die Reise beginnt. Nicht die Rede des Admirals, nicht der Jubel des Publikums waren der Anfang. Der kommt jetzt. Als sich der Motor zum ersten Mal dreht, der Bagger sich in Bewegung setzt, die Panzerung wirbelnd in Gang kommt.

Eine Welle der Erinnerungen steigt in mir auf – Call und ich stehen zusammen auf dem Deck des anderen Baggers und beobachten die vorbeiziehenden Bäume und Nebenflüsse. Es kostet viel Zeit und Arbeit, den Grund und das Ufer eines Flusses so aufzureißen, wie es der Bagger tut. Man kann links und rechts des Ufers alles in Ruhe betrachten. Der Bagger ist nicht schnell.

Naomi und ich stehen auf der Brücke, dem kleinen Raum an der Vorderseite des Baggers. Von hier aus können wir das Gefährt steuern und die Stahleimer beobachten, die aus dem Wasser kommen. Sie rotieren in einer langen Schleife an einer Eimerkette über ein Räderwerk. Jeder einzelne ist riesig und wiegt an die fünfhundert Kilo, stabil und langlebig genug, um das Schürfen über den Flussboden unbeschadet zu überstehen und Gesteinsbrocken hochzuziehen.

Die Fenster der Brücke bereiteten mir Probleme, als ich die Panzerung entwarf, weil sie Schwachstellen darstellten.

Eines Morgens wachte ich auf, und als ich die Augen aufschlug, wurde aus Dunkel plötzlich Helligkeit, und ich wusste: *Der Bagger braucht Augenlider.* Die Fensterpanzerung kann heruntergefahren werden, wenn man den Ausblick braucht, oder zum Schutz der Fenster hochgefahren werden. Im Moment sind die Lider geöffnet, und Naomi und ich beobachten, wie der Fluss langsam unter uns vorbeifließt. Sie hebt den Daumen. Alles klingt so, wie es klingen sollte, laut und schön und schrecklich. Ich erwidere ihr Lächeln. Ich denke an das, was der Admiral zu mir gesagt hat, bevor wir losfuhren. *Unterschätze nicht, wie sehr die Piraten deinen Bagger hassen.* Ich jedoch denke bei mir: Die Piraten sollten nicht unterschätzen, wie sehr *ich* meinen Bagger liebe. Oder, um genau zu sein, wie sehr ich das liebe, was er tut.

Es ist eine blasse, verquere Art von Liebe im Vergleich zu meinen Gefühlen für Call. Vielleicht ist es nicht einmal Liebe. Ich weiß es nicht.

Aber es ist besser als nichts.

Ich atme erleichtert auf, als ich die Tür zur Kapitänskajüte öffne. Allein. Endlich!

Ich kann mit anderen zusammenarbeiten, wenn ich muss, wenn ich den Bagger entwerfe oder verbessere. Ich mache das seit zwei Jahren.

Aber das hier ist etwas anderes. Ich lebe wieder mit anderen Menschen zusammen. Wir sitzen alle bis zum Ende der Fahrt an Bord des Baggers fest. Früher, als es Seereisen gab, konnten die Leute ihre Schiffe nicht verlassen, weil sie von Wasser umgeben waren. Wir dagegen sind nur einen Meter vom Ufer entfernt, vom Land. Es kann einen verrückt machen, einen dazu bringen, über eine Flucht nachzudenken oder darüber, auszusteigen und wegzugehen. Das ist das Seltsame an dem Bagger. Theoretisch könnte man ihn verlassen. Aber in der Praxis ist es nicht erlaubt.

Keiner von uns kann gehen. Nicht einmal der Kapitän.

Meine Kajüte ist nicht viel besser als die Mannschaftsunterkünfte, aber sie unterscheidet sich in einem entscheidenden Punkt – sie ist privat. Meine Kammer hat eine Koje, einen Schreibtisch und einen Stuhl direkt davor, eine kleine Kommode. Alles ist aus Metall gefertigt und mit Wand und Boden verschraubt. Es gibt eine Karte des Serpentin-Flusstals, die an der Wand befestigt ist. Nachdem ich meine Tasche auf mein Bett geworfen habe, stelle ich mich davor und studiere die Grün-, Blau- und Brauntöne, die Namen der Nebenflüsse und ihrer Täler.

Es klopft an der Tür. Ich öffne, und mein Erster Offizier steht davor.

»Entschuldigen Sie die Störung«, sagt Brig. »Aber gibt es irgendetwas, was ich für Sie tun kann? Naomi ist am Ruder und sagt, sie braucht noch keine Ablösung. Ich war unten auf dem Minendeck und alles scheint reibungslos zu funktionieren.«

Richtig. Befehle. Ich muss daran denken, welche zu erteilen.

»Berufe ein Meeting ein«, sage ich zu Brig. »Während beider Mahlzeiten.« Wir essen in zwei Schichten, damit jeweils ein Teil der Mannschaft den Bagger in Gang halten kann, und die Messe ist der einzige Bereich, der groß genug für uns alle ist. Abgesehen vom Schürfdeck, nehme ich an, aber dort unten kann man sein eigenes Wort nicht verstehen.

»Aye, aye, Captain Blythe.«

Brig salutiert ohne jede Ironie. Er hat eine Milizausbildung, da bin ich mir sicher, obwohl er die gleiche Uniform trägt wie alle anderen. In seinen Augen liegt etwas Trauriges und Resigniertes, obwohl alles andere an ihm scharf definiert ist – sein Haar mit militärischer Präzision gekämmt, seine breiten Schultern gerade, seine Haltung aufrecht. Er wäre auch ein ausgezeichneter Informant für den Admiral.

Ich schließe die Tür.

Ich gehe zurück zu meiner Tasche, nehme meinen Kamm heraus und lege ihn auf den Schreibtisch. Dann hole ich ein paar Hemden heraus. Als ich wieder in die Tasche greife, erstarre ich unwillkürlich, weil ich plötzlich etwas Unbekanntes berühre. Ich weiß, wie sich jedes Stück anfühlt, das ich eingepackt habe, und dies hier gehört nicht dazu. Papier, weich und abgenutzt, zu einem großen Quadrat gefaltet.

Ich ziehe es heraus und öffne es.

Es ist eine Karte, ein bisschen wie die an meiner Wand. Allerdings ist es keine vollständige Karte, sondern nur ein Teilstück. An den Ecken, an denen sie gefaltet ist, befinden sich kleine Löcher. Sie ist alt.

Aber die darauf geschriebene Botschaft ist neu. Mit dunkler schwarzer Tinte daraufgeschmiert, die in das nebelweiche Papier eingedrungen ist.

Das ist nicht euer Fluss!

Ist das eine Drohung? Ich fahre mit dem Daumen über die Worte. Natürlich ist es das.

Also. Anscheinend ist jemand an Bord, der mit den Piraten sympathisiert.

Ich falte die Karte wieder zusammen, stecke sie in meine Tasche und ziehe den Reißverschluss zu.

Du willst mit mir Katz und Maus spielen?, denke ich. *Gut. Lass uns spielen!*

Kapitel 5

»Wie lange dauert es, bis man sich an den Lärm gewöhnt hat?«, fragt mich Tam, als ich mich durch die Abendschlange in der Messe zwänge. Der Krach aus dem Schürfdeck unten ist so laut, dass er unsere Zähne klappern und unser Gehirn gegen den Schädel prallen lässt.

Aber Tam scheint ganz gut damit zurechtzukommen. Er sieht fröhlich und ausgeglichen aus, und er schwitzt nicht, obwohl es in der Küche höllisch heiß sein muss.

»Bald«, sage ich. »Nie.«

»Seien Sie vorsichtig.« Tam stellt ein Gericht mit einer Metallhaube darüber auf mein Tablett. »Verbrennen Sie sich nicht.«

Ich trage mein Essen an den Tisch vorn im Saal, denn dort hat der Kapitän auf meiner anderen Reise immer gesessen. Er war ein älterer Mann, der müde wirkte, aber effizient und fair war. Ich habe ihm nie vorgeworfen, was passiert ist. Er hat Call nicht getötet. Der Bagger von damals war der Zwilling des jetzigen. Die Konstruktion ist dieselbe, aber Call war nie hier. Ich erinnere mich jedes Mal daran, wenn ich mich dabei erwische, wie ich an ihn denke und trotz allem hoffe, ihn um die Ecke, durch eine Tür kommen zu sehen.

Irgendjemand – Tam? Sein Küchengehilfe? – hat die Tische mit echten Servietten und Blumen in schweren Metallbechern gedeckt. Die zarten Blüten zittern bei den ständigen Vibrationen des Baggers. Ein Blütenblatt fällt ab, als ich mein Tablett abstelle. Ich setze mich nicht hin.

Alle sehen mich an. Ich war die Letzte, die den Saal betreten hat.

Es ist Zeit für das erste Meeting.

»Ich mache es kurz, damit ihr essen könnt«, beginne ich. »Ich weiß, dass der Bagger für diejenigen von euch, die noch nie mit an Bord waren, gewöhnungsbedürftig sein muss, aber das wird mit der Zeit besser. Ich möchte euch heute Abend an einige Regeln erinnern, die unbedingt zu befolgen sind. Ihr dürft den Bagger nicht verlassen. Ihr dürft nicht nach draußen oder oben auf das Deck gehen. Wenn ihr irgendetwas tut, was unsere Mission gefährdet, wird das sofortige, drastische Folgen haben.«

Einige nicken mit dem Kopf, aber die meisten hören reglos zu. Der Besatzungsliste zufolge sind elf Leute schon einmal auf einem Goldbagger mitgefahren, die anderen noch nicht. Um auf dem Bagger arbeiten zu können, müssen sie über Schürf- oder Maschinenbauerfahrung verfügen oder Experten auf einem anderen Gebiet sein, das nützlich für uns ist. Sie müssen auch schwimmen und schießen können, obwohl das meiner Meinung nach inzwischen nicht mehr nötig ist. Nicht jetzt, wo wir meine Panzerung haben.

Ich nehme Blickkontakt mit ein paar Männern weiter hinten auf, die grüner aussehen als der Rest. Der Bagger macht ihnen zu schaffen. Vielleicht werden sie von den Bewegungen krank oder dem Lärm. Oder der Hitze vieler Körper auf engstem Raum.

Ich verschränke die Arme. Ich schwitze, aber das tun alle anderen auch.

»Unsere Aufgabe ist schnell erklärt. Wir schürfen Gold und töten alle Piraten, die versuchen, uns zu schaden oder unsere Mission zu stören.«

Jemand hebt die Hand. »Ich habe gehört, dass wir uns vielleicht draußen umschauen dürfen, wenn der Bagger umdrehen muss.«

»Die Anweisungen, die wir erhalten haben, besagen ausdrücklich das Gegenteil«, erwidere ich.

Ringsum malt sich Enttäuschung auf den Gesichtern ab. Warum dachten sie, sie hätten diese Möglichkeit? Sie alle wissen, dass der Admiral es verbietet.

Vielleicht halten sie mich für eine Art Rebellin. Oder für schwach, so dass sie mich schikanieren können.

»Ich werde jeweils bei Bedarf Meetings einberufen«, fahre ich fort. »Aber jetzt genießt erst mal euer Abendessen. Es ist das letzte Mal, dass eure Sitznachbarn so schön frisch riechen.«

Es ist ein mieser Versuch, witzig zu sein, aber sie lachen trotzdem. Ich setze mich hin. Ich habe getan, was nötig ist. Die Regeln erklärt, gezeigt, dass ich vorhabe, sie einzuhalten, gezeigt, dass ich nicht völlig kalt und unkameradschaftlich bin. So kann man auch keinen Bagger befehligen. Ich weiß nicht viel, aber so viel schon. Ich glaube, ich bin relativ gut geschützt vor Meuterei, weil niemand der Person schaden will, die die Panzerung des Baggers entwickelt hat und die sie am besten am Laufen halten kann.

Außer vielleicht die Person, die mir diese Nachricht hinterlassen hat.

Ich hebe die Haube von meinem Essen, und bei dem Duft läuft mir sofort das Wasser im Mund zusammen. Auch andere rings um mich herum murmeln überrascht.

Es ist kein Eintopf oder eine seiner Inkarnationen, der übliche Mischmasch aus Essen, das zusammengeschmissen und gewürzt wurde, um sein Alter oder seine Zähigkeit zu verbergen. Es sind separat servierte, unverwechselbare, leckere Speisen – Fleisch mit weinroter Sauce, knackigem grünem Salat und außen knusprigem und innen heißem Brot.

Alle drehen die Köpfe zur Essensausgabe, aber Tam ist verschwunden.

Naomi lehnt sich zu mir hinüber. »Erinnert mich an das Märchen von den Kindern und der Hexe im Wald«, sagt sie. »Warum will der Admiral uns mästen?«

Ich lache, erinnere mich an die alte Geschichte. »Der Bagger besteht nicht aus Süßigkeiten.«

»Das nicht«, erwidert sie und macht ein grimmiges Gesicht.

Vielleicht will uns der Admiral fressen. Läuft es im Märchen nicht darauf hinaus?

»Entschuldigung«, sagt ein Mann und steht auf. »Ich bitte um Verzeihung. Wenn ich vielleicht auch ein paar Worte sagen könnte?«

Kaplan Clair. Ich erinnere mich an ihn von heute Morgen und der Besatzungsliste. Ein gereiztes Kribbeln durchzieht mich. Ich habe ihm keine Redeerlaubnis erteilt.

Der Kaplan ist kleiner als ich. Er hat ein verschwitztes rotes Gesicht, eine zuckende kleine Nase und große Schweißflecken unter den Achseln seiner Uniform. Ich würde am liebsten die Augen verdrehen.

»Reden Sie«, sage ich. »Aber machen Sie's kurz. Wir haben Hunger.«

In dem Moment gibt es einen Aufruhr an der Tür. Alle drehen sich dorthin um, und ich sehe, wie Brig zusammen mit zwei anderen Besatzungsmitgliedern, beide Männer, in die Messe drängt. Brig und der Mann auf der rechten Seite versuchen, den sich widersetzenden Mann in der Mitte festzuhalten. Hat es einen Streit gegeben? Ich sehe kein Blut. Aber der Mann, den sie festhalten, rollt wild mit den Augen.

»Tut mir leid, dass ich störe«, sagt Brig. »Aber er hat versucht, den Bagger zu verlassen. Er ist auf die Brücke gekommen und wollte durch das Fenster klettern.«

»Es macht mich wahnsinnig!«, stößt der Mann in der Mitte hervor. Jonah Miller, das weiß ich noch vom Appell vorhin. »Dieser Lärm! Und das Schneckentempo! Bitte, lasst mich einfach runter, und ich gehe zurück zum Außenposten. Wir sind noch nicht weit gekommen.«

»Auf keinen Fall halten wir den Bagger an und riskieren das Leben der Mannschaft«, entgegne ich. »Sobald wir anhalten, sind wir verwundbar. Wenn wir einmal in Bewegung sind, bleiben wir in Bewegung.«

Verzweifelt huschen seine Blicke hierhin und dahin, auf der Suche nach einem anderen Ausweg. »Lasst mich vom Deck springen!«, bittet er mit hoffnungsvoller Stimme.

»Niemand geht an Deck«, erwidere ich. »Und niemand springt.«

»Also gibt es keinen Ausweg.« Er lässt die Schultern sinken. »Keine Erlösung.«

»Natürlich gibt es einen«, sage ich. »Wir könnten dich in einen der Baggereimer stecken, die zurück ins Wasser gehen, dann kannst du raus in den Fluss. Wir brauchen nicht einmal anzuhalten. Falls du nicht ertrinkst oder an irgendeinem Maschinenteil hängen bleibst, kannst du zum Ufer schwimmen und zum Außenposten zurückkehren.«

Mit aufgerissenen Augen starrt er mich an. Ich habe ihm einen neuen Schrecken eingejagt.

»Wenn es einen Weg nach draußen gibt, dann gibt es auch einen Weg für die Piraten zu uns rein!«

Er strapaziert meine Geduld. »Falls sie versuchen, uns auf diese Weise zu entern, werden sie es nicht weit schaffen«, sage ich. Zwar sind die Eimer, die am Grund des Flusses nach Gold schürfen, groß genug für einen Menschen, vorausgesetzt, er wäre klein genug und würde sich eng zusammenrollen. Aber ich habe die Eimerketten mit einer Guillotine ausgestattet – einer riesigen Klinge, unter der jeder Eimer hindurchfährt, wenn er im Bagger ankommt. Niemand, der dem Kindesalter entwachsen ist, könnte es hindurchschaffen, ohne dass ein Teil von ihm abgeschnitten würde – Kopf, Arm oder Bein.

Es herrscht Stille in der Messe.

»Du kannst raus«, sage ich. Ich bluffe. »Ich werde dir sogar persönlich dabei helfen. Aber es gibt keinen Weg zurück.«

Jonahs Augen sind immer noch weit aufgerissen. Brig hält ihn weiterhin am Arm fest. Mit einer Kinnbewegung sage ich: »Bring ihn hier raus. Schick ihn mit den Eimern runter vom Bagger.«

Wird Brig es tun? Gespannt warte ich darauf, meinen ersten Offizier näher kennenzulernen. Was ich vorgeschlagen habe, verstößt gegen die Befehle des Admirals. Niemand darf den Bagger verlassen. Punkt.

Aber dann fängt Jonah an zu weinen. »Ich bleibe«, schluchzt er. »Es tut mir leid.«

»Dann geh wieder an die Arbeit.« Ich nicke dem anderen Besatzungsmitglied zu, das Jonah aufrecht hält. »Bleib bei ihm. Erstatte sofort Meldung, wenn es Probleme gibt.«

Brig wirft mir einen kurzen Blick zu, als sie zur Tür gehen.

Ich frage mich, ob er den Mann vom Bagger geschickt hätte.

Ich frage mich, ob ich das getan hätte.

Naomi steht auf. »Erlaubnis zum Sprechen erbeten, Captain.« Sie sagt es laut genug, dass alle in der Messe es hören können. Brig und die anderen bleiben in der Tür stehen.

»Erlaubnis erteilt.«

»Ich möchte im Namen derer sprechen, die mit Ihnen auf Ihrer ersten Reise waren«, sagt Naomi. »Wir hatten nie die Gelegenheit, uns bei Ihnen zu bedanken. Dafür, dass Sie uns das Leben gerettet haben.«

»Das ist nicht nötig«, sage ich. Das Geschäft, das ich mit dem Admiral ausgehandelt habe – meine Panzer-Konstruktion gegen das Leben der Besatzung, die den anderen Bagger verloren hat –, möchte ich jetzt nicht thematisieren. Ich bedeute ihr, sich zu setzen, aber sie tut es nicht, also bleibe ich auch stehen. Die Besatzungsmitglieder legen ihr Besteck beiseite und neigen sich vor, um Naomi zuzuhören.

»Ich war dann bei der nächsten Fahrt dabei«, fährt sie fort. »Der ersten mit Ihrer Panzerung.«

Warum erzählt sie mir das jetzt? Vor allen Leuten?

»Die Piraten haben mehrmals versucht, an Bord zu kommen«, sagt sie. »Wir hörten sie, über den Lärm des Baggers hinweg. Wie sie geschrien und am Metall gekratzt haben.

Wie sie mit Fäusten und Waffen dagegengeschlagen haben.«

Naomi hält inne. »Wir schauten durch das Fenster der Brücke, wenn wir navigieren mussten«, sagt sie. »Da sahen wir ab und zu eine Leiche herunterfallen. Aber wir gingen natürlich nicht nach draußen, bis wir zurückkehrten.«

Alle sind still und hören Naomi zu. Unser schönes Essen wird kalt. Ich rieche es. Ich habe Hunger.

»Als wir rauskamen und uns den Bagger anschauten«, erzählt sie weiter, »sah er aus, als wäre er verrostet. So viel Blut! Wir brauchten Tage, ihn zu reinigen und zu schmieren, so dass er wieder auslaufen konnte.«

Einige der Besatzungsmitglieder sehen mich mit einem Anflug von Angst in den Augen an.

Ich bin mir nicht sicher, was ich in der darauffolgenden Stille sagen soll, aber genau dann höre ich die Tür zum Küchenbereich aufschwingen. Alle wenden sich Tam zu.

Er bringt eine Torte herein. Eine lächerliche, hochaufgetürmte weiße Torte. Das wäre unter allen Umständen etwas Frivoles und Seltenes, aber hier auf dem Bagger wirkt sie geradezu aberwitzig. Und trotzdem hat er es irgendwie geschafft, sie herzustellen.

Hat er gehört, was wir gesagt haben? Meine und Tams Augen treffen sich über der Torte. Ich bin nur ein Jahr älter als er, aber er wirkt noch so jung! Er ist so, wie ich früher war.

»Habe ich eine Hochzeit verpasst?«, frage ich und spüre, wie die Spannung im Saal nachlässt. Ein Teil der Crew lacht.

»Wir sind alle mit diesem Bagger verheiratet«, sagt Tam. »Auf die *Lily*!«

Die Besatzung lacht erneut, und als Tam sich mit der Torte

nähert, erkenne ich, dass sie die Form des Baggers hat. Er hat ihn in eine Süßigkeit verwandelt! Eine luftige, kunstvolle Wolke.

Tam hat leichthin gesprochen, aber als er mir ein Messer reicht, um die Torte anzuschneiden, blickt er mich nachdrücklich an. In seinen Augen liegt eine Warnung.

Wovor?

Ich sollte nicht den Fehler machen, zu glauben, dass Tam so ist, wie ich früher war. Er könnte es sein. Vielleicht aber auch nicht.

Ich versenke das Messer in die Torte und lecke anschließend die Klinge ab, sorgfältig darauf bedacht, mich nicht zu schneiden.

»Hol ein zweites Messer, Koch«, sage ich. Ich rede Tam nicht mit Namen an, weil es keinen Grund dazu gibt. Die Besatzungsmitglieder sprechen sich oft mit ihren Rangbezeichnungen an – aber ich sehe am Flackern seiner Augen, dass ihn das verletzt. »Wir sind zwar jetzt im Bauch des Baggers, aber gleich ist er in unseren Bäuchen.«

Die anderen lachen wieder, und in wenigen Augenblicken schneide ich die Torte in Stücke, und Tam verteilt sie und nimmt die Komplimente und das anerkennende Schulterklopfen entgegen. »Hebt noch etwas für die andere Schicht auf«, mahnt er.

Als die Glocke den Schichtwechsel ankündigt, stehen alle auf und gehen. Neben Naomi und mir ist Kaplan Clair der Letzte. Er hat nun doch keine Gelegenheit zum Sprechen erhalten.

»Was glaubst du, was er sagen wollte?«, frage ich Naomi.

»Ich nehme an, irgendetwas über den Admiral«, erwidert

sie. »Und dass die Arbeit für ihn ein großartiges und edles Unterfangen ist.«

Ich halte an der Tür inne. »Jetzt hatten wir bereits unseren ersten Möchtegern-Deserteur«, sage ich. »Glaubst du, es wird weitere geben?«

»Jetzt nicht mehr«, entgegnet Naomi. »Ich habe gehört, wie die Besatzung über dich gesprochen hat. Man sagt, dass der Admiral dir vertraut. Und dass du streng bist.«

Es könnte vermutlich schlimmer sein. Ich bedeute Naomi mit einer Geste, zuerst durch die Tür zu gehen, aber sie hat noch etwas zu sagen.

»Du hast dich verändert.« Sie blickt mich durchdringend an.

Ich presse die Lippen zusammen. Naomi würde so nicht mit einem anderen Kapitän sprechen. Ihr Tonfall ist respektvoll, aber sie beruft sich auf unsere Vergangenheit, sie spricht von persönlichen Dingen.

»Danke, Zweiter Offizier«, sage ich. »Wenn du mich jetzt entschuldigen würdest. Ich muss mich darauf vorbereiten, mit der nächsten Gruppe zu sprechen.«

»Natürlich«, sagt Naomi.

Mehrere Leute haben mich heute herausgefordert. Der Kaplan hat das Wort erhoben, ohne mich vorher um Erlaubnis zu fragen. Tam hat mit mir wie von Gleich zu Gleich geredet. Brig hat gezögert, als ich ihm sagte, er solle den Mann vom Bagger schicken. Naomi behandelt mich wie eine alte Bekannte.

All das darf in Zukunft nicht mehr passieren.

Kapitel 6

Ich gehe hinunter zur kleinen Plattform auf dem Minendeck, wo ich die Maschinen arbeiten und den Motor laufen sehen kann. Die beiden Besatzungsmitglieder, die auf der Plattform Wache halten, nicken mir zu. »Ihr könnt ein bisschen runtergehen«, sage ich. »Ich übernehme.«

»Danke, Captain«, sagt einer.

Ich stelle mich auf den Wachtposten.

Dies hier ist der gefährlichste Ort auf dem Schiff.

Jeder – der Möchtegern-Deserteur, sogar der Admiral, als ich ihm zum ersten Mal die Pläne zeigte – hat Angst, dass jemand über die Eimer in den Bagger eindringen könnte. Das finden sie am wahrscheinlichsten, jetzt, wo das Oberdeck gesichert ist und die Fenster auf der Brücke gepanzert sind. Aber der verwundbarste Teil des Baggers ist nicht der, wo das Gold reinkommt, sondern der, wo der Abraum hinaustransportiert wird – ein rechteckiger Vorsprung, der als Tailingsabsetzer bezeichnet wird und aus dem Heck des Baggers ragt. Er schwebt hoch über dem Fluss, und ein ständiger Strom von Rückständen – Stein-, Trümmer- und Schlammkaskaden – wandert über ihn hinaus, solange der Bagger nach Gold gräbt.

Ich habe lange darüber nachgedacht, wie man den Absetzer am besten sichert. Dann habe ich ihn mit der gleichen Panzerung versehen, die ich auch sonst für den Bagger verwendet habe – Zahnräder und Windungen, die sich ständig bewegen, bereit zum Zerkauen und Ausspucken.

Doch mehr fiel mir nicht ein. Der Absetzer muss eine Öffnung haben, muss die Tailings, die tonnenschweren Rückstände ständig entsorgen, sonst würden wir durch das Gewicht sinken. Schließlich entschied ich mich, auf die schiere Gewalt der austretenden Schlamm- und Gesteinsmassen sowie auf die Tatsache zu vertrauen, dass meine Panzerung alles außer dieser Öffnung schützt. Diese beiden Faktoren in Verbindung mit der Höhe des Absetzers über dem Fluss bedeuten, dass jeder, der versucht, an Bord zu gehen, sein Leben riskiert. Und es wäre kein schöner Tod, mit den Tailings ausgeworfen und lebendig unter dem Auswurf des Baggers begraben zu werden, zerquetscht unter dem, was wir nicht brauchen, nicht nutzen können, und dann zu ertrinken.

Es gibt keine wirklich angenehme Todesart für den, der versucht, an Bord meines Schiffs zu gelangen.

Ich denke an das Zusammenwirken aller Systeme. Die Schürftechnik, die Schiffsschrauben, die Panzerung – der Bagger ist wie ein Mensch, bei dem sich jedes System zu einem Ganzen verbindet. Es gibt Möglichkeiten, die Systeme vom Hauptantrieb zu trennen, aber wir haben selten Anlass dazu. Und die Energie für das alles stammt von den Solarzellen. Alles in allem äußerst effizient. Mein Schiff läuft reibungslos.

Das ist nicht euer Fluss.

Es ist an der Zeit, sich mit der Botschaft auf der Karte zu

beschäftigen. Ich habe noch eine Stunde, bevor ich auf der Brücke sein muss.

Zuerst der Logistikraum. Vielleicht finde ich dort eine Karte mit einem ausgeschnittenen Stück. Obwohl es unwahrscheinlich ist, dass ich so viel Glück habe.

Und ich möchte mit der Kartographin des Baggers sprechen, Eira Clyde. Der jungen Frau mit den dunklen Haaren.

Im Gang treffe ich auf Brig. Da ich die Kapitänin bin, treten die meisten Leute beiseite oder drücken sich gegen die Wand, wenn ich ihnen entgegenkomme. Nicht Brig.

»Kann ich kurz mit Ihnen reden?«, fragt er.

»Ja«, sage ich. »Ich muss auch mit dir reden. Was gibt's?«

Ich bin groß, aber er ist größer, und wir müssen beide unter der niedrigen Decke des Gangs die Köpfe einziehen. Dadurch entsteht unangenehmer Blickkontakt, was mir nur recht ist, denn wenn wir sitzen oder aufrecht stehen, kann sich Brig zu voller Größe aufrichten und auf mich herabblicken.

»Der Mann, der desertieren wollte«, beginnt Brig. »Hätten Sie ihn wirklich von Bord geworfen? Er glaubt es. Und die Besatzung glaubt es auch.«

Wieder spüre ich, wie jedes Mal, wenn ich bisher mit Brig gesprochen habe, sein Charisma, seinen Einfluss. Er sieht gut aus, aber es ist mehr als das. Vielleicht liegt es am Timbre seiner Stimme oder an der Art und Weise, wie er mir genau in die Augen sieht. Die meisten Leute tun das nicht. Sie blicken irgendwann weg. Von Brig geht eine subtile Kraft aus, die mich dazu bringt, mich breiter zu machen, damit er weniger Platz hat.

»Natürlich«, sage ich.

Er nickt, als sei das die Antwort, die er erwartet hat. Ich

habe das Gefühl, dass er noch mehr auf dem Herzen hat, aber nach einem Moment des Schweigens, in dem nur der Baggerlärm zu hören ist, ergreife ich das Wort.

»Als Jonah Miller versuchte zu desertieren«, beginne ich, »warum hast du ihn da in die Kantine gebracht, obwohl du wusstest, dass ich eine Sitzung abhielt? Warum hast du ihn nicht in seiner Kabine eingesperrt und ihn erst mal dort gelassen?«

»Ich habe ihn zu Ihnen gebracht, weil ich dachte, Sie wollten an ihm ein Exempel statuieren«, erklärt Brig.

»Exempel sind nicht meine Sache«, erwidere ich. »Wenn etwas Schlimmes passiert, möchte ich, dass so wenige Leute wie möglich davon erfahren. Ich will, dass alle ruhig und konzentriert ihre Arbeit erledigen. Es ist schon laut genug auf diesem Schiff.«

»Captain.« Es klingt nicht übermäßig respektvoll, sondern so, als hätte er noch Einwände.

»Und ich will«, fahre ich fort, »dass du meine Befehle befolgst. *Ich* werde auf diesem Bagger gebraucht, um ihn zu steuern. Nicht du.«

Call hat immer gelacht, wenn ich jemanden einschüchterte, irgendeinen Arbeiter auf dem Schrottplatz oder ein Kind auf dem Spielplatz, als wir noch klein waren. »Du könntest ja doch niemandem ein Haar krümmen«, meinte er dann.

»Das wissen die anderen aber nicht«, erwiderte ich.

»Ich schon«, entgegnete Call.

Nun, aber ich denke, sogar Call würde mir glauben, wenn er mich jetzt hören könnte.

»Ich glaube, dass wir ähnliche Bedenken bezüglich dieser

Reise haben«, meint Brig. »Es wäre hilfreich, wenn wir darüber sprechen könnten.«

»Alles, was ich von dir will«, entgegne ich, »ist, dass du meine Befehle befolgst.«

Brig macht Anstalten, noch etwas zu erwidern, aber ich wende mich ab. Als ich ihn passiere, streife ich im engen Gang mit einer Schulter seine Brust.

Auf diesem Schiff ist nicht annähernd genug Platz für uns alle.

Als es so weit war, dass Call und ich das Waisenhaus verlassen und in die Quartiere auf dem Schrottplatz ziehen mussten, gingen wir zusammen dorthin, die Rucksäcke über die Schultern geschwungen. Wir blieben gleichzeitig vor dem riesigen Wandbild stehen, das auf der Außenseite des Blockhauses prangte, in dem sich die Schlafsäle befanden.

Auf zahlreichen Gebäuden des Außenpostens sieht man Wandgemälde. In gewisser Weise gefielen sie mir, weil sie Farbe ins Straßenbild brachten. Was mich störte, war die unproportionierte Darstellung der Menschen darauf, immer nach Schema F – die Männer hatten unglaublich dicke Muskeln und breite Schultern, die Frauen schmale Taillen und riesige Augen. Die Leute auf dem Bild starrten uns an, als wir das Wohnheim betraten.

»Die beobachten uns«, meinte Call.

»Die sind eifersüchtig«, erwiderte ich. »Wir können uns bewegen, sie nicht«, und ich streckte ihnen die Zunge raus, was Call zum Lachen brachte.

Damals waren wir noch nichts weiter als Freunde, Call und ich. Erst im Laufe des nächsten Jahres, als wir den ganzen Tag auf dem Schrottplatz miteinander zu tun hatten und abends beim Essen zusammensaßen, änderte sich das. Wir waren uns immer nahe gewesen, aber unser neues Leben brachte uns einander noch näher. Wir hatten die gleichen Schwielen an den Händen, die gleichen Schnitte vom Metall. Wir erzählten uns gegenseitig von unserem Tag, von der Frustration über unsere Arbeit, weil wir immer nur Sachen reparierten, anstatt etwas zu konstruieren. Wir hatten beide das Gefühl, dass uns die Zeit davonlief. Wir hatten beide auf eine ganz neue Art und Weise das Bedürfnis, etwas aus unserem Leben zu machen.

Und wir verliebten uns ineinander. Ich weiß noch, dass ich dachte, wie seltsam und zugleich folgerichtig es war, dass ich mir einerseits ein anderes Leben wünschte und zugleich diesen einen, vertrauten und neuen Menschen an meiner Seite haben wollte.

Kapitel 7

Als Kapitänin bin ich berechtigt, mich jederzeit und überall an Bord zu bewegen, daher öffne ich die Tür des Logistikraums, ohne anzuklopfen. Eira dreht sich um, einen Bleistift hinter dem Ohr, einen anderen in der Hand.

»Captain Blythe«, sagt sie. »Wie kann ich Ihnen helfen?«

»Ich brauche eine Karte.« Ich will ihr nichts von der Nachricht erzählen. Schließlich kommt sie als Verfasserin genauso in Frage wie alle anderen auch. Mehr noch, sie hat den leichtesten Zugang zu allen Karten.

»Jawohl«, sagt sie. Der winzige Logistikraum wird an den Wänden von Metallschränken mit breiten, flachen Schubladen gesäumt. In der Mitte des Raumes befindet sich ein kleiner, festgeschraubter Tisch mit einem Stuhl. »Welche?«

»Ich brauche die detaillierteste Karte, die du für diesen Teil des Flusses hast.«

»Ich glaube, diese Karte wurde zu Beginn der Reise in Ihrer Kabine aufgehängt«, erwidert sie.

»Ich möchte, dass du noch einmal nachsiehst«, sage ich. »Ich bin gern behilflich. Ich verspreche auch, nichts durcheinanderzubringen. Ich will deine Arbeit nicht behindern.«

Eira nickt und geht zu einem der Schränke. Ich übernehme den Schrank neben ihr, ziehe eine Schublade auf, blättere durch die Karten und behalte gleichzeitig Eira im Auge.

Die Karten fühlen sich je nach Alter unterschiedlich an – weich, brüchig, steif, glatt, jede mit einer eigenen Textur, genauso verschieden wie die Landstriche, die sie darstellen. Am liebsten mag ich die topographischen Karten mit Unebenheiten für Berge und glattem blauem Kunststoff für Wasser. Die Union hat an den Karten, die sie den ersten Siedlern mitgegeben hat, nicht gespart, und der Außenposten hat sie sehr sorgfältig behandelt. Der Admiral muss großes Vertrauen in Eira setzen, wenn er sie zur Kartographin dieser Reise ernannt hat.

»Hier ist eine«, sagt Eira, »aber ich weiß nicht, ob sie besser ist als die, die Sie schon haben.«

Ich nehme die Karte und gehe zum Tisch. Sie eilt hinüber, um ihre Papiere und Zeichenmaterialien beiseitezuräumen, aber vorher erhasche ich noch einen Blick auf das, woran sie gearbeitet hat.

Es ist eine künstlerische Darstellung des Baggers, und sie ist exquisit.

»Ist das von dir?«

Sie blickt zu mir herüber, den Mund zusammengepresst. »Ja«, sagt sie.

»Wofür ist das?«

»Ich befürchte, Sie haben mich dabei erwischt, wie ich etwas zu meinem Vergnügen gezeichnet habe«, gesteht sie. »Ich finde den Bagger faszinierend. Und herausfordernd, künstlerisch gesehen. Ihre Panzerung ist besonders schwer zu zeichnen.«

Das scheint als Kompliment gemeint zu sein. Als ich

mir Eiras Bild ansehe, spüre ich einen Anflug von Eifersucht. Meine Entwürfe und Zeichnungen konnte man nie als kunstfertig bezeichnen. Meine Arbeit ist präzise. Genau. Zweckgerichtet.

»Du hast recht«, sage ich. »Diese Karte ist nicht ganz so gut wie die in meiner Kabine. Lass uns weitersuchen.«

Wir kehren zu den Schränken zurück. Obwohl der Bagger unter uns mahlt, höre ich die leiseren Geräusche, die wir machen, das Gleiten von Schubladen, das Rascheln und Blättern durch die Karten.

Ich verfalle bei meiner Suche durch die Unterlagen in eine Art Rhythmus, so dass ich die Karte, nach der ich gesucht habe, beinahe übersehen hätte. Ich überblättere sie, halte inne und gehe noch einmal zurück. Ein Fleck auf der Karte passt zu dem hinten auf der Notiz in meiner Tasche. Aus der Karte wurde nichts herausgeschnitten, aber ich bin mir so gut wie sicher, dass der Ausschnitt in meiner Tasche von einer Kopie stammt. Ich erkenne die Konturen und Biegungen des wiedergegebenen Landstrichs, und das Papier fühlt sich ähnlich alt an.

Ich nehme sie mit hinüber an den Tisch, breite sie aus, und als ich sie ganz betrachten kann, stelle ich fest, dass es sich um eine Karte des Cutwater River-Gebiets handelt, in dem ich mit Call Gold geschürft habe. Auf den ersten Blick habe ich es nicht erkannt, weil die Rückseite der Nachricht nur ein Stück Wasser und Land zeigte.

Man hat mir den Ausschnitt einer Karte untergeschoben, die die Stelle – oder jedenfalls die unmittelbare Umgebung – abbildet, an der Call gestorben ist.

Ich lache auf.

Eira schaut mich überrascht an.

Ich hebe die Karte des Cutwater Rivers an, verschiebe dabei zufällig ihre Zeichnung des Baggers und decke eine weitere Skizze darunter auf.

Sie hat Menschen gezeichnet, die auf eine goldene Sonne blicken. Einige knien. Manche schützen ihre Augen. Und vor der Sonne – fast so, als ziehe er die Sonne mit sich und bringe sie ihnen – ragt der Bagger auf, der ebenfalls wie Gold glänzt. Auf dem Deck, zwischen der Panzerung, steht die aufrechte Gestalt des Admirals.

Es ist der Entwurf eines Wandbildes.

Eiras Talent zeigt sich deutlich im Baggerbild, aber diese Zeichnung ist anders. Sie ist stark stilisiert, wie jede Art von Kunst im Außenposten. Sogar der Bagger, den sie auf ihrer anderen Zeichnung so kunstvoll abgebildet hat, wirkt überdimensioniert und aufgebläht und viel weniger detailliert und präzise.

Eira nimmt den Wandgemäldeentwurf an sich.

»Das ist ein Auftrag, an dem ich für den Admiral arbeite«, erklärt sie mit vollkommen ruhiger Stimme. Sie zieht ein weiteres Blatt Papier weg, unter dem noch eine Zeichnung zum Vorschein kommt. Es sind die Umrisse einer Person, fast merkmallos in ihrer Übereinstimmung mit den Figuren auf den Wandmalereien. Aber ich erkenne die Haltung, die Zöpfe.

Das soll ich sein.

Eiras und meine Augen begegnen sich.

»Sie sind schwer zu zeichnen«, sagt sie.

»Warum wolltest du es überhaupt versuchen?«

Sie legt die Zeichnung des Wandbildes wieder auf den

Tisch neben die Skizze von mir. »Hier werden Sie stehen«, erklärt sie und deutet auf die Menge. »Ich habe einen Platz freigelassen, um Sie hinzuzufügen, sobald ich den Entwurf fertig habe.«

»Solange ich nicht zu den Leuten gehöre, die knien«, bemerke ich, und sie schaut mich leicht amüsiert an.

»Wo soll es hinkommen?« Mir scheint, als wären bereits die Wände jedes Gebäudes im Außenposten mit Wandmalereien bedeckt.

»Ich weiß nicht«, antwortet sie.

Es sieht genauso aus wie alle anderen Wandbilder auch, denke ich wieder, als mein Blick über die Figuren wandert.

Es ist fast zu ähnlich.

Beinahe wie eine Parodie.

»Danke«, sage ich zu Eira und rolle die Karte des Cutwater Rivers auf, um sie mitzunehmen. »Du hast mir sehr geholfen.«

»Gern geschehen«, sagt sie. Ich könnte wetten, dass sie nach meinem Weggang an die Schublade geht und sich notiert, welche Karte ich mitgenommen habe. Ihr wird klar sein, dass ich sie angelogen habe, da der Cutwater River nicht hier in der Nähe liegt. Ich frage mich, was sie dann von mir halten wird.

Ich schließe die Tür und nehme die Karte unter den Arm. Ich kann es nicht beschwören, aber irgendetwas an der Art und Weise, wie sie dieses Wandbild gemalt hat, lässt mich ahnen, dass Eira nicht der Wachhund des Admirals ist.

Sympathisiert sie also mit den Piraten?

Hat sie mir die Nachricht hinterlassen?

Kapitel 8

Mitten in der Nacht klopft es an meine Tür. Ich drehe mich auf den Bauch, wobei sich meine Beine in die Wolldecke verwickeln, und greife nach der Taschenlampe auf der Kommode. Sie leuchtet schwach in meiner Hand, als ich die Tür öffne.

»Was ist?«, frage ich.

»Captain!«, sagt Naomi. »Kommen Sie, das müssen Sie sich ansehen!«

Ich ziehe mich schnell an und schlüpfe in meine Stiefel. Das offene Haar flechte ich im Gehen, während ich Naomi die enge, gewundene Metalltreppe hinunter in die Tiefe des Baggers folge.

Die Bergleute erwarten mich schon. Die erste Woche auf dem Bagger ist gut gelaufen. Es gab keine Zwischenfälle außer dem mit dem potentiellen Deserteur in der ersten Nacht. Einige der Arbeiter lächeln, als ich ihnen ins Gesicht sehe.

Es müssen gute Nachrichten sein.

»Schauen Sie mal, Captain!«, sagt einer der Männer.

Sogar im schwachen Lampenschein, noch bevor das Gestein fertig durch die Siebtrommel gelaufen ist, erkenne ich den matten Glanz und die Farbe des Goldes. Ich habe noch nie eine solche Ausbeute gesehen. Es ist so viel Gold, dass ich es zwischen den Steinen erkennen kann.

»Wie lange geht das schon so?«, frage ich.

»Während der ganzen letzten Stunde«, antwortet Naomi. »Wir haben in dieser Zeit mehr gewonnen als in den ganzen letzten Tagen.«

»Und die Qualität ist gut?«

»Sehr gut sogar.«

Der Chefgeologe des Schiffes, Noah Warren, hält mir eine Karte hin. »Demnächst müssten wir uns eigentlich links halten«, sagt er, und ich schaue mir die Stelle an, auf die er zeigt. Wir nähern uns einer Verzweigung des Flusses, ab der er sich in verschiedene Rinnen teilt, ehe er mehrere Kilometer weiter wieder zusammenfließt. »Aufgrund der Art und Weise, wie sich die Goldseifen im Fluss abgelagert haben, vermuten wir aber, dass es besser wäre, die rechte Rinne zu nehmen, wenn wir weiter so großen Erfolg haben wollen. Wir bitten Sie daher um Erlaubnis, unseren Kurs zu ändern.«

Noah muss schreien, um sich hier unten Gehör zu verschaffen, aber dennoch hat die Atmosphäre etwas Heimeliges, Vertrautes. Die Dunkelheit draußen. Das Gold. Wir alle gemeinsam nachts auf dem Wasser. Wir sind inzwischen so weit flussabwärts gefahren, dass wir schon vor Tagen den Kontakt zum Außenposten verloren haben. Die Entscheidung liegt in meinen Händen.

Ich fahre mit dem Finger die Karte entlang. Bestimmt fragen sich viele, ob ich dem vorgegebenen Kurs des Admirals treu bleiben werde. Ich überlege, ob die Person, die die Botschaft hinterlassen hat, versucht, uns vom Kurs abzubringen, damit die Piraten uns angreifen können. Vielleicht ist das viele Gold eine Falle.

»Wann müssen wir uns entscheiden?«, frage ich.

»Ich schätze, wir haben noch etwa zwei Stunden, bevor wir die Gabelung erreichen«, antwortet Noah. »Mehr oder weniger.«

»Mal sehen, wie viel mehr Gold in der nächsten Stunde reinkommt«, sage ich. »Wenn es zu Ende geht, ist die Frage vielleicht irrelevant.«

»Soll ich Sie wecken, wenn es so weit ist?«, fragt Naomi.

»Nein«, erwidere ich. »Ich bleibe wach. Aber jemand soll Brig auf der Brücke ablösen. Ich möchte mit euch beiden beraten, was wir tun sollen.«

»Ich kümmere mich darum«, antwortet Naomi. »Obwohl ich persönlich nicht weiß, was ich dazu sagen soll. Es ist Ihre Entscheidung.«

Das überrascht mich ein wenig.

Ich steige wieder auf die Plattform des Förderdecks und schicke die Wachen für einen Moment weg, um in Ruhe nachdenken zu können. Durch die Öffnung des Transportbands blicke ich nach hinten über den Absetzer, um zu prüfen, ob die Nachtbeleuchtung funktioniert. Das war ein weiteres Dilemma – sollten wir in der Dunkelheit diesen Teil des Baggers erleuchten, um sehen zu können, ob sich von hinten etwas nähert? Voll angestrahlt sind wir jedoch selbst auch unübersehbar. Der Admiral und ich beschlossen, dass es besser sei, den Bagger unterwegs ringsum zu beleuchten. Der Lärm würde uns ohnehin verraten. Einen Schürfbagger, der den Fluss heraufkommt, kann man unmöglich überhören.

Schritte hinter mir. Sie sind zu schwer, um von Naomi zu

stammen, aber dennoch leichtfüßig. Sie gehören zu jemandem, der sich genauso gut leise anschleichen könnte, es aber absichtlich nicht tut.

Brig stellt sich links neben mich, so dass ich sowohl ihn als auch den Absetzer im Blickfeld habe. »Naomi hat gesagt, Sie wollten mich sprechen.«

»Hat sie dir von dem Gold erzählt?«, frage ich.

»Ja«, antwortet er.

Es fällt mir schwer, es auszusprechen. Naomi zu fragen war leichter. »Ich habe schon mit Naomi geredet. Was meinst du, welchen Flussarm wir einschlagen sollten?«

»Ich würde den Kurs halten, den man uns zu Beginn der Reise vorgegeben hat«, antwortet Brig. »Aber ich werde dem Admiral gegenüber Rechenschaft ablegen, falls Sie sich anders entscheiden.«

Der erste Teil seiner Antwort überrascht mich nicht, wohl aber der zweite. Wenn das hier schiefgeht, wird es keine Kleinigkeit sein, dem Admiral gegenüber Rede und Antwort zu stehen. Meint Brig es ernst? Er wirkt so. Eine der Laternen über uns pendelt mit der Bewegung des Baggers, und seine Gesichtszüge wirken geschmälert und werden im Hin und Her des Lichtscheins überschattet. Ich kenne ihn nicht gut, aber so wirkt er auf mich noch fremder.

Ich blicke an Brig vorbei zum Absetzer, spüre aber, dass seine Augen noch immer auf meinem Gesicht ruhen.

»Ich war aus mehreren Gründen froh, für diese Reise ausgewählt worden zu sein«, sagt er. »Einer von ihnen war, weil ich dadurch die Panzerung mit eigenen Augen sehen konnte. Sie ist noch beeindruckender, als ich sie mir vorgestellt hatte.«

Das ist ein Kompliment. Ich könnte mich dafür bedanken.

»Sag den Wachen, sie sollen wieder ihre Posten einnehmen«, befehle ich.

Dann bin ich wieder allein. Ich ertappe mich dabei, wie ich für einen Augenblick die Metallplatte betrachte, die an der Wand hängt. Genauso eine gab es auch auf dem anderen Bagger. Die Goldbagger sind uralt, noch älter als die Union. Die Besatzungen haben damals die wichtigsten Alarmsignale für die Klingeln, mit denen sie sich über den Maschinenlärm hinweg verständigten, auf diese Platten eingraviert. Ein kurzes Klingeln bedeutet: Siebtrommel anhalten. Zwei kurze Klingeltöne bedeuten: Siebtrommel wieder starten. Drei Mal kurz bedeutet Notfall: Motor aus und Hauptalarm auslösen. Call und ich wunderten uns darüber.

»Sollte der Hauptalarm nicht kurz sein?«, fragte ich. »Wenn dir ein Pirat die Kehle durchschneidet, würdest du dir doch wünschen, dass das Signal kurz ist.«

Call schüttelte den Kopf. »Du bist ja so blutrünstig!«

Damals war es ein Witz.

Ich könnte das Alarmsystem ändern, wenn ich wollte. Ich bin der Kapitän.

Da die Bedrohung durch die Piraten abgewendet ist, besteht der wahrscheinlichste Notfall darin, dass wir den Bagger anhalten müssen, weil er irgendetwas gefördert hat, was die Maschinen blockieren und beschädigen könnte, oder weil jemand im Inneren in den Fördermechanismus gefallen ist.

Die Piraten sind nicht die Einzigen, die töten können. Es könnte auch jemand an Bord einen anderen in die Maschinerie stoßen und ihn zusammen mit den Tailings über den Absetzer hinausbefördern.

Die Zeit ist um.

Das Gold kommt immer noch in großen Mengen rein.

Die Mannschaft schweigt, die Augen auf mich gerichtet, und wartet auf meine Entscheidung.

»Wir halten uns rechts«, sage ich zu Naomi. »Informiere Brig.«

Sie nickt und geht die Treppe hinauf. Ich bleibe unten bei der Mannschaft. »Darf ich?«, frage ich Noah, und er lässt einige Goldklumpen in meine offene Hand fallen. Ihre unförmige Gestalt erinnert mich an winzige, versteinerte Herzen, schwer und tot.

Kapitel 9

Gold, Gold und noch mehr Gold. Innerhalb von drei Tagen fördern wir mehr als jede vorherige Reise bis jetzt insgesamt eingebracht hat.

»Gehen euch schon die Lagerräume aus?«, fragt einer aus der Mannschaft Noah, als wir Pause machen und in der Schiffskantine zu Mittag essen.

»Wenn wir mehr Platz brauchen, werfen wir dich über Bord«, scherzt Noah. Es herrscht inzwischen eine ganz andere Atmosphäre als zu Beginn der Reise, und jeder in Hörweite lacht. Niemand ist beleidigt, niemand kann sich vorstellen, gehen zu wollen, nicht im Augenblick.

»Wenn ihr keinen Platz mehr habt, könnt ihr meine Kajüte nehmen«, ruft ein anderer. »Mir wär's egal, wenn ich auf einem Haufen Gold schlafen müsste.«

Für einen Moment bin ich froh, weil alle so fröhlich sind, weil sie lächeln, aber die Stimmung hält nicht an.

Das hier ist nämlich nicht unser Gold. Es gehört dem Admiral.

»Glauben Sie, dass wir unter dem Gewicht sinken könnten?«, fragt Tam.

Es stimmt, dass der Motor lauter stampft – wir haben eine schwere Fracht an Bord und noch einen langen Weg vor uns.

Möglicherweise müssen wir, wenn unsere Lagerkapazität erschöpft ist, früher umkehren als geplant, noch bevor wir unseren Wendepunkt im Fluss erreicht haben.

Und was dann? Wird uns der Admiral erneut losschicken? Oder werden wir ihm genug mitbringen, wofür auch immer er das viele Gold braucht?

»Bis auf weiteres haben wir keine Probleme. Im Moment reicht der Platz aus«, antworte ich. »Warst du noch einmal unten auf dem Förderdeck?«

»Ja«, sagt er. »Sie brauchen Hilfe. Und sie haben mir die Erlaubnis erteilt, zu assistieren.«

»Solange das Essen nicht darunter leidet.«

»Tut es nicht«, erwidert Tam.

»Stimmt.« Ich esse jeden Bissen der Mahlzeiten, die Tam serviert. Mein Teller ist immer so sauber, als hätte ihn eine Katze abgeleckt. »Aber wann schläfst du eigentlich?«

»Gar nicht«, erwidert er. Dann fügt er hastig hinzu: »Doch, natürlich schlafe ich. Keine Sorge. Mir geht es gut.«

»Denk dran«, sage ich, »es ist kein Admiral hier, den du beeindrucken kannst.«

»Ich will den Admiral gar nicht beeindrucken.« Tam schaut mich an. Seine haselnussbraunen Augen haben goldene Sprenkel. Irgendetwas lese ich in ihnen. Ist es der Mühe wert, tiefer zu schürfen, um herauszufinden, was es ist?

»Interessant«, bemerkt Tam. »Je mehr Gold wir schürfen, desto grimmiger wird Ihr Gesicht.«

Er hat recht. Der Reichtum, die Mühelosigkeit, der Erfolg des Ganzen machen mich irgendwie noch nervöser als zuvor. Fast habe ich das Gefühl, der Bagger hätte seine Gestalt verändert. Er ist jetzt keine schlanke Wildkatze mehr, mit

Klauen und Zähnen und gesträubten Haaren, kampfbereit. Er ist plump und satt, liegt zusammengerollt in der Sonne, und wartet darauf, ausgeweidet zu werden.

Als ich eines Abends nach dem Essen meine Kajüte betrete, spüre ich sofort, dass jemand dort gewesen ist. Nichts ist durchwühlt, aber alles ein wenig verändert. Der Stuhl ist nicht ganz unter den Tisch geschoben. Eine Ecke meiner Decke ist ein wenig aus der Koje herausgezupft. Jemand wollte mir signalisieren, dass er da war. Wollte mir Angst einjagen.

Wer könnte das sein?

Ich habe den einzigen Schlüssel zu diesem Raum.

Stimmt nicht, denke ich. Offensichtlich hat jemand einen zweiten.

Hat der Admiral jemandem einen Schlüssel gegeben, damit derjenige ein Auge auf mich halten kann? Und zu welchen Bereichen hat derjenige dann noch Schlüssel? Zum Förderdeck? Zur Brücke? Zu den Waffenschränken auf jeder Etage?

Ich verschränke die Arme und blicke mich um, ohne etwas zu berühren, und versuche, mir sämtliche Unterschiede einzuprägen. Erst, als ich sicher bin, dass ich alles bemerkt habe, gehe ich hinüber zur Kommode, wo eine Schublade einen Spaltbreit offen steht.

Dort hat der Eindringling den Zettel hingelegt – auf meine gefalteten Shirts. Das ist sehr persönlich, und das gefällt mir nicht. Es bedeutet eine noch größere Verletzung meiner Privatsphäre, als etwas in meine Tasche zu stecken.

Das ist nicht euer Gold, heißt es auf dem Zettel.

Ich zerknülle das Stück Papier in meiner Hand.

Jetzt reicht es mir!

Ich gehe hinaus in den Flur zum nächsten Alarmschalter und ziehe den Handgriff herunter. Auf dem ganzen Bagger bricht lautes Geheul aus.

Kapitel 10

Ich zucke nicht mit der Wimper. Krach macht mir nun mal nichts aus. Call ist vor dem Alarm gestorben, als der Bagger lahmgelegt wurde. Diese Ruhe, die könnte ich wahrscheinlich nicht ertragen. Für mich ist das Schweigen der Maschinen auf immer mit Calls Tod verbunden.

Die Mannschaft kennt den Ablauf. Wenn der Alarm ertönt, müssen sie sich an einem vorgeschriebenen Treffpunkt in einem der zwei größten Bereiche des Baggers einfinden – die einen in der Kantine, die anderen auf dem Förderdeck. Naomi ist zuständig für das Deck, Brig für die Kantine. Meine Aufgabe ist es, die Brücke zu sichern, während Ophelia Hill, die Steuerfrau, solange das Kommando hat. Nachdem ich fertig bin, rufe ich meinen Ersten und Zweiten Offizier über das Kommunikationssystem des Baggers.

»Alle vollzählig anwesend«, verkündet Naomi. Sie muss laut rufen, um den Lärm der Siebtrommel unten auf dem Förderdeck zu übertönen.

»Alle anwesend«, meldet Brig.

»Gut«, sage ich. »Ich komme runter zum Förderdeck.«

Einige aus der Mannschaft tragen Schlafanzüge – es war ihre Ruheschicht. Sie beobachten mich, wachsam. Vertrauen sie mir? Sollten sie?

»Mit dem Bagger ist alles in Ordnung, und euch droht keine unmittelbare Gefahr«, beginne ich, »aber wir haben einen Sympathisanten der Piraten an Bord.« Ich halte den zerknitterten Zettel hoch. »Dies ist die zweite Botschaft, die man mir geschickt hat. Wir dürfen auf dieser Reise nichts riskieren, vor allem, da sonst alles so gut läuft.«

Die Offenheit, die ich in den letzten paar Tagen auf den Gesichtern der Mannschaft gesehen habe, ist verschwunden. Ihre Augen verengen sich, ihre Mienen werden ausdruckslos, wütend oder besorgt.

»Ich werde den Bagger durchsuchen lassen, bevor der- oder diejenige Zeit hat, irgendetwas zu verstecken«, fahre ich fort. »Keiner verlässt den Raum, bis ich die Erlaubnis gebe. Beobachtet einander. Naomi, sorge dafür, dass keiner geht.«

Die Besatzung tritt von einem Fuß auf den anderen. Jemand räuspert sich. Die gute Stimmung, die auf dem Bagger geherrscht hat, rieselt heraus wie der Abraum und fällt über Bord.

»Sie sollten bei der Durchsuchung jemanden mitnehmen«, rät Naomi, den Mund dicht an meinem Ohr. »Damit Sie einen Zeugen für das haben, was immer Sie finden.«

Sie hat recht.

Aber wen?

Ich lasse die Augen über die Besatzung schweifen. Die Leute sind müde und durch den Mangel an Tageslicht aschfahl. Die Trommel dreht sich, und die Eimer transportieren eine Ladung Gold nach der anderen herein.

Tam, denke ich. Alle mögen ihn. Alle vertrauen ihm. Er hatte recht, was das Essen angeht – es ist wichtig für die Moral an Bord. Und demjenigen, der dafür sorgt, dem wird man glauben.

»Ich nehme Tam mit«, sage ich an Naomi gewandt, und sie nickt.

Oben in der Kantine steht auch Brigs Gruppe bereit. Tam ist unter ihnen. Ich wiederhole, was ich bereits zur Besatzung auf dem Förderdeck gesagt habe. Ganz kurz huscht ein Ausdruck der Verärgerung über Brigs Gesicht. Er fühlt sich hintergangen. Ich habe ihm nichts von den Botschaften erzählt.

Weil er zu den Verdächtigen gehört. Das müsste er wissen.

Jemand hebt die Hand, aber ich schüttele den Kopf. »Fragen könnt ihr später stellen«, sage ich. »Uns läuft die Zeit davon. Ich will euch hier nicht länger als nötig aufhalten. Wir haben einen Bagger zu führen.« Ich wende mich an Brig. »Stelle sicher, dass niemand den Raum verlässt.«

Brig nickt zustimmend. »Aye, aye, Captain.«

»Ich möchte, dass du mich begleitest«, sage ich zu Tam. »Ich brauche einen Zeugen bei der Suche, und mein Erster und Zweiter Offizier müssen auf ihren Posten bleiben.« Ich nicke Brig zu. »Ich bin so schnell wie möglich wieder da.«

Tam folgt mir schweigend durch den Saal. Ein Blick auf die Uhr sagt mir, dass draußen die Abenddämmerung hereinbricht.

Die Abenddämmerung war Calls liebste Tageszeit im Außenposten. Unsere Arbeit auf dem Schrottplatz war beendet, und wir hatten ein paar Momente für uns. Seltsam. Ich habe fast das Gefühl, dass ich ihn sehen könnte, wenn ich hinaus aufs Deck ginge.

Das ist Unsinn, ermahne ich mich. Call ist tot. Er ist nicht auf dem Deck. Er war nie auf diesem Bagger. Nie hier an Bord, nie auf diesem Fluss.

Tam will etwas sagen, hält aber inne.

»Was ist?«, frage ich ihn.

»Durchsuchen wir auch Ihre Kajüte?« Ich lasse mich nicht zu einer Antwort herab. Ich werde meine Sachen nicht in Tams Anwesenheit durchgehen. Außerdem habe ich in meinem Raum bereits alles abgesucht. Und ich weiß bereits, dass er nicht sicher ist.

»Fass nichts an. Schau mir nur zu.«

»Aye, aye«, sagt er. »Wonach suchen wir denn?«

»Das weiß ich, wenn ich es sehe«, erwidere ich. Das hoffe ich jedenfalls.

Ich habe nicht damit gerechnet, dass ich solche Hemmungen haben würde, die Sachen anderer Leute zu durchwühlen. Doch die habe ich. Man lernt eine Menge über sie, wenn man sieht, was sie so an Bord gebracht haben.

Naomi hat fast nichts außer den Standarddingen, die jeder an Bord erhält. Und dazu ein verblasstes Buch, eine Sammlung von Märchen, was ich nicht erwartet hätte. Das wirkt etwas extravagant für Naomi.

Brigs Kajüte ist aussagekräftiger. Ich finde zwei abgegriffene Kartenspiele, ein paar Kleidungsstücke, die nicht zur Uniform gehören, mehrere Fotos von ihm mit Leuten, von denen ich annehme, dass sie seine Eltern sind – eine ältere Frau und ein Mann, dem Brig ähnlich sieht. Und er besitzt ein Taschenmesser. »Das nehme ich an mich«, sage ich und stecke es in die Tasche. »Waffen sind an Bord nicht erlaubt. Das weiß Brig ganz genau.«

»Ist doch nur ein Messer«, erwidert Tam.

Ich sehe ihn mit hochgezogenen Augenbrauen an.

»Was?«, fragt er. »Ich habe Dutzende von den Dingern in der Küche.«

»Als ob mich das beruhigen würde«, erwidere ich.

Wir machen weiter, nehmen uns eine Kajüte nach der anderen vor.

In Eiras Kabine herrscht makellose Sauberkeit und Ordnung. Sie hat Kleidung mitgebracht, die sie vermutlich beim Verlassen des Baggers tragen will – einen blauen Rock, eine weiße Spitzenbluse und ein Paar vollkommen unpraktische Schuhe. Einen Spiegel, einige Haarbänder. Ein Set von Buntstiften in wunderschönen Farben.

»Wir haben bisher bei niemandem ein Tagebuch gefunden«, bemerkt Tam, als wir Eiras Kajüte verlassen.

»Bleibt ja auch nicht viel Zeit, eines zu schreiben.«

»Ich nehme mir die Zeit.«

»Dann schläfst du wohl doch nicht«, erwidere ich. »Was schreibst du denn so?« Es ist ein Versuch, Tam abzulenken. Er hat mich sehr genau beobachtet. Es würde mich nicht wundern, wenn er im Kopf eine Liste aller Dinge führte, die jedes Crewmitglied besitzt.

»Ich schreibe auf, was so passiert«, antwortet er. »Machen Sie das nicht? Sollten Sie nicht ein Logbuch führen? Ich dachte, das machen alle Kapitäne.«

»Ich nicht«, entgegne ich. Das hat auch niemand von mir verlangt.

Allmählich bin ich frustriert. Wonach suche ich eigentlich genau? Ich dachte, ich würde es wissen, wenn ich es finde, aber so ist es nicht. Und wer immer diese Botschaften geschrieben hat, war offenbar so klug, kein Indiz in seiner Kajüte zu hinterlassen. Sollte es Hinweise geben, sind sie wahrscheinlich irgendwo an Bord versteckt. An einer geheimen Stelle. Vielleicht auf dem Förderdeck oder in der Kantine?

Hätte ich dort zuerst suchen sollen?

Oder der oder die Schuldige trägt sie am Körper. Ich werde alle einzeln kontrollieren müssen.

Ich öffne die Tür der nächsten Kajüte, und wir treten ein. Ein Standardraum für vier Personen. Zwei Etagenbetten, zwei Kommoden, beide mit zwei Schubladen. Kein Tisch.

»Das ist meine Kajüte«, erklärt Tam. »Ich teile sie mit anderen aus der Küche.«

Ich taste die Unterseite der Betten ab, schlage die Decken zurück. Fahre mit einer Hand in die Kopfkissenbezüge, schüttele sie.

Ich öffne Tams Schublade. Ich muss fest ziehen. Etwas Schweres ist darin. »Was bewahrst du denn da drin auf?«

Die Schublade gibt nach, und ich stolpere rückwärts und starre auf den Inhalt.

Gold!

Die ganze Schublade ist damit gefüllt. Mit den neuen, hochwertigen Klumpen, die wir in den letzten paar Tagen gefördert haben.

Ich schaue Tam an.

Zum ersten Mal, seit ich ihn kennengelernt habe, ist sein Gesicht angsterfüllt. »Ich habe das nicht da reingelegt«, stammelt er. »Das ist nicht meins!«

Ein dumpfer Schmerz pulsiert in meiner rechten Schläfe, im Takt zu meinem Herzschlag.

Gold. Gold. Gold.

Was wollte er damit anfangen? Was hat das zu bedeuten?

»Captain Blythe«, sagt er. »Bitte, ich ...«

»Raus«, sage ich zu Tam. »Sofort!«

Er hebt die Hände und zieht sich rückwärts aus der Kajüte zurück. Hat er Angst, mir den Rücken zuzudrehen? Sollte ich Angst haben? Ich frage mich, ob er irgendwo ein Küchenmesser versteckt hat.

»Geh vor mir her«, befehle ich. »Wir wollen es nicht schlimmer machen, als es schon ist. Los, in die Kantine.«

Ich brauche Unterstützung, und Brig ist am nächsten.

»Captain Blythe!«, fleht Tam, und ich merke, dass er sich zwingt, ruhig zu bleiben. »Ich habe das Gold nicht genommen. Jemand anders hat es dort hineingetan.«

Wir erreichen die Treppe. »Dreh dich um«, sage ich. »Geh vorwärts runter, sonst fällst du. Lass die Hände da, wo ich sie sehen kann.«

Warum sollte er Gold stehlen? Warum sollte irgendeines der Besatzungsmitglieder das tun? Es ist schwer und unförmig, und man würde sofort damit erwischt, wenn man versuchte, den Bagger damit zu verlassen.

War er deswegen so erpicht darauf, auf dem Förderdeck auszuhelfen?

Hat Tam die Botschaften in meinem Zimmer hinterlassen?

Die Sirenen an Bord heulen auf. Der Alarm! Schon wieder!

Nur habe nicht ich ihn diesmal ausgelöst.

Unter unseren Füßen dagegen erstirbt der Lärm. Stattdessen herrscht bedrohliche Stille. Die Siebtrommel dreht sich nicht mehr. Der Motor läuft nicht.

Der Bagger verlangsamt seine Fahrt.

So klingt das Ende, wenn etwas reglos wird, das sich vorher bewegt hat – und es ist diese Stille, von der mir übel wird.

Ich höre das metallische Dröhnen der Treppe, als Leute vom Förderdeck aus herauflaufen. Der Erste kommt oben an, prallt beinahe mit Tam zusammen und bleibt abrupt stehen.

Naomi.

Bei ihrem Anblick wird das dumpfe Pochen in meiner Schläfe zu einem schmerzhaften Stich. Erst Tam, jetzt Naomi. Ich wusste doch, dass ich niemandem trauen darf. Aber konnte sie nicht wenigstens auf ihrem Posten bleiben, wie ich es ihr befohlen hatte?

»Ich habe dir doch gesagt, du sollst …«, fahre ich sie an, doch sie unterbricht mich.

»Captain!«, keucht sie, »die Piraten! Sie haben den Bagger geentert!«

KAPITEL 11

»Alle Mann auf Gefechtsstation!«, rufe ich in die Sprechanlage an der Wand. Meine Stimme übertönt die Warnsirene. »Eindringlinge auf dem Förderdeck!«

Ich schalte die Sprechanlage ab. Der Alarm heult weiter.

»Die Waffen!«, sage ich zu Naomi.

»Jemand hat das Schloss zum Waffenschrank auf dem Förderdeck aufgebrochen«, erwidert sie. »Wir müssen die von hier oben nehmen.«

Ich renne den Gang entlang, bevor sie ihren Satz beendet hat. »Wie sind sie reingekommen?«, rufe ich ihr über die Schulter hinweg zu. Tam rennt neben mir her. Will er für oder gegen uns kämpfen?

»Über den Absetzer«, ruft sie zurück. »Jemand an Bord hat das Fördersystem deaktiviert.«

»Wer?«, frage ich.

»Ich weiß nicht«, sagt sie. »Sobald die letzten Tailings durch den Absetzer gingen, kamen die Piraten rein!«

»Aber wie?« Der Absetzer ragt hoch über dem Fluss auf. Sie müssten an meiner Panzerung hochklettern, um ranzukommen. Ich habe an alles gedacht. Oder etwa nicht?

Wir haben den Waffenschrank erreicht. *Wir kriegen die Piraten! Wir sind auf einen Angriff vorbereitet.* Ich schließe die

Tür auf, und Naomi und ich hängen uns so viele Gewehre über die Schultern, wie wir können. Tam greift nach einem, aber ich deute zur Tür auf der anderen Seite des Gangs, auf einen der kleinen Lagerräume. »Da rein!«, sage ich. »Sofort!«

»Aber ihr braucht meine Hilfe!«, erwidert er.

»Ich kann dir nicht trauen«, entgegne ich. »Los, rein! Naomi, gib mir Deckung!«

Mit Naomis Rückendeckung öffne ich den Lagerraum mit Hilfe des Generalschlüssels, der mir als Kapitänin zusteht. Tam stolpert rückwärts hinein, die Hände erhoben. Ich knalle die Tür zu und schließe ab. Es hat nur wenige Sekunden gedauert, Sekunden, die wir uns eigentlich nicht leisten konnten.

Er war hier oben bei dir, da konnte er ja nicht das Fördersystem sabotieren.

Es sei denn, er hat es getan, als er vorhin unten war. Oder er hat einen Komplizen.

Ich schüttele den Kopf. *Denk später darüber nach. Jetzt musst du handeln.*

Ich höre einige Mitglieder von Brigs Crew die Treppe vom oberen Deck herunterkommen, um uns beizustehen. Wenn er die Vorschriften befolgt hat, hat er drei Leute raufgeschickt, um den Eingang zum Oberdeck zu bewachen, zwei, um die Brücke zu sichern, und die übrigen runter zur Stelle, wo wir geentert wurden. Das ist der Ablauf im Notfall, es sei denn, ich erteile ihm andere Befehle.

Habe ich den Verräter zum Handeln getrieben? Hat meine Durchsuchungsaktion das ausgelöst? Oder war es schon im Voraus geplant?

»Folgt uns«, sage ich zur Crew, und alle gehorchen ohne ein Wort. Naomi und ich teilen die Waffen aus. Ich habe einen säuerlichen Angstgeschmack im Mund. Jeder von meiner Besatzung könnte ein Komplize der Piraten sein. Jeder von ihnen könnte uns erschießen.

Wir biegen um die Ecke, unsere Stiefel donnern im Sturmschritt den Gang hinunter zum Förderdeck.

Die Tür steht weit offen.

Die Piraten haben Waffen auf meine Besatzung gerichtet.

Der Alarm heult.

»Captain!«, ruft Naomi und drängt mich zurück. »Gebt ihr Deckung!«, ruft sie den anderen zu. Meine Leute treten nach vorn und bilden einen Schutzschild um mich.

Noch immer dringen Piraten über den Absetzer herein. Einer nach dem anderen. Die Eimer hängen reglos da, die Siebtrommel dreht sich nicht.

Aber ich kenne den Bagger so gut, dass ich trotz des Alarmgeheuls höre, dass die Panzerung immer noch in Bewegung ist. Sie ist das letzte System, das noch funktioniert, angetrieben von der Energie der Sonnenkollektoren. Die Piraten haben sie von den anderen Systemen abgekoppelt und laufen lassen. Warum?

Weil sie einen Weg herein gefunden haben. Und sie nicht wollen, dass wir von Bord gehen.

Aber wie kommen sie rein? Haben sie fliegen gelernt?

Nein.

Die Piraten, die durch den Absetzer reinkommen, tragen etwas Seltsames auf dem Rücken. Eine Art Stoff, den ich im ersten Moment für Flügel halte, aber das kann natürlich nicht sein.

Sie haben Gleiter gebastelt.

Die Piraten schütteln sie ab, sobald sie den Boden des Förderdecks berühren. Sie legen ihre Waffen auf uns an. Ihre Hände sind blutig, und einer von ihnen sinkt zu Boden. Blut quillt in einem Zackenmuster aus seiner Brust.

Als ich das sehe, weiß ich Bescheid. Alles fügt sich nahtlos ineinander, wie die Zahnräder meiner Panzerung.

Sie müssen irgendwie eine Stelle oberhalb von uns erreicht haben und sich von da aus herabgelassen haben. Nachdem das Fördersystem abgeschaltet war und kein Abraum mehr hinaustransportiert wurde, konnten sie, wenn sie den perfekten Zeitpunkt abpassten, zur Öffnung des Absetzers schweben und hereinklettern. Sie liefen immer noch Gefahr, sich an den Rändern meiner Panzerung zu verletzen, aber es war möglich.

Ich bin stinkwütend auf mich. Ich habe nicht daran gedacht, dass sie uns von oben entern könnten.

Je länger wir hier stehen, desto mehr kommen herein.

»Hey«, sage ich zu einem der Piraten. Kenne ich ihn von jener Nacht vor zwei Jahren? Ich glaube, seine Stimme erkannt zu haben. Dieses Raue, Kantige darin.

Sein Gesicht ist tief gebräunt, sein Gewehr direkt auf mich gerichtet. Er hält es fest in seinen blutigen Händen. »Wir machen Gefangene, wenn ihr euch friedlich verhaltet. Legt die Waffen nieder, hebt die Hände. Wir übernehmen den Bagger, aber wir wollen euch nicht unbedingt töten.«

Lügner! Ich habe gesehen, wozu sie fähig sind. Es hat sich tief in mein Gedächtnis eingebrannt.

»Ihr lügt«, erwidere ich. »Ich habe gehört, was ihr letztes Mal gesagt habt. Und sie auch.« Mit einer Kinnbewegung über die Schulter deute ich auf Naomi. »Ihr habt gesagt, es wäre das letzte Mal gewesen, dass ihr jemanden am Leben lasst.«

Neben mir an der Wand hängt eine Sprechanlage. Ich schlage mit der Faust auf den Sprechknopf und rufe: »Wir haben das Förderdeck verloren, Brig! Schotte uns ab! Das ist ein Befehl!«

Hoffentlich hört er auf mich.

Ich lege mein Gewehr an. Ich muss das Ziel genau treffen, um den zu töten, den ich im Visier habe.

Ich verfehle ihn nicht.

Auf meine Rechnung gehen viele Tote, aber bisher habe ich noch nie jemanden eigenhändig umgebracht, und ich frage mich, ob mir später übel davon werden wird. Ein dumpfes Ziehen in der Magengrube sagt ja, das wird es. Wenn es so weit ist.

Wenn Zeit dazu ist.

Ich habe das Hauptbedienungspult zerstört, um die Panzerung auszuschalten.

Ich habe gerade mein Schiff getötet.

In dem Durcheinander nach meinem Schuss drängen Naomi, die anderen und ich die Treppe hinauf, kurz bevor sich die Metalltür zwischen den Decks schließt und das Förderdeck unter uns abriegelt. Brig hat mich gehört. Er hat getan, was ich ihm befohlen habe.

Für den Augenblick sind wir in Sicherheit.

Für einen sehr kurzen Augenblick.

»Die Treppe rauf!«, rufe ich der Mannschaft zu. »Alle in die Kantine!«

Einige machen sich, ohne zu fragen, auf den Weg. Manche schauen mich an, mit dem Rücken an die Wand des schmalen Gangs gepresst, um die anderen durchzulassen.

»Geht!«, rufe ich. »Sofort!« Sie gehorchen und drängen hinauf zur Kantine.

»Übernimm du die Nachhut«, sage ich zu Naomi.

Es dauert zwei Minuten, bis wir alle in der Kantine sind. Diese Minuten können wir nicht wieder einholen, und ich hoffe, dass ich sie nicht vergeude. Ich steige auf einen Tisch, und Brig ruft laut um Ruhe.

»Die Piraten werden die Barriere durchbrechen«, verkünde ich, »und es kommen immer mehr über den Absetzer herein.«

»Warum zum Teufel haben Sie die Panzerung abgeschaltet?«, ruft jemand. »Jetzt können sie uns von überall entern! Sie haben uns alle auf dem Gewissen!«

»Moment«, erwidere ich. »Die Piraten haben die Panzerung laufen lassen, damit wir nicht von Bord gehen können. Ich habe sie ausgeschaltet, um uns die Flucht zu ermöglichen. Wir gehen hinauf aufs Oberdeck, springen runter und sammeln uns, so gut es geht, am Ufer. Wir formieren uns neu und holen uns den Bagger zurück.«

»Wir können auch an Bord bleiben und hier kämpfen«, erwidert jemand.

»Nein!«, ruft ein anderer. »Wir sollten die Waffen niederlegen und später versuchen, die Piraten auszutricksen.«

»Ihr wollt aufgeben?« Der Gedanke war mir überhaupt nicht in den Sinn gekommen.

»Haben Sie den Verräter gefunden?«, ruft eine dritte Person.

»Ich hatte noch keine Zeit«, erwidere ich. Die Wut hat mich gepackt, so dass ich die Worte zähneknirschend hervorstoße. »Wir haben keine Zeit zu verlieren! Wenn ihr vom Bagger runter wollt, müssen wir jetzt gehen!«

Brig und Naomi salutieren, und ich bin ihnen dankbar für die Geste.

»Wo sind die Maschinisten?«

Drei Leute heben die Hand.

»Brig, bring sie rauf«, sage ich. »Sie gehen zuerst von Bord.«

Uns fehlen Maschinisten. Corwin, unser Chefmaschinist, hat es nicht durch die Förderdecktür geschafft, bevor Brig sie schließen musste. Das ist ein herber Verlust. Die Piraten werden ihn wahrscheinlich zwingen, das Schaltpult zu reparieren. Aber ich kann mit denen arbeiten, die uns geblieben sind, denjenigen, die gerade nicht auf dem Förderdeck gearbeitet haben, als die Piraten es geentert haben. Ich kann es den Piraten so schwer wie möglich machen, die Maschinerie wieder zum Laufen zu bringen.

»Haben wir keine Wahl?«, fragt jemand.

»Nein«, erwidere ich. »Geht. Ich gebe euch Deckung. Ich springe als Letzte.«

Auf dem Weg zur Tür neigt sich Brig zu mir und flüstert mir ins Ohr: »Seien Sie vorsichtig! Sie sind die wertvollste Person hier an Bord.«

Er hat recht. Nicht nur, weil ich die Kapitänin bin, sondern weil ich die Panzerung entworfen habe. Ob die Piraten das wissen?

Wenn nicht, werden sie es bald erfahren.

»Ich komme mit Ihnen«, sagt Eira. Gut. Sie kennt sich mit

dem Bagger und den Karten aus. Ich hätte sie mit den Maschinisten schicken sollen, aber es ist sogar noch besser, dass sie sich aus freien Stücken zum Gehen entschieden hat.

Brig und Naomi bringen die Maschinisten und Eira zur Kantinentür. Ich deute auf den Rest der Besatzung. »Gehen wir.«

Keiner bewegt sich.

Wir haben keine Zeit!

»Kommt schon!«, sage ich. »Ich gebe euch Deckung, und wir springen alle runter. Am Ufer sammeln wir uns und holen uns die *Lily* zurück.«

»Wie denn?«, fragt einer.

Keine Ahnung. Ich habe nur von einem Moment zum anderen gedacht. Ich dachte: erst unser Leben retten, dann den Bagger. Ich kann ihn nicht retten, wenn ich tot bin.

Ich höre Geräusche unter uns. Piraten, die schon unterwegs zu uns sind?

»Vielleicht sind Sie die Verräterin«, meint einer. »Vielleicht führen Sie uns in den Tod.«

»Ich bin keine Verräterin«, entgegne ich. »Und ich werde nicht aufgeben.«

Alle schauen mich an. Ein Meer von Gesichtern, und keiner will mir folgen.

Aber ich habe Brig, Naomi, Eira und die Maschinisten.

Wäre Tam mitgekommen?

Es ist keine Zeit, um ihn zu holen.

Ich höre die Piraten von unten vorrücken, während ich die Treppe zum Oberdeck hinaufsteige. Sie sind durchgebrochen. Brig und ich schieben die Tür zu den Deckstufen auf, und er hetzt die Maschinisten hinauf, Eira hinterher. Ich nicke Naomi zu, dass sie auch raufgehen soll, und gebe ein paar Schüsse ins Treppenhaus hinter mir ab, bevor ich ihr eilig folge. Sie sind uns auf den Fersen.

Brig wartet oben mit den anderen. Ich werfe ihm den Schlüssel für die letzte Tür zum Deck zu. »Sobald sie aufgeht, rennt los und springt raus in den Fluss«, befehle ich den Leuten. »Versucht nicht, runterzuklettern. Die Panzerung bewegt sich zwar nicht, aber sie ist messerscharf. Springt weit raus, so dass ihr nicht daran hängen bleibt. Wenn ihr zu klettern versucht, bietet ihr außerdem ein leichtes Ziel für die Piraten.«

Brig nickt. »Ich gebe dir Deckung«, verspricht er.

»Nein«, erwidere ich. »Du und Naomi, ihr geht zuerst. Ich gebe euch allen Deckung. Wir sammeln uns im Wald dahinten, Richtung Westen.« Das Gebiet könnte theoretisch von Piraten wimmeln, aber ich halte das für eher unwahrscheinlich. So, wie uns die Piraten entern, bedeutet es, dass sie sich irgendwo oberhalb von uns aufhalten, auf der Anhöhe östlich des Flusses.

Ich dränge mich auf der Treppe an den Maschinisten und Eira vorbei, damit ich Naomi und Brig Deckung geben kann, wenn sie springen. Draußen blicke ich über das Deck, das still und reglos daliegt.

Von hier oben sehe ich weitere Piraten im Licht der sinkenden Sonne.

Dutzende von ihnen, auf einer Anhöhe, mit ihren Gleiterschwingen.

Der Vorsprung, auf dem sie hocken, ist die perfekte Absprungbasis für sie. Und auch der Wind steht absolut günstig. Die Elemente haben sich gegen uns verschworen, zusammen mit dem Verräter an Bord.

Meine Gedanken wirbeln durcheinander, auf der Suche nach einer Antwort, die alle Zahnräder in Bewegung setzt und mir helfen wird zu verstehen, wie das geschehen konnte. Wer hat die Kursänderung vorgeschlagen? Wer hat gesagt, wir sollten in diesen Flussarm einbiegen?

Wer ist der Verräter?

Die Piraten hocken da und warten. Jetzt, wo wir die Panzerung abgeschaltet haben, werden sie auf uns herunterschwärmen wie Spinnen im Wind. Wir müssen von Bord, bevor ihnen auffällt, dass die Panzerung abgeschaltet ist und sie auf das Oberdeck springen. Gegen so viele sind wir machtlos.

Unser Zeitfenster schließt sich.

»Captain ...«, beginnt Brig.

»Los spring!«, sage ich.

Er und Naomi rennen gleichzeitig los, geduckt und schnell, Brig etwas schneller. Geschmeidig schwingt er sich vom Deckrand, trotz der Panzerung, die dicht hinter der Reling aufragt. Naomi braucht länger, aber sie schafft es auch hinüber.

Ich höre keine Schüsse.

»Los!«, sage ich zu den anderen. Eira nickt mir zu, flitzt über das Deck, klettert auf die Reling und springt in hohem Bogen nach unten.

»Ich kann nicht schwimmen«, jammert einer der Maschinisten, der auf dem Deck kauert. Wir haben kaum noch Zeit.

»Du musst schwimmen können«, erwidere ich. »Sonst dürftest du gar nicht hier arbeiten. Los, das schaffst du.« Ich kann so was nicht gut. Ich weiß nicht, wie man Menschen gut zuredet, sie überredet. »Ich helfe dir. Los!«

»Nein«, weigert er sich.

»Wir können gegen die Piraten da draußen nichts ausrichten«, sagt ein anderer Maschinist. »Auch im Wald können wir nicht überleben.«

»Doch, das können wir.« Ich hebe meine Waffe, bedrohe sie damit. »Los jetzt, sofort!«

Der Ausdruck in meinen Augen lässt sie zusammenzucken, aber trotzdem setzt sich keiner in Bewegung.

Ich könnte sie erschießen. Das sollte ich wohl. Ich könnte das Deck mit ihrem Blut besudeln, während sie sich feige ducken und Zeit verschwenden. Wenn sie mir nicht helfen wollen, sollte ich sichergehen, dass sie den Piraten nicht helfen können.

Auf dem Vorsprung sammeln sich die Piraten in einer Art Formation.

Sie haben uns bemerkt. Sie haben uns in der Abenddämmerung springen sehen. Sie wissen, dass die Panzerung abgeschaltet ist.

Es war nur eine Frage der Zeit, und die Zeit ist um.

Heute werden Menschen sterben.

Aber nicht ich. Wenn ich sterbe, stirbt auch Call.

»Ihr werdet uns helfen, wenn es Zeit ist, wieder raufzukommen«, sage ich zu den Maschinisten und lege mein Gewehr nieder. Ich kann nicht riskieren, dass sich ein Schuss löst, während ich springe. Ich greife in meine Brusttasche nach Calls Zollstock und halte ihn so fest ich kann in der Hand, schwinge die Beine über die Reling und schwanke auf der scharfen Kante meines Stachelschweinschiffs.

Eine Gruppe von Piraten schwingt sich in der Sekunde von der Anhöhe, als ich vom Bagger springe. Sie gleiten vom Himmel wie helle, furchterregende Kometen. Das Tuch ihrer Gleiterschwingen glänzt, und ihre Körper heben sich als schwarze Silhouetten vor der untergehenden Sonne ab.

Kapitel 12

Brackiges Flusswasser dringt mir in den Mund, und die Kanten des Zollstocks schneiden mir in die Hand, als ich ins hohe Ufergras krieche. *Und jetzt steh auf und lauf los! Mach' den Traum wahr, den du mit Call geträumt hast! Die anderen können dir doch egal sein!*

Für einen Augenblick gerate ich in Versuchung.

Dann höre ich die Wellen des Flusses gegen den Schiffsrumpf hinter mir schlagen. Und ich kann nicht anders, als mich umzudrehen.

Einer der Piraten steht oben auf dem Deck. Seine Silhouette zeichnet sich dunkel vor dem Himmel ab. Mein Herz setzt einen Schlag aus. Er steht genau an der Stelle, an der Call damals auf dem anderen Schiff immer Ausschau hielt. Vor dem Hintergrund des leuchtend orangefarbenen Himmels, den rosigen Gipfeln der Berge, kurz bevor sich die Nacht mit Sternen schmückt, könnte die Gestalt er sein.

Aber es ist nicht Call.

Wegen dieser Leute wird Call nie wieder dort oben stehen.

Nein, ich werde niemals weglaufen, bevor ich sie nicht alle erwischt habe.

Kapitel 13

Was habe ich mir nur dabei gedacht!

Ich stoße ein verächtliches Lachen aus.

Hätte ich doch nur mein Gewehr fest bei mir gehalten, anstatt es auf dem Deck zurückzulassen! Warum hätte sich im Sprung ein Schuss lösen sollen? Warum hätte das Wasser es funktionsunfähig machen sollen?

Ich bin nass bis auf die Knochen, wische mir die Hände am durchweichten Hemd ab, stecke den Zollstock in die Tasche und überprüfe, ob das Messer noch da ist, das ich aus Brigs Zimmer mitgenommen habe. Ja, da ist es. Es ist alles, was ich habe.

Die Nacht bricht herein, und obwohl es Sommer ist, wird der Wind allmählich kühl.

Ich frage mich, ob Tam immer noch eingesperrt ist.

Er hatte keine Chance, sich zu rechtfertigen. Alles ist schiefgegangen, und ich habe ihn an Bord zurückgelassen. Aber ich habe eben so gehandelt, wie es mir in dem Moment richtig erschien.

Ich hätte nie Kapitänin auf dieser Fahrt werden dürfen.

Ich bin keine gute Menschenkennerin. Ich kannte nur Call.

Und ich kenne mein Schiff.

Eines von beiden kann ich immer noch zurückgewinnen.

Im letzten Tageslicht finde ich Fußspuren im Schlamm, die tiefer in den Wald hineinführen. Spuren von zwei Leuten nebeneinander, mit dem gleichen Stiefelprofil wie meins. Es müssen Brig und Naomi oder Brig und Eira sein. Zwei von der Crew haben sich gefunden und sind gemeinsam unterwegs, was bedeutet, dass sie es aus dem Fluss heraus ans Ufer geschafft haben. Vier von uns sind gesprungen, und mindestens drei haben überlebt.

Das ist doch schon mal ein Anfang.

Der Bagger liegt weiterhin reglos da, so dass ich jedes Geräusch höre, das ich verursache, als ich den Fußspuren nordwärts folge. Sie führen parallel zum Fluss, aber in sicherer Deckung der Bäume. Wie konnten mir die anderen in so kurzer Zeit so weit vorauseilen? Habe ich so viel Zeit mit dem Versuch vergeudet, die Maschinisten zum Mitkommen zu überreden?

Es ist seltsam, nach so langer Zeit auf dem Wasser wieder festen Boden unter den Füßen zu spüren. Der Untergrund fühlt sich fest und glitschig zugleich an. Blätter rascheln unter meinen Füßen, aber die Erde selbst bewegt sich nicht. Die Luft duftet köstlich. Sauber. Soweit ich feststellen kann, stammt der Duft hauptsächlich von den Kiefern, die mich umgeben. *Wenn nur Call das hätte riechen können!* Das ist die richtige Luft zum Laufen!

Tue es! Los!

Wieder dieses Gefühl, so stark.

Irgendetwas weiter flussaufwärts im dunkler werdenden Wald erregt meine Aufmerksamkeit. Lichter, die durch die Zweige der Bäume schimmern. Sie flackern und huschen wie glitzerndes Sonnenlicht auf den Wellen eines Teiches.

Ich verlasse die Fußspur und schleiche zwischen den Bäumen hindurch. Ich habe keine Ahnung, wie man sich schnell und zugleich leise durch Unterholz bewegt, deswegen komme ich nur langsam voran. Die Zweige kratzen mich, und Wasser läuft mir den Rücken hinunter. Doch die Lichter ziehen mich magisch an. *Sterne. Ich glaube, das sind Sterne.* Ein Ast knackt unter meinem Fuß. Langsamer! Aber ich muss mir das ansehen. Es sind so viele!

Schneller und schneller schlängele ich mich zwischen den Bäumen hindurch.

Die Lichter werden größer. Hatte ich eine falsche Erinnerung an die Sterne bewahrt, die Call und ich auf dem Fluss sahen? Diese Lichter flackern nicht kalt hoch oben am Himmel, sondern viel näher am Boden. Es ist, als könnte ich sie pflücken und die Hände um ihr warmes, sanftes Strahlen legen.

Zu nahe, zu golden.

Es sind keine Sterne.

Verblüfft bleibe ich im Unterholz stehen.

Die Lichter gehören zu einem Dorf, das oben in den Bäumen hängt.

Die Häuser wölben sich von den Baumstämmen herunter wie Boote, wie volle Bäuche. Die Bewohner bewegen sich als Silhouetten darin und klettern auf Leitern vom Boden aus hinauf. Haben sie keine Angst, mit ihren Lampen dort oben in den Bäumen den Wald in Brand zu setzen? Was benutzen sie, um diese Lichter am Brennen zu halten? Außerhalb des Außenpostens gibt es keinen Strom. Und wie haben sie die Häuser in den Bäumen befestigt? Ich schleiche näher.

Die Leute rufen einander etwas zu; es klingt ausgelassen

und fröhlich. Sind das auch Piraten? Und wenn ja, was haben sie von ihren Leuten auf dem Bagger gehört? Freuen sie sich über ihren Sieg? Wissen sie, dass ein paar von uns in den Wald geflohen sind?

Ich muss versuchen, die anderen zu finden. Ich kann das Schiff nicht allein zurückerobern.

Es ist jetzt ganz dunkel, und ich bin müde und durchgefroren. Endlich reiße ich mich von dem schönen, unwirklichen Dorf der Piraten los und ziehe mich durch das Gebüsch zurück. Ich suche mir einen Schlafplatz an einer Stelle, wo ich immer noch die Lichter durch die Bäume schimmern sehe.

Ich rolle mich auf dem Boden zusammen und decke mich mit Blättern und Erde zu. Es besteht keine Gefahr, dass ich einschlafe. Dazu ist es zu kalt und ich bin den Piraten zu nahe. Doch als ich dort allein in der Dunkelheit liege, leiste ich einen Schwur.

Ihr werdet dafür bezahlen, dass ihr mir mein Schiff geraubt habt!

Kapitel 14

Morgenlicht sickert durch die Bäume. Die Dorfbewohner sind wach, verständigen sich mit Rufen. Ich strecke meine kalten Glieder und richte mich auf, den Kopf sorgfältig in den Blättern verborgen, aber so weit, dass ich zum ersten Mal das Dorf bei Licht betrachten kann.

Es war kein Traum.

Die Behausungen erinnern mich an Wespen- oder Schwalbennester, die im Außenposten unter den Dächern hängen. Sie gleichen den Schiffen, die wir im Maschinenbauunterricht studiert haben, historischen Segelbooten. Hölzerne Konstruktionen wölben sich aus den Bäumen, ihre goldgelben Streben sind mit Segeltuch bezogen. Das Design erinnert mich an die Gleiter, und auch die Kleidung der Leute und ihr Sprachrhythmus sind mir vertraut. Es sind tatsächlich Piraten. Mir kommt es seltsam kannibalisch vor, dass sie ihre Behausungen aus Holz erbauen und dann in lebendige Bäume das hängen, was aus deren toten Artgenossen gemacht wurde. Aber es ist effektiv. Sie haben das, was sie brauchen, aus dem gemacht, was ihnen zur Verfügung steht.

Als ich die Panzerung für den Bagger entwarf, versuchte ich, uns vor den Piraten zu schützen, ohne viel über sie zu wissen. Diesen Fehler mache ich nicht noch einmal.

Die Handwerkskunst fasziniert mich. Ich möchte mir das gern näher ansehen. Ich will wissen, wie sie es machen.

Es muss schwierig sein, die Häuser im Geäst zu verankern. Als ich mich durch das Gebüsch schlängele, erkenne ich, wo die Piraten Äste von den Bäumen schneiden mussten, um genügend Platz für die Behausungen zu schaffen.

Warum bauen sie so hoch? Fürchten sie sich vor irgendetwas auf dem Boden?

Meine Finger sind steif und kalt, und ich blase heißen Atem in meine hohlen Hände. Kann ich es wagen, noch näher heranzugehen? In diesem Moment erwacht das Dorf zum Leben.

Einige Piraten schwärmen die Leitern hinunter, andere lassen Taschen und Kisten zu Boden. Die Stoffaußenwände der Häuser scheinen zu atmen und sich auszudehnen, und dann fällt der Stoff langsam zu Boden, wobei er sich in der Luft aufbläht und Wellen schlägt.

Sie brechen ihr Lager ab.

Gab es irgendein Signal? Habe ich es übersehen?

Nachdem alle Stoffhüllen entfernt sind, klettern Piratenteams mit Hilfe von Seilen auf die Bäume. Sie hängen die Holzgestelle ab und lassen sie hinunter zu anderen, die sie auf dem Boden in Empfang nehmen. Nachdem die Skelette der Häuser heruntergelassen sind, nehmen die Piraten sie auseinander und wickeln sie in den Stoff. Dann schultern sie die Bündel. Sogar zu Fuß sind sie vermutlich schneller als der Bagger in voller Fahrt.

Ich hebe den Kopf ein wenig höher, um ihren Aufbruch zu beobachten. Die grünen Zweige vor mir bewegen sich, und ich halte sie mit einer Hand ruhig.

So also verfolgen sie uns, so schaffen sie es, in großen Gruppen unterwegs zu sein. Auf diese Weise haben sie die ganze Zeit überlebt, und die Anführer des Außenpostens konnten sie nie ganz auslöschen. Die Piraten haben Dörfer, und sie leben als Nomaden.

Ein Geräusch, hinter mir. Ich ducke mich, drehe mich um und sehe ...

Ein Mädchen. Eine junge Frau. Dunkles Haar, feuchte Kleidung. Zierlich. Sie starrt genau auf die Stelle im Gebüsch, an der ich mich verberge. Das raue Blätterrascheln an meinen Ohren und meinem Haar klingt wie: *Seh' dich, seh' dich!*

Es ist Eira.

Ich brauche mich nicht weiter zu verstecken. Langsam richte ich mich halb auf. Sie hat meine Befehle befolgt und ist vom Bagger gesprungen, aber ist sie Freundin oder Feindin? Ein Ruf würde genügen, um die Piraten auf uns aufmerksam zu machen.

Eiras Haar ist wirr, ihre Kleidung schmutzig, ihre Lippen sind bläulich angelaufen. Ist ihr genauso kalt wie mir? Und wo hat sie im Wald die Nacht verbracht?

Sie sagt etwas, aber ich kann sie nicht verstehen.

Eira schleicht noch einen Schritt näher heran. Sie verursacht kaum ein Geräusch. Sie ist besser darin als ich, sich leise fortzubewegen.

Wieder bewegen sich ihre Lippen, und diesmal kann ich ihre Worte verstehen.

Captain. Kommen Sie mit mir.

Hinter uns höre ich ein Ächzen und Krachen von Holz und das laute Geschrei der Piraten. Irgendetwas ist gefallen. Eine Holzkonstruktion. Ein Baum. Ich würde mich gern umdrehen und nachsehen, aber ich will Eira nicht den Rücken zudrehen.

Brig, formt sie mit dem Mund. Wieder muss ich von ihren Lippen ablesen, was sie sagt, denn ich kann sie nicht hören. *Naomi. Da lang.*

Wir haben es alle geschafft.

Werden mir die anderen helfen, das Schiff zurückzuerobern?

Es gibt nur eine Möglichkeit, das herauszufinden.

»Wie hast du mich gefunden?«, frage ich Eira, als sie mir durch den Wald vorausgeht.

»Ich wollte mir die Piraten näher ansehen«, flüstert sie und hält einen Zweig beiseite, damit er mir nicht ins Gesicht schlägt. Es ist eine freundliche Geste, aber irgendwie überflüssig – bei den vielen Zweigen, die im Wald hoch und tief und dicht wachsen, bin ich längst zerkratzt.

»Wie schnell habt ihr drei euch gefunden?«, frage ich.

»Es hat nicht lange gedauert«, antwortet sie. »Brig und ich sind fast an der gleichen Stelle ans Ufer geschwommen. Dann hat er gesehen, dass Naomi Schwierigkeiten hatte, und hat ihr geholfen. Sie ist verletzt.«

Ich blicke über die Schulter zurück zum Dorf der Piraten.

»Wie weit ist es noch?«, frage ich. Ich will sie nicht aus den Augen verlieren.

»Nicht mehr weit.«

»Wie ernsthaft ist Naomi verletzt?«

»Ich finde, es sieht nicht gut aus. Aber sie behauptet, es wäre nicht so schlimm. Es ist ihr Arm.«

Noch ein paar Schritte, und da sind sie, schmutzige Häuflein Elend, die im grün-braun-grauen Dickicht des Waldes hocken.

»Captain!«, sagt Brig und erhebt sich. Er hat einen Schnitt quer über der Nase. »Sie haben es geschafft!«

»Ja«, sage ich. »Wir haben es alle geschafft.«

Die drei hatten sich gegenseitig, um sich in der Nacht zu wärmen, aber sie sehen genauso durchgefroren und hungrig aus wie ich. Naomi hält den Arm in einem komischen Winkel, und Blut ist durch ihren Ärmel gedrungen. Sie hat ein Stück von ihrem Hemd abgerissen, um die Wunde zu verbinden. »Ich bin im Wasser auf etwas aufgeschlagen, als ich gesprungen bin«, erklärt sie. »Aber es ist halb so wild.«

»Die Wunde ist tief«, sagt Brig.

»Aber wenigstens blute ich nicht mehr so stark«, erwidert Naomi. »Lasst uns weiterziehen. Wir sind zu nahe an den Piraten.«

»Ich möchte sie nicht aus den Augen verlieren«, entgegne ich. »Wir brauchen sie.«

»Wozu?«, fragt Eira.

»Um den Bagger zurückzuerobern.« Brigs Augen treffen meine über die Köpfe der anderen beiden hinweg. Er weiß, worin der nächste Schritt besteht. Gut.

»Wir haben noch etwas Zeit, aber nicht viel, während sie ihr Lager abbrechen«, erkläre ich. »Wir dürfen sie nicht verlieren. Sie haben Informationen, die wir brauchen. Und wir müssen Essen von ihnen stehlen, wenn wir nicht verhungern wollen. Ich habe nichts bei mir. Ihr vielleicht?«

Alle drei schütteln die Köpfe. Nein.

Ich halte ihnen meinen Zollstock und Brigs Taschenmesser hin, das ich konfisziert habe, als ich sein Zimmer zusammen mit Tam durchsuchte. Brig hebt die Augenbrauen, als er es erkennt, sagt aber nichts. »Was haben wir sonst noch?«

»Ich habe das hier.« Eira zieht einen Füller und einen Bleistift aus ihrer Tasche.

»Wir sind eine tolle Soldatentruppe«, bemerkt Naomi. »Wir haben alle unsere Gewehre zurückgelassen.«

»Das Wasser hätte sie sowieso beschädigt«, erwidert Brig.

»Wir könnten sie durch Zeichnen und Messen überwältigen«, schlägt Eira vor, und Brigs Mundwinkel verziehen sich zu einem Lächeln.

Ich suche auf Naomis Gesicht nach Anzeichen von Schmerz, sehe aber nur Entschlossenheit und Erschöpfung. Sie ist wesentlich älter als wir anderen. »Hat jemand die Wunde gereinigt?«

»Ja, Eira, gestern Abend«, antwortet Naomi. »Und sie hat das sehr gut gemacht.«

»Können Sie mir mal genau erklären, wie wir den Bagger zurückerobern sollen?«, fragt Eira.

»Nein, ich weiß es auch noch nicht«, erwidere ich. »Ich hatte nicht viel Zeit zum Nachdenken.«

»Sie konnten sich nicht vorstellen, dass Ihre Panzerung versagt, oder?«, fragt Eira nüchtern.

»Ihre Panzerung hat auch nicht versagt«, entgegnet Naomi. »Wir hatten einen Verräter an Bord. Er hat das Fördersystem ausgeschaltet, und die Piraten sind über den Absetzer eingedrungen. Ohne den Verräter hätten sie uns niemals entern können.«

Nebel wallt vor dem dunkelgrünen Hintergrund der Bäume. Unsere Kleider – schmutzig und immer noch feucht – passen sich der Umgebung an, so dass die Gesichter der anderen sich deutlich hervorheben, als sie mich ansehen und untereinander Blicke wechseln.

»Möglicherweise«, sage ich, »ist der Verräter mit uns von Bord gegangen.«

»Ich bin es nicht«, sagt Brig. »Ich will nach Hause. Ich habe Familie.«

»Ich genauso«, sagt Eira.

»Ihr könnt das beide nicht beweisen«, entgegne ich. »Wir haben nur euer Wort.«

»Das stimmt.« Eira klingt nicht beleidigt.

»Ich habe keine Familie«, erwidert Naomi. »Aber die Baggerschiffe sind mein Leben. Ich war bisher bei jeder Expedition dabei. Und die letzte möchte ich auch bis zum Ende begleiten.«

»Ich habe auch keine Verwandten«, sage ich.

Brig lacht leise. »Ich glaube nicht, dass einer von uns Sie verdächtigt.«

Wir wollen alle das Schiff zurück, aus unterschiedlichen Gründen. Brig und Eira möchten unbedingt zurück zum Außenposten. Für Naomi ist der Bagger ihr Zuhause, und für mich ist er mein Geschöpf.

»Warum haben Sie Tam eingesperrt?«, fragt Naomi.

Die anderen beiden starren mich an.

»Ich habe in seinem Zimmer Gold gefunden«, erkläre ich. »Und kurz darauf ging der Alarm los. Naomi und ich mussten Waffen holen und runter zum Förderdeck. Ich wollte Tam keine Waffe in die Hand geben, solange ich nicht wusste, wer er ist oder was er sonst noch verbarg. Er hätte mich in den Rücken schießen können.«

»Die Piraten haben ihn garantiert rausgelassen«, sagt Eira.

»Wenn er der Verräter war, werden sie sich freuen, ihn zu sehen. Wenn nicht, kann er sich ergeben wie die anderen.«

»Aber wenn es Tam war, muss er mit jemandem zusammengearbeitet haben«, sage ich. »Er war bei mir, als das Fördersystem ausgeschaltet wurde.«

Aber wenn es nicht Tam war, wer sonst? Wie viele Verräter gibt es? Die Frage schwebt zwischen uns in der milden Waldluft.

»Wir müssen vorsichtig sein«, sagt Brig nach einem Moment. »Wir wollen doch nicht, dass die Piraten wissen, dass wir hier draußen sind.«

»Sie wissen es vermutlich schon«, erwidere ich. »Sie müssen irgendwie mit den Piraten auf dem Bagger kommunizieren. Sie müssen wissen, dass ein paar von uns runtergesprungen sind. Vielleicht haben sie es sogar gesehen. Und unsere Leichen sind nicht ans Flussufer gespült worden.«

Schon der Gedanke an das Wasser, den Fluss, macht mich ganz kribbelig. Ich muss wieder zurück auf das Schiff!

»Wir folgen den Piraten und überlegen, wie wir sie überwältigen können«, schlage ich vor. »Wir finden es schon heraus.« Ich habe schon ein paar Ideen, nachdem ich sie einige Stunden lang beobachtet habe, aber ich will sie den anderen noch nicht verraten. Ich stecke den Zollstock wieder ein und halte das Messer in Bereitschaft. »Brig, du gehst voraus. Naomi folgt, dann Eira. Ich übernehme die Nachhut.« Ich möchte sie alle im Auge behalten.

Eira erschauert ab und zu, als wir langsam durch das Unterholz schleichen, selbst als die Morgensonne endlich durch die Bäume fällt. Aber sie beklagt sich nicht. Keiner von uns jammert. Naomi blickt über die Schulter und schenkt mir ein schiefes, schmallippiges Lächeln, als wollte sie sagen: *Es könnte schlimmer sein.*

Da Brig so groß ist, muss er sich ständig ducken und nach vorn beugen, wo Naomi und Eira nur die Köpfe senken müssen. Er hält Zweige beiseite und wartet, bis Naomi sie von ihm übernimmt, damit sie ihr nicht ins Gesicht peitschen. Ein Blatt hängt in seinem Haar, und es juckt mich in den Fingern, es herauszuzupfen. Nicht, weil ich ihn berühren möchte, sondern weil ich alles in Ordnung bringen will.

Wir sollten nicht in diesem Wald sein, kalt und hungrig, mit Dreck in den Haaren. Wir sollten sicher an Bord sein, warm und satt, auf meinem Bagger. Wer immer das getan hat, wird dafür bezahlen. Wut flackert in mir auf und ich umklammere das Messer fest.

Brig hat gesagt, dass er mich als Einzige nicht verdächtigt, die Verräterin zu sein. Aber ich kann nicht behaupten, dass ich genauso über ihn denke.

Oder über irgendeinen von den anderen.

Kapitel 15

Als die Piraten alle abgezogen sind und wir keinen Laut mehr davon hören, wie sie durch den Wald ziehen, treten wir in eine Lichtung. »Erst Essen suchen«, flüstere ich.

Die Piraten haben sich keine Mühe gegeben, die Spuren ihres Lagers zu verwischen. Sie haben zwar alles eingepackt und mitgenommen, aber überall sind Fußabdrücke und Schleifspuren in der Erde, Feuerstellen mit der schwarzen Asche von verbranntem Holz. Und Komposthaufen. Fliegen schwirren eifrig um sie herum. Ohne ein Wort beginnen wir alle, den Müll zu durchsuchen und lesen Fleischreste, Gemüseschalen und ein Apfelgehäuse heraus. Der Müll der Piraten wirft Fragen in mir auf. Welche Tiere jagen sie? Wo haben sie hier draußen einen Apfel gefunden?

»Ich vermisse Tam«, sagt Brig und spuckt etwas Verdorbenes auf den Boden.

Ich versuche, die Scham zu verdrängen, dass wir vom Komposthaufen der Piraten essen. Je schneller ich ihre Reste hinunterschlucke, desto schneller kann ich sie aufspüren. Sie werden mich lange genug am Leben erhalten, so dass ich sie besiegen kann.

»Lasst uns gehen«, sage ich, nachdem ich noch ein paar Bissen hinuntergewürgt habe. »Ich will sie nicht verlieren.«

»Wir könnten uns aufteilen«, schlägt Naomi vor. »Zwei von uns könnten hierbleiben und alles sammeln, was sie können. Zwei andere könnten die Spur der Piraten verfolgen und dann die anderen holen kommen. Wir sind schneller als sie. Wir haben kein Gepäck.«

Daran habe ich auch schon gedacht. Ich will keine Zeit verlieren, aber wir brauchen tatsächlich etwas zu essen und sollten anhand des Lagerplatzes alles über die Piraten herausfinden, was wir können. Doch wem soll ich das Kommando übertragen? Naomi ist diejenige, die ich von allen am wenigsten verdächtige.

»Naomi und Eira bleiben hier«, beschließe ich. »Brig und ich verfolgen die Piraten und holen euch dann. Treffpunkt ist die Stelle, an der ihr übernachtet habt.«

Eira blickt Naomi an. Ich rechne damit, dass Eira zu höflich ist, um zu erwidern, dass sie nicht zurückbleiben will. Und ich habe recht.

»Geh du wieder voran«, sage ich zu Brig.

Gemeinsam brechen wir auf, den Pfad entlang, den die Piraten hinterlassen haben. Es ist viel leichter, als sich einen Weg durchs Unterholz zu bahnen. Die Piraten kennen sich offenbar gut aus. Das hier ist ihr Territorium.

So wie das Schiff meines ist.

Ein Geräusch. Ein Schrei?

Brig scheint nichts gehört zu haben. Ich halte ihn am Hemd zurück, und er dreht sich überrascht um und sieht mich mit seinen blauen Augen scharf an. Mit einer Kopfbewegung deute ich zum Fluss.

Wieder ein Schrei. Höre ich in der Ferne Wasser plätschern?

»*Vorsicht!*«, flüstere ich Brig zu. »Runter vom Weg! Zum Fluss! Ich glaube, da sind sie hin.«

Wir ducken uns tief und bewegen uns langsam voran. Blätter und Zweige kratzen und streifen an unseren Kleidern, unserem Haar und unserer Haut entlang. Mir schmerzen die Beine vom Kriechen.

Und dann sehe ich die Piraten. Draußen auf einer schimmernden, grauweißen Sandbank, die sich in den Fluss erstreckt. Es wimmelt nur so von ihnen.

Wie weit sind wir vom Schiff entfernt? Ich blicke zurück flussabwärts, und da liegt es, stumm und reglos. Ich zwinge mich, den Blick abzuwenden und meine Wut hinunterzuschlucken.

Brigs Lippen bewegen sich. Er zählt. Versucht, sich ein Bild davon zu machen, mit wie vielen Piraten wir es aufnehmen müssen.

Die Sonne wird stromaufwärts vom Wasser reflektiert, und erst kann ich nicht erkennen, was sich dort auf der Sandbank abspielt. Doch als ich die Augen zusammenkneife, wird es deutlich. Nimmt Gestalt an.

Die Piraten verwandeln ihre Häuser in Boote.

Sie biegen die geschmeidigen goldenen Streben. Dann spannen sie die Stoffe darüber. Genauso wie in den Bäumen, nur dass die Konstruktionen diesmal zu Wasser gelassen werden.

Brig schaut über die Schulter zurück und unsere Blicke begegnen sich.

Die Technik wirkt so effizient, so simpel, aber ich lasse mich nicht täuschen. Man braucht einen scharfen Verstand – oder den scharfen Verstand vieler –, um etwas so

Schlichtes, Funktionales und zugleich Vielseitiges zu entwickeln.

Einige Piraten paddeln bereits flussabwärts, in Richtung des noch immer still daliegenden Baggers; andere helfen dabei, weitere Boote zusammenzubauen, und machen sich flussaufwärts auf den Weg. Bestimmt wollen sie an einer neuen Stelle ihr Lager aufschlagen.

Brig und ich schleichen uns flussabwärts, auf der Suche nach einem sicheren Versteck, um die Vorgänge auf dem Schiff zu beobachten, oder sogar – so hoffe ich – eine Stelle zu finden, wo wir näher herangehen können und eine noch bessere Sicht haben.

Während wir am Ufer entlangkriechen, beobachte ich die Piraten aus dem Dickicht heraus und versuche, nachzuvollziehen, wie sie die Boote im Einzelnen zusammenbauen. Wieder bin ich frustriert, weil ich nicht genau erkennen kann, wie das alles funktioniert. Der Stoff muss wasserdicht sein, um die Häuser vor dem Regen zu schützen und zu verhindern, dass Wasser in die Boote dringt und sie sinken lässt. Aber wie haben sie die Beschichtung hingekriegt?

Diese Boote – deren Stoff sich im Wind bauscht und deren Rümpfe unter der Oberfläche durch das Wasser gleiten – ermöglichen ihnen, Entfernungen zu überwinden. Und darüber hinaus haben die Piraten tagsüber die Sonne im Gesicht und nachts die Sterne über ihren Köpfen. Sie sind nicht eingesperrt. Sie können sehen. Und sie machen sich den Fluss zunutze, anstatt ihn zu zerstören.

Lerne daraus, Romy, sage ich mir. *Dadurch kannst du sie besiegen.*

Während der größte Teil der Dorfbewohner weiter stromaufwärts zieht, kommen ein paar der Boote den Fluss hinunter und queren ihn hinüber zum Bagger.

Die Stille auf dem Schiff ermutigt mich. Es scheint, als hätten die Piraten es nicht geschafft, das Fördersystem wieder in Gang zu setzen. Als ich das Bedienungspanel zerstört habe, habe ich möglicherweise mehr beschädigt als nur die Steuerung für den Panzer. Dieser Gedanke gibt mir Hoffnung.

Ich frage mich, warum die Dorfbewohner ihr Lager so weit entfernt aufgeschlagen hatten. Aber natürlich gibt es mehrere gute Gründe. Wenn etwas schiefgegangen wäre und wir die Piraten getötet hätten, die uns geentert haben, hätten wir die anderen weiter oben im Dorf gar nicht bemerkt. Und außerdem muss es schwierig gewesen sein, den genauen Punkt vorauszusehen, an dem das Schiff liegen bleiben würde.

Oder es gibt noch einen anderen Grund, einen, über den ich zu wenig weiß, um darüber nachzudenken.

Ein paar Minuten später sehe ich etwas, was mein Herz für einen Schlag aussetzen lässt.

Einen Fußabdruck. Der aussieht, wie von einem unserer Stiefel.

Er ist kleiner als Brigs, größer als Eiras und Naomis, und von mir stammt er auch nicht, weil ich an dieser Stelle des Ufers bisher nicht gewesen bin.

Noch jemand hat es geschafft, das Schiff zu verlassen.

Ohne ein Wort zu sagen, ziehe ich an Brigs Ärmel. Als er sich umdreht, deute ich auf die Spur im schlammigen, grasbewachsenen Ufer. Eine Augenbraue hochgezogen, sieht Brig mich an.

Ist noch jemand geflüchtet? Oder haben die Piraten jemanden gehen lassen?

Eine weitere Weggabelung, eine weitere Abzweigung im Fluss. Will ich diesen Fußspuren folgen, um festzustellen, ob wir noch auf andere treffen, oder schleiche ich weiter in Richtung des Schiffs, um herauszufinden, was dort vor sich geht?

Welches ist der beste Weg, das Schiff zurückzuerobern? Ich bin hin- und hergerissen. Ich bedeute Brig, weiter durch den binsenbewachsenen Sumpf zu schleichen, während ich überlege.

Wir sind zu nah an den Piraten, um laut zu sprechen. Ich deute mit einer Hand auf den Fußabdruck und mit der anderen in Richtung Bagger, dann zucke ich mit den Schultern. *In welche Richtung sollen wir gehen?*

Brig versteht, was ich sagen will. Er überlegt eine Minute, mit kühlem, nachdenklichem Gesicht. Dann deutet er auf die Fußspur.

Damit fällt meine Entscheidung. Ich deute auf den Bagger und fordere ihn zum Weitergehen auf.

»Nicht, dass ich dir misstraue«, sage ich, als wir näher am Fluss ein Versteck gefunden haben.

»Doch, natürlich liegt es daran, dass du mir nicht vertraust«, erwidert Brig, aber in sanftem Ton. Klingt er etwa belustigt? »Aber angenommen, ich sage das Gegenteil von dem, was ich wirklich denke?«

»Könnte sein«, sage ich. »Und vielleicht habe ich das schon herausgefunden.« Ich mache keine Witze, aber er lächelt mich an, breit und schnell, ein kurzes Aufblitzen. Es versetzt mir ein Stich, dieses Lächeln, dieser unerwartete Moment der Einigkeit.

»Ich sehe keine gute Stelle, an der wir rüberkommen könnten«, sage ich. Das ärgert mich, denn ich will unbedingt näher an den Bagger heran. Wir könnten hinüber, obwohl der Fluss breit und tief ist, weil sich hinter dem Heck des Schiffes durch den Abbau Steine und Felsbrocken aufgetürmt haben. Aber wir wären vollkommen ungeschützt unter dem weiten blauen Himmel.

Wir kauern uns ins Gebüsch. Nach einer Weile werden unsere Beine taub und wir knien, sitzen, verrenken uns in verschiedenen Positionen. Halb hockend, halb kniend. Sich gemeinsam mit jemandem zu verstecken fühlt sich merkwürdig vertraut an, weil man jeden Atemzug und jede Bewegung synchronisiert. Ich bin es nicht gewöhnt, so lange stillzusitzen, und Brig wohl auch nicht, obwohl ich zugeben muss, dass er besser darin ist, sich ruhig zu verhalten als ich. »Wie alt warst du, als du deine Milizausbildung gemacht hast?«, frage ich ihn leise und deute auf die Abzeichen an seinem Hemd.

»Sechzehn«, flüstert er. »Vor zwei Jahren.«

Auch die Umgebung dieses Fleckchens, wo wir uns niedergelassen haben, wird mir allmählich vertraut. Nach den klar umrissenen, menschengemachten Formen auf dem Bagger habe ich den Eindruck, dass die Texturen im Wald und am Ufer fast übertrieben vielfältig sind. Kiesel und Steine drücken sich in meine Haut. Um mich ein wildes Gemisch aus Blättern und Gräsern. Wellen plätschern ans Ufer, der Wind fährt über meine Haut, ich rieche Kiefern, Schlamm und reife Früchte.

»Warst du bei der Admiralswache?«

Bevor er antworten kann, bemerken wir beide eine Bewegung auf dem Fluss und schweigen. Piraten kommen aus dem Gebüsch. Sie tragen ein Boot. Ich wünschte, wir wären näher dran, so dass ich sie besser erkennen, ihre Gesichter sehen könnte.

Ich frage mich, was Naomi und Eira in Erfahrung bringen. Ich hoffe, sie sind vorsichtig und verraten den Piraten nicht, dass noch andere mit ihnen hier draußen sind, falls sie gefangen genommen werden.

Ich frage mich, ob die Person, die die Fußspur hinterlassen hat, uns beobachtet. Aus den Bäumen, aus den Büschen heraus. Aus einem anderen Versteck am Fluss. Der Gedanke verursacht mir eine Gänsehaut.

Die Piraten an Bord des Schiffes haben die Gangway heruntergelassen, damit die anderen an Bord gehen können. Die Gangway ist eigentlich dazu gedacht, bis an Land zu reichen, aber sie benutzen sie, um das Boot hereinzuholen, deswegen lassen sie sie direkt ins Wasser hinunter. Das Boot ist so klein, dass sie es hinter sich her auf die Planke ziehen können, und da der Bagger schweigt, kann ich das Schleifen von Holz über Metall bis hierher hören.

Einige Piraten beugen sich über die Brüstung, um die reglose Panzerung seitlich am Schiff zu berühren, während sie an Bord gehen.

Fasst das nicht an! Das ist kein Haustier, das man streicheln kann. Das ist ein Messer, dazu gemacht, euch zu verletzen. Das euch töten kann, schnell oder ganz langsam.

Sie lassen die Gangway draußen und befestigen das Boot darauf.

Die Panik, die ich bisher unterdrückt habe, steigt wieder in meiner Brust auf. Wir sind so nah! Ich will mein Schiff wiederhaben! Und wenn wir jetzt sofort versuchten, an Bord zu gehen?

»Wie gut kannst du schwimmen?«, frage ich Brig.

»Ganz passabel«, sagt er. Er schaut erst mich an und dann das Boot. »Meinst du, wir schaffen es, ohne gesehen zu werden?«

In dem Moment höre ich Rufe. Ein weiteres Boot hat vom Ufer abgelegt, und oben auf dem Deck hat sich ein halbes Dutzend Piraten mit ihren Gleitern versammelt. Sie sind überall.

»Verdammt!«, flüstere ich. *Nicht so schnell, Romy.* Ich will zurück auf mein Schiff, aber ich darf nichts überstürzen. Ich muss alles richtig machen, damit wir nicht erwischt werden.

Ich beobachte das Schiff; meine Gedanken überschlagen sich. Wir müssen wieder hinauf, bevor sie die Panzerung in Gang setzen. Die Piraten haben unsere Gewehre. Wieder verfluche ich mich dafür, dass ich meines zurückgelassen habe.

Angenommen, ich würde eine Art Falle stellen, die das Schiff aufhält, oder kleinere Hinterhalte, in die die Piraten tappen, wenn sie sich zwischen Schiff und Ufer hin und her bewegen? Welche Materialien könnte ich benutzen? Ich bin an Stahl gewöhnt. Aber hier gibt es nur Bäume und Steine.

Es muss einen Weg geben! Ich bin mir sicher, dass ich irgendetwas übersehen habe.

»Was ist dir an den Piraten aufgefallen, seitdem wir sie beobachten?«, frage ich Brig.

»Die Kinder«, sagt er.

»Was?« Das war nicht die Antwort, die ich erwartet hatte.

»Sie haben nicht viele«, erklärt er. »Natürlich kann es sein, dass sie sie in den Häusern halten, damit sie nicht in Gefahr geraten. Aber ich habe nicht viele gesehen.«

Auf die Anzahl der Kinder habe ich gar nicht geachtet. Ich habe nicht mal zählen können, wie viele Piraten ich im Dorf gesehen habe. Ich war zu fasziniert von den Häusern, die sie in Boote verwandelten. Ich hatte mich mehr für die Technik als für die Menschen interessiert.

»Ist mir gar nicht aufgefallen«, gestehe ich Brig. »Ich war so auf die Häuser fixiert. Die Boote.«

»Das ist doch auch gut«, meint er. »Wenn du verstehst, wie sie leben, weißt du schon viel über die Menschen.«

Eine warme Welle der Zufriedenheit durchströmt mich – das stimmt, er hat recht –, aber dann fällt mir etwas anderes ein. Glauben die Leute, mich zu kennen, wenn sie die Schiffspanzerung ansehen?

Egal. Ist okay.

Sollen sie doch.

Kapitel 16

Als wir uns auf den Rückweg machen, knurrt mir der Magen, und meine Kehle ist ausgedörrt. Brig und ich schöpfen mit den Händen Wasser aus einem Bach, der zum Fluss fließt. Ich merke mir, dass wir etwas suchen oder stehlen müssen, worin wir Wasser transportieren können.

Brig führt uns ohne Umweg zu unserem Treffpunkt. Widerwillig stelle ich fest, dass ich beeindruckt bin. An manchen Stellen hätte man leicht in die Irre gehen können. Manchmal stehen die Bäume enger zusammen, dann wieder bilden sie natürliche Korridore, und die Sonne fällt weich zwischen den Ästen hindurch. Brig und ich sagen kein Wort.

Naomi und Eira sind schon zurück und sitzen auf umgefallenen Baumstämmen. Sie blicken auf, sichtlich erleichtert, als sie sehen, dass wir es sind.

»Habt ihr irgendwas in Erfahrung gebracht?«, frage ich. »Habt ihr etwas zu essen gefunden?«

»Na ja«, antwortet Naomi, »sozusagen«, und dann tritt jemand hinter einem Baum hervor.

Tam.

Die Kleidung immer noch nass vom Flusswasser und mit erhobenen Händen, damit ich sehen kann, dass er unbewaffnet ist.

»Wie bist du rausgekommen?«, frage ich, die Arme gesenkt und bereit, sofort das Messer zu ziehen. Tam und ich stehen uns auf unserer winzigen Lichtung gegenüber, umringt von den anderen. Brig hält sich dicht an meiner Seite. Um mich zu verteidigen? Oder um Tam zu helfen, mich zu überwältigen?

»Die Piraten haben mich gefunden«, erklärt Tam. »Sie haben mich rausgelassen zu den anderen. Wir schlafen zusammengepfercht mit acht bis zehn Leuten in einer Kajüte.« Er hat Blutergüsse im Gesicht – an der Stirn, der Nase, an Wangen und Kinn – und auch seine Hände und Unterarme sind damit bedeckt. Haben die Piraten ihn geschlagen? »Der Bagger funktioniert nicht, deshalb bin ich gestern Nacht über den Absetzer geflüchtet.«

»Haben die denn keine Wachen aufgestellt?«

»Doch«, sagt er, »aber ich bin an ihnen vorbeigeschlüpft.«

Seine Geschichte klingt verdächtig. So einfach kann das doch nicht sein. Doch die Blutergüsse entsprechen genau den Verletzungen, die man sich zuziehen würde, wenn man vom Absetzer springen und auf Abraum und Steinen im Wasser landen würde.

»Ich habe etwas zu Essen mitgebracht.« Tam deutet mit dem Kinn in Richtung einer Segeltuchtasche auf dem Boden hinter ihm, neben einem der umgestürzten Bäume. »Sachen, die nicht gleich verderben, wenn sie ein bisschen nass werden.«

»Eira«, befehle ich. »Hol' die Tasche und zeig' uns, was drin ist.«

Sie gehorcht und zieht den grünen Seesack in die Mitte

unseres lockeren Kreises, näher zu mir als zu Tam. Ein Teil nach dem anderen holt sie heraus.

Er hat Pökelfleisch mitgebracht. Möhren. Kartoffeln. Mir läuft das Wasser im Mund zusammen.

Er hat auch einen winzigen und etwas mitgenommenen Campingkocher und eine kleine Kerosinkartusche dabei. »Du hast versucht, eine Küche mitzubringen!«, staunt Brig.

»Klar, ich will doch nicht verhungern«, entgegnet Tam.

Als Nächstes zieht Eira einen verbeulten Topf aus dem Sack. Sie schüttelt den Kopf. »Mich wundert, dass dich der ganze Krempel nicht unter Wasser gezogen hat.«

»Ich hab den Sack zuerst vom Absetzer geworfen«, erklärt Tam. »Als Versuchsobjekt.«

Er hat noch mehr zu essen dabei und ein Messer, von dem ich Eira sage, sie soll es mir geben. »Alles andere kannst du wieder in den Sack stecken«, sage ich zu Tam.

Er kauert sich hin, steif durch die Aufprallverletzungen, und rafft das Essen mit beiden Armen zusammen. »Ich koche uns jetzt ein bisschen was davon, zum Abendessen.«

»Du kannst hier draußen nicht kochen«, erwidere ich. »Die Piraten werden es sehen oder riechen.«

»Verstehe«, sagt er. »Dann gib mir mein Messer zurück, und ich schneide das Gemüse und würze es für euch. Wenn wir schon rohe Kartoffeln essen müssen, können sie wenigstens nach etwas schmecken.«

»Warum sollte ich dir genügend vertrauen, um dir ein Messer zu geben?«, frage ich. »Du hast Gold gestohlen.«

Das bringt Tam aus der Fassung. »Ich habe es Ihnen doch gesagt! Das war ich nicht. Ich weiß nicht, wie das in meine Kajüte gekommen ist.«

»Und du erwartest, dass ich das glaube?«

»Ich hätte Zeit gehabt, mir eine bessere Geschichte auszudenken«, erwidert er. »Aber das ist die Wahrheit.«

»Vielleicht bist du nur zu dumm, um dir eine bessere Geschichte auszudenken.«

Eira holt scharf Luft.

»Na schön«, sagt Tam und gibt sich Mühe, weiter den fröhlichen, offenherzigen Charmeur zu spielen, der er auf dem Bagger war, aber unter diesen Umständen fällt es sogar ihm schwer, das durchzuziehen. Wir sind hier draußen im Wald und versuchen, einen Weg zu finden, unser Schiff zurückzugewinnen, wobei die Chancen sehr schlecht für uns stehen. Wieder beschleicht mich dieser Anflug von Panik. Ich verdränge ihn.

»Ich schneide das Essen.« Ich halte Tams Messer hoch. Eira gibt mir eine Karotte, und ich schnippele sie in den Topf, mit der Klinge haarscharf an meinem Finger entlang. Ich schneide Karotten, Kartoffeln und Streifen vom Pökelfleisch, während die anderen zusehen, alle von uns wachsam und hungrig in der Dämmerung. Ich gebe Tam den Topf, und er würzt die Mahlzeit.

»Erzähle uns, was die Piraten machen«, verlange ich. »Was hast du über sie in Erfahrung gebracht?«

»Sie versuchen, das Schiff wieder in Gang zu setzen«, antwortet Tam. »Sie wissen, dass Sie diejenige waren, die das Kontrollpanel zerschossen hat, und sie wissen, dass Sie es geschafft haben. Man verflucht Sie auf dem Schiff.«

»Sie wissen, wie ich heiße?«

»Natürlich wissen sie das.« Tam zieht die Augenbrauen hoch. »Sie sind nicht nur der Captain, sondern haben auch die Panzerung entwickelt, und Sie haben das Kontrollpanel zerstört. Sie sind wütend, weil Sie entkommen sind.«

»Wir haben nicht bemerkt, dass uns jemand gesucht hat«, erwidere ich.

»Sie wollen ihre Zeit nicht damit verschwenden«, erklärt Tam. »Sie glauben, dass wir zurückkommen, sobald wir nichts mehr zu essen haben. Und dass Sie automatisch zu Ihrem Schiff zurückkehren. Sie wollen es so bald wie möglich wieder in Gang bringen. Sie müssen irgendein Ziel erreichen.«

»Woher weißt du das alles?« Bestimmt würden die Piraten nicht vor den Ohren eines Feindes so offen reden.

Tam zuckt mit den Schultern. »Die Leute reden eben beim Essen. Und ich habe für das Essen gesorgt.«

»Wer ist ihr Anführer?«, frage ich. »Ist er oder sie auf dem Schiff?«

»Ich weiß nicht.«

Jetzt ist es an mir, die Augenbrauen hochzuziehen. Wo er doch all die anderen Dinge beim Lauschen herausgefunden hat, warum das nicht?

»Wirklich«, sagt er. »Sie haben in meiner Anwesenheit nicht darüber geredet, und nicht alle Piraten haben sich für die Mahlzeiten angestellt. Manche haben sich ihre Teller von anderen bringen lassen. Ich konnte es nicht herausfinden.«

Ich schüttle den Kopf. Ich glaube ihm kein Wort.

»Das wird allmählich ganz schön anstrengend«, sagt Tam und mischt das Essen im Topf. »Sie müssen sich schon entscheiden, ob Sie mir trauen oder nicht. Und zwar bald. Ich bereite Ihr Essen zu. Ich könnte es vergiften.«

Er hält mir den Topf hin.

»Du zuerst«, sage ich.

Tam nimmt ein paar Bissen mit den Händen heraus und reicht den Topf dann an Naomi weiter. Als sie fertig ist, gibt sie ihn Eira, die isst und das Essen dann an Brig weiterreicht. Als der Topf zu mir kommt, halte ich ihn auf dem Schoß und warte ab, ob irgendjemand Vergiftungserscheinungen zeigt.

»Wie viele Piraten habt ihr heute gezählt, als ihr das Dorf beobachtet habt?«, frage ich Eira und Naomi. Ich bin nicht begeistert davon, dass Tam das alles hört, aber es sieht nicht so aus, als hätten wir eine Wahl.

»Dreiundsiebzig«, antwortet Naomi. »Es herrschte ein Kommen und Gehen, aber wir haben uns Mühe gegeben, niemanden doppelt zu zählen.«

»Wir haben vierunddreißig gesehen«, sagt Brig, und ich nicke zustimmend.

»Ungefähr achtundzwanzig Piraten sind ständig auf dem Schiff, soweit ich von der Menge der gekochten Mahlzeiten her feststellen konnte«, sagt Tam. »Und dazu die Gefangenen. Wir waren neunzehn.«

»Gibt es einen Anführer im Dorf?«, frage ich Naomi und Eira.

»Nein, ich glaube, dass der eigentliche Anführer an Bord ist«, antwortet Eira.

Naomi nickt. »Mehrere Leute im Dorf scheinen eine gewisse Autorität zu besitzen, aber ich habe den Eindruck, dass noch jemand über ihnen steht.«

»Ein paar von ihnen pendeln zwischen dem Dorf und dem Bagger hin und her«, sagt Eira.

»Das haben Brig und ich auch gesehen«, sage ich. »Wisst ihr, was sie vorhaben?«

»Sie sind aufgeregt; sie freuen sich über das Gold und die Eroberung des Schiffes«, sagt Naomi. »Sie reden über den Sieg und die Menge des Goldes an Bord. Darüber hinaus haben wir nicht viel herausgefunden.«

»Warum wollen alle nur so unbedingt Gold haben?«, fragt Eira.

»Gold ist zu vielem nutze«, antwortet Naomi.

»Für Schmuck und Geld«, sagt Eira. »Und für was sonst?«

»Es rostet nicht«, sagt Brig.

Ich habe mir dieselbe Frage gestellt wie Eira. *Wozu ist dieses viele Gold gut?*

Was weiß ich über Gold? Warum würde ich es haben wollen?

Um Gegenstände daraus herzustellen. »Es ist leicht zu bearbeiten«, sage ich. »Und es ist leitfähig.«

»Leitfähig?«, fragt Eira.

»Ja, es leitet Strom.« In dem Moment, wo ich es ausspreche, habe ich einen Geistesblitz, eine Idee, die mir nicht mehr aus dem Kopf geht.

Angenommen, die Piraten wollen das Gold wegen seiner zahlreichen praktischen Nutzungsmöglichkeiten haben? Solchen, über die wir im Außenposten gar nicht groß nachdenken müssen, weil wir alles Wertvolle gehortet haben und bessere Werkzeuge und andere Möglichkeiten besitzen, um etwas herzustellen?

Wir plündern, was sie haben, und sie haben nicht viel.

Kein Wunder, dass sie uns töten wollen.

Wenn ich das Gold nur haben wollte, um daraus etwas herzustellen, und es den Piraten genauso geht, könnte dies auch der Grund sein, warum der Admiral es begehrt?

Doch ich habe nie gehört, dass er irgendetwas erschafft. Und ich müsste es wissen. Ich bin eine seiner besten Maschinistinnen. Das sagt er immer wieder. Aber stimmt das auch? Oder hat er mich in einen Job gelockt, der nur eine Fassade für das wahre Werk ist, das er vollbringt?

Ich denke daran, dass der Admiral und ich einen Deal ausgehandelt haben. Ich habe ihm die Idee für die Panzerung geliefert. Die Piraten zu töten war alles, was ich wollte.

Viel weiter habe ich nicht gedacht.

»Wenn sie das Gold so sehr wollten«, wendet Brig ein, »warum haben sie dann den letzten Schürfbagger verbrannt, anstatt es sich zu holen?«

»Sie haben das Gold rausgeholt, bevor sie den Bagger angezündet haben«, erwidere ich. »Wahrscheinlich dachten sie, er wäre unser einziger. Ich glaube, sie dachten, wir würden nicht wiederkehren, wenn sie das Schiff zerstörten. Und das war es ihnen wert, obwohl sie den Bagger hätten gebrauchen können.«

»Außerdem war es ihnen ein Gräuel, was er mit dem Fluss macht«, ergänzt Brig.

»Woher weißt du das?«, frage ich misstrauisch.

»Das habe ich bei der Milizausbildung gelernt«, erklärt Brig.

»Aber wir sind zurückgekehrt«, fährt Eira fort. »Wir sind mit einem neuen Schiff gekommen, einem, das sie tötete, anstatt nur das Gold zu nehmen.«

Dank mir. »Worüber reden die Piraten sonst noch?«

»Sie sind alle besessen von der *Lily*«, sagt Tam. »Sie wollen unbedingt herausfinden, wie sie funktioniert.«

»Es ist keine Sie.«

»Doch, natürlich«, erwidert Tam. »*Lily* ist ein Mädchenname.«

»*The Golden Lily* ist ein blöder Name.«

»Die Vagabunden finden das nicht«, sagt Tam. »Ihnen gefällt er.«

Ich werde wütend, als er die Piraten bei ihrem anderen Namen nennt. »Für uns sind sie keine Vagabunden«, erwidere ich. »Sie sind Piraten. Und so wirst du sie gefälligst nennen.«

»Aye, aye«, sagt Tam. »Und Sie nennen wir immer noch Captain, oder?«

»Sie ist der Captain«, betont Brig.

»Ihr könnt mich Romy nennen«, sage ich. »Das ist erstens passender und zweitens wird dadurch nicht gleich deutlich, wer ich bin, falls wir erwischt werden.« Doch mein Tonfall warnt sie: *Wertet das nicht als Zeichen von Vertraulichkeit. Ihr könnt mich Romy nennen, weil das zurzeit besser passt. Nicht, weil wir Freunde sind.*

»Für was steht die Abkürzung?«, fragt Tam.

»Romina«, sage ich. Brig lacht laut auf und erstarrt dann, mit undurchdringlichem Gesicht.

»Ich weiß«, sage ich. »Passt nicht zu mir.« Ich stehe auf und wische mir die Essensreste von den Händen. »Tam kann vorerst bei uns bleiben. Ich übernehme die erste Wache. Die Sonne geht bald unter.«

Ich entferne mich ein Stück, in der Hoffnung, dass sie annehmen, ich sei zu weit weg, um sie zu hören, und schleiche dann leise ein paar Schritte zurück. Ich möchte wissen, was sie sagen, wenn ich nicht dabei bin.

Zuerst höre ich gar nichts. Vielleicht sind sie alle eingeschlafen. Ich habe beide Messer in der Tasche, das von Tam und das von Brig. Ich kann mich verteidigen. Solange ich wach bleibe.

In der Dunkelheit zwischen den Bäumen kriecht mir die Kälte in die Finger und ich rieche den Rauch vom Lager der Piraten. Ich habe immer noch Hunger. Und ich habe die Nase voll davon, zu frieren und allein zu sein.

Dann fängt jemand an zu reden. Tam. Natürlich.

»Also«, sagt er, »du kennst Romy schon von früher, oder?«

Er muss das zu Naomi gesagt haben, denn sie antwortet ihm. »Ja.«

»Hättest du damals geahnt, dass sie die erfolgreichste Killerin in der Geschichte des Außenpostens wird?«, fragt Tam.

»Selbst wenn man davon ausgeht, dass sie für alle Toten unter den Piraten verantwortlich ist«, antwortet Naomi, »gibt es andere, die wesentlich mehr Menschen getötet haben als Romy.«

»Aber sie hat die effizienteste Waffe entworfen, die der Außenposten seit Jahren gesehen hat«, erwidert Eira. »Deswegen liebt sie der Admiral so sehr.«

Woher weiß Eira das über mich? Wissen das alle?

Über meine Tötungsrate habe ich so konkret noch gar nicht nachgedacht.

Und der Admiral liebt mich nicht.

»Das hier wird ihre Erfolgsquote allerdings ganz schön senken«, bemerkt Tam. »Keiner ist wohl davon ausgegangen, dass sie das Schiff verliert.«

Er versucht, aus allem einen Witz zu machen, aber wie viel von seiner lockeren, fröhlichen Sorglosigkeit ist gespielt?

Ich verstehe. Alles kann ein Witz sein, und alles kann todernst genommen werden. Vielleicht habe ich die falsche Entscheidung getroffen an dem Abend, an dem Call starb. Vielleicht hätte ich es lustig finden sollen, wie Call draußen auf dem Deck lag. Vielleicht hätte ich über den leeren Blick in seinen Augen lachen sollen.

Man hat in dem Moment, in dem es um Leben und Tod geht, nicht immer die Zeit, klare Entscheidungen zu treffen. Manchmal entscheidet der Körper für einen. Man lacht. Man schreit. Man erstarrt.

Ich kann es ihnen nicht verdenken, dass sie über mich reden. Schließlich bin ich ihre Anführerin, und ich bin nicht einfach. Ich hätte auch gern mehr über mich gewusst, an ihrer Stelle. Andererseits widert mich das Gerede an. Es erinnert mich an die Zeit, als in der Schule über mich geflüstert wurde, bevor wir auf den Schrottplatz kamen. *Die spinnt. Irgendwas ist komisch an der. Die kann nicht richtig mit Leuten reden. Manchmal kann sie einem nicht mal ins Gesicht sehen.*

»Stimmt es«, fragt Eira, »dass der Junge, in den sie verliebt war, auf einer Fahrt damals umgekommen ist? Und dass sie seinetwegen die Panzerung entworfen hat?«

Sag's ihnen nicht, versuche ich, Naomi per Telepathie zu übermitteln. *Sie müssen es nicht wissen.*

»Ja«, sagt Naomi. Nur dieses eine Wort. Sie mochte Call. Alle mochten ihn.

»Wie war er denn so?«, fragt Tam. »Der Mensch, mit dem das alles angefangen hat.«

Es hat nicht durch Call angefangen, würde ich am liebsten erwidern. Die Piraten haben angefangen.

Angenommen, ich marschierte zurück auf die Lichtung und erzählte ihnen von Call?

Wie es sich anfühlte, mit ihm über den Schrottplatz zu laufen. Wo überall Metall glänzte, scharfe Spitzen und schneidende Kanten drohten, aber seine Hand immer sanft auf meiner Schulter und meinem Rücken lag. Seine Lippen. Sein Mund. Der Sonnenuntergang auf seinem Gesicht, wenn wir nach Hause gingen und sich unsere schmutzigen, vernarbten Hände berührten. Manchmal warf ich ihm quer über den Schrottplatz Blicke zu, und ab und zu, wenn auch nicht jedes Mal, drehte er sich um und schaute in meine Richtung, die Hand schützend über die Augen gelegt.

Aber ich habe ihn nie geblendet.

Ich war ihm nie zu viel.

Ich glaube, sogar jetzt wäre ich es nicht. Sogar jetzt, trotz allem, was ich getan habe.

Ich kann ihnen nicht von dir erzählen, Call.

Sie würden es niemals verstehen. Sie würden dich niemals richtig sehen.

»Er war genauso stark wie Romy«, sagt Naomi. »Einer der wenigen Menschen, die es mit ihr aufnehmen konnten, glaube ich. Aber er war auch sehr nett. Und leicht zu durchschauen. Genau wie sie.«

Das gefällt mir nicht. Es gefällt mir nicht, dass andere Leute von ihm erfahren, obwohl sie niemals werden verstehen können, wie und wer er war. Und dennoch möchte ich nicht, dass Naomi aufhört zu reden. Es ist schön, jemand anderen – jemand, der mit ihm geredet hat, ihn zumindest ein klein wenig kannte – seinen Namen sagen zu hören und zu erzählen, woran er sich erinnert.

»Du findest, sie sei leicht zu durchschauen?«, fragt Brig. Er klingt zutiefst erstaunt. »Romy?«

»Natürlich«, antwortet Naomi. »Die ganze Zeit hat sie gebrannt vor Zorn.«

»Vor Zorn?«, fragt Eira. »Aber sie ist doch so ruhig.«

»Vor Zorn«, bestätigt Naomi. »So war sie auch auf dieser ersten Reise.«

Wie bitte? Doch nicht bei der ersten Reise. Damals war ich nicht zornig.

Ich höre, wie sich jemand bewegt und Blätter rascheln.

»Aber damals hat sie vor Liebe gebrannt«, fährt Naomi fort. »Manche Menschen brennen immer.«

Kapitel 17

Zwischen den Bäumen versteckt, halte ich Wache, ein Messer in einer Hand. Mit der anderen öffne und schließe ich Calls Zollstock. Ich habe diese Bewegung in vielen schlaflosen Nächten perfektioniert; mit den Fingern und der Handfläche schnippe ich den Zollstock auf und klappe ihn dann wieder zusammen.

Bevor wir an Bord des Schürfbaggers gingen und unseren Fluchtplan schmiedeten, übertrat Call nur selten die Regeln. Er blieb immer an seinem zugewiesenen Platz und tat, was man ihm aufgetragen hatte. Verlässlich. Stark.

Doch eines Nachts, kurz nachdem wir in das Maschinistenheim gezogen waren, sah ich ihn in der Frauenetage umherwandern. Die Tür zu dem Schlafsaal, den ich mit fünf anderen Mädchen teilte, stand offen. Call blieb nicht stehen oder schaute in unser Zimmer, aber ich erkannte seine Gestalt.

Ich kletterte aus dem Bett und schlüpfte hinaus, um ihm zu folgen. Nachts umherzulaufen war nicht erlaubt. Stimmte etwas nicht?

Ich holte ihn ein. Die schwachen Sicherheitslampen neben der Treppe gaben ein sanftes Licht ab, als wir hinunter zur Wohnetage gingen. Er wartete nicht auf mich, wie er es normalerweise tat, deswegen folgte ich ihm. Ich beobachtete, wie sich die Muskeln unter seinem Hemd bewegten, und betrachtete seinen Hinterkopf. Sein dunkles Haar war kurz geschnitten, wie immer. Ich stellte mir vor, wie es sich anfühlen musste, mit den Fingern hindurchzufahren – überraschend weich. Ich streckte die Hand aus, um seinen Arm zu berühren, als wir die untere Etage erreichten. Er drehte sich zu mir um. Im schwachen Licht sahen seine Augen grau aus. Ich hatte geglaubt, der Schlaf würde ihn etwas weicher machen, aber sein Gesicht wirkte beinahe noch konturierter.

»Hast du geträumt?«, fragte ich.

Er hatte einen Gesichtsausdruck, den ich noch nie zuvor gesehen hatte.

»Ich will etwas stehlen«, sagte er.

»Wie bitte?«, fragte ich überrascht.

Er antwortete nicht.

Wir schlichen den Flur entlang zur Küche. Abgenutzte Industrieschränke, Holzanrichten, in die sich im Laufe der Jahre tiefe Furchen eingegraben hatten. Wir hatten beide schon oft eine Schicht in der Küche übernommen, Tabletts abgewischt, Geschirr gespült oder beim Kochen geholfen. Nachts sah alles fremd aus, und jede Oberfläche verschluckte das Licht oder reflektierte es auf unvorhersehbare Weise.

Call öffnete einen der Schränke. Er schob das Mehl, den Zucker, die Cracker und das Brot beiseite. Das Obst in der Kühlkammer – Äpfel, Birnen. Davon hätte ich gern etwas gestohlen. Ich atmete tief ein, ihren Duft, ihren Geruch nach frischer Luft.

Ich nahm eine Birne, die im hellen Licht rot sein musste, und biss hinein. Call drehte sich bei dem Geräusch um.

»Willst auch eine?«, fragte ich ihn, aber er antwortete nicht.

»Wenn wir so weitermachen, werden wir entdeckt«, sagte ich. »Wenn du mir sagen würdest, was du stehlen willst, würde es schneller gehen.«

Er sah mich an und sein Blick verriet, dass er durcheinander war. Er wusste, wer ich war, konnte mir aber nicht so recht folgen.

Da erkannte ich endlich, dass er schlafwandelte. Und im Schlaf redete. Es hätte mich ängstigen oder beunruhigen sollen, aber das tat es nicht. Irgendwie ergab es einen Sinn. Ich dachte bei mir: Vielleicht träumt er deswegen nie ganz zu Ende. Er steht auf, um das Ende zu suchen.

Call ließ sich auf den Boden sinken und lehnte sich gegen einen der Küchenschränke.

Ich kniete mich vor ihn hin.

»Ich bin es müde, einsam zu sein«, sagte er. »Du nicht?«

»Meinst du hungrig?«, fragte ich, denn warum waren wir sonst in der Küche?

»Nein«, erwiderte er. »Einsam.«

»Nicht wirklich.«

»Nicht wirklich müde?«, fragte er.

»Nein«, entgegnete ich. »Nicht wirklich einsam. Du bist doch hier.«

Er zog mich an sich. Er war warm, und seine Arme waren stark, und dann küsste er mich, fest und entschlossen. Ich war überrascht, hatte aber keine Angst. Und dann lehnte ich auf einmal mit dem Rücken am Schrank, und Call schmiegte sich an mich, und wir standen zusammen auf, rutschten am Schrank hoch, seine Hände in meinem Haar, und es fühlte sich so gut an, umarmt zu werden und ihn so nah bei mir zu spüren.

Dann löste er sich von mir und sah mich an.

Und ich wusste, dass er erwacht war. »Romy!«, sagte er. Wir beide keuchten. »Ich habe geträumt. Ich habe dich geküsst.«

»Und? Hast du das getan?«, fragte ich, um ganz sicher zu gehen, denn normalerweise sah er als Außenstehender zu, was in seinen Träumen geschah.

»Ja«, sagte er.

»Gut.«

Er sah mich voller Verwunderung an. »Das passiert jetzt wirklich mit mir. In diesem Moment. Ich bin wach. Wir küssen uns.«

»Na ja, jetzt gerade nicht«, erwiderte ich. »Du hast aufgehört.«

Und da lachte er, leise, weil wir immer noch erwischt werden konnten. Wir konnten immer noch erwischt werden, aber es war mir egal.

»Und es macht dir nichts aus«, sagte er. »Dass wir uns küssen.«

»Nein«, sagte ich. »Tut es nicht. Ich wünschte, du würdest weitermachen.«

Er suchte nach nichts mehr, außer nach mir. Er sah mich an, küsste mich, berührte mich und lachte wieder, als er die Birne sah, die ich immer noch in der Hand hielt. Wir aßen sie, bevor wir die Küche verließen, immer abwechselnd, und zerstörten damit das Beweismittel dafür, wo wir gewesen waren und was wir getan hatten.

Kapitel 18

Als ich im Morgengrauen erwache, weiß ich sofort, was los ist. Ich spüre es tief in den Knochen, es wühlt meine Seele auf, ruft mein Blut. Ruckartig setze ich mich auf.

Das Knacken eines Zweiges. Brig. Er hatte die letzte Wache.

»Captain?«, fragt er, leise, um die anderen nicht zu stören.

»Er fährt los«, sage ich, und als er mich verständnislos ansieht, füge ich hinzu: »Der Bagger«, und meine Stimme klingt ungeduldig, *denn natürlich ist es das Schiff, es geht hier nur um das Schiff!*

»Pass auf die anderen auf«, befehle ich ihm. »Sieh zu, dass sie hierbleiben.« Sollte ich eines der Messer Brig überlassen, falls Tam Schwierigkeiten macht? Aber angenommen, sie verwenden es gegen mich? Ich kann mich nicht entscheiden. Und dann ...

Brausen. Dröhnen. Rumpeln.

Röhren.

Die Geräusche lassen mein Herz rasen.

Fluss, Steine, Motor, Gold.

Mein Schiff fährt wieder!

Brigs Augen weiten sich. »Woher hast du das gewusst?«, fragt er, und die Verwunderung auf seinem Gesicht, die Art, wie er mich in dieser Sekunde ansieht – ich habe ihn überrascht, ich habe ihn erstaunt – erinnert mich an Call, als er damals aufwachte und mich ansah, während wir uns küssten, und ein Nadelstich des Schmerzes, punktgenau, durchdringt den Panzer in meinem Inneren, den das Schiff zum Erzittern gebracht hat.

Ich gebe Brig eines der Messer. »Falls du es brauchen solltest«, sage ich. »Bin gleich wieder da«, und dann lasse ich ihn mit dem Messer dort stehen, mitten im Wald.

Ich renne, so schnell ich kann, durch Zweige, die nach meinen Armen greifen, über Steine und Erde, die an meinen Füße hängen bleiben. Es spielt keine Rolle, wie viel Lärm ich mache.

Mein Schiff schützt mich durch seinen knirschenden, schrecklichen, wundervollen Lärm.

Es ist immer noch dämmrig, als ich das Ufer erreiche. Und so wage ich es, den Fluss zu überqueren. Dunkles, satinweiches Wasser umspült meine Beine, das Moos auf den Steinen glitscht unter meinen Füßen hindurch. Ich stolpere, schwimme, rutsche aus. Näher, näher, so nah ich kann.

Ich komme!

Der Lärm hat auch das Piratendorf geweckt, und Lichter flackern. Einige oben in den Bäumen in der Nähe des Ufers, andere dichter am Boden. Sie bewegen sich, nähern sich. Die Morgendämmerung erhellt den Horizont, als ich das andere Ufer erreicht habe.

Je näher ich komme, desto stärker spüre ich es. Es klopft tiefer und stärker als ein Pulsschlag, lässt meine Zähne vibrieren, knetet meine Eingeweide. Und dann – dann höre ich leisere, hellere Geräusche über das Dröhnen des Baggers hinweg.

Jubel. Die Piraten an Bord jubeln, weil sie fahren. Sie stehen oben auf dem Deck, Silhouetten und Gestalten, die die Fäuste recken und mit ausgestreckten Armen in Richtung ihrer Gemeinschaft am Ufer winken. Zischend stoße ich den Atem aus. *Runter da! Weg da! Das ist nicht euer Schiff!*

Augenblick. Sie sind auf dem Deck.

Das bedeutet, dass es ihnen noch nicht gelungen ist, die Panzerung zu aktivieren.

Sie steuern den Bagger zur anderen Seite des Flusses, der Westseite. Mein Schiff überquert langsam und zielstrebig das Wasser. Und ich habe recht. Die Panzerung bewegt sich nicht.

Im Schutz des Schiffes kehre ich ebenfalls ans andere Ufer zurück, weit genug entfernt, dass mich das aufgewühlte und vom Absetzer fallende Gestein nicht verletzen kann, während sich der Bagger durch das Flussbett frisst.

Passt bloß auf, flüstere ich den Piraten durch die zusammengebissenen Zähne zu. *Setzt es bloß nicht auf Grund, oder ihr zerstört es so, dass nicht mal ich es mehr reparieren kann.*

Doch sie drehen den Bagger rechtzeitig und bringen ihn längsseits neben die westliche Sandbank. Ich kann die Piraten nicht mehr hören, sie aber noch gut genug sehen. Sie winken und verständigen sich durch Zeichen, die auf dem Deck und die an Land.

Wie sollen wir so viele überwältigen?

Das können wir nicht. Wir werden sie ablenken müssen. Und wir werden ihre Zahl verringern müssen. Ich brauche eine Idee, mit der wir beides bewerkstelligen können.

Immer noch flackern Lichter hoch oben in den Bäumen. Einige der Piraten müssen in ihren Häusern zurückgeblieben sein, während die anderen hinuntergeklettert sind, um das Schiff fahren zu sehen. Wieder frage ich mich, wie sie ohne Strom Lampen betreiben können, in der Nähe von so viel Holz.

Und dann, als wäre ein Streichholz aufgeflammt, habe ich einen Geistesblitz, wie ich mein Schiff zurückgewinnen kann. Vielleicht hat Naomi mir gestern Abend diesen Funken eingegeben, als ich hörte, wie sie über mich sprach.

Manche Menschen brennen immer.

Ich habe sie in Stücke gerissen. Jetzt werde ich sie anzünden wie Kerzen.

Kapitel 19

Auf dem Weg zurück zu unserem Lager fällt mir auf, dass irgendjemand Wörter und Namen in die Bäume gekerbt hat. Die Buchstaben und Ziffern heben sich narbig-schwarz von der weißen Rinde ab. Die Wunden sind alt; mit der Zeit sind sie verheilt, Flechten sind darüber gewachsen, aber ich kann sie noch lesen.

Es sind hauptsächlich Namen. Hier und da ein paar Daten.

Manchmal sind es zwei Namen mit einem Herz dazwischen.

Ich sollte lieber nichts ins Holz kerben. Das könnte uns verraten, falls hier jemand durchkommt. Die frischen Schnitte würden auffallen. Aber wenn ich es täte, was würde ich schreiben?

Rache.

Brig kommt hinter einem Baum hervor. Ich habe nicht bemerkt, dass ich schon so nahe bei der Lichtung war. Er hält wie ich ein Messer in der Hand. Keiner von uns macht Anstalten, seines einzustecken. Seine Augen liegen tief in den Höhlen, sein Blick ist wachsam.

Einzelne Haare haben sich aus meinem geflochtenen Zopf gelöst und fallen mir in die Augen. Ich wische sie mit dem

Handballen beiseite. »Wir müssen uns auf den Weg machen.«

»Fährt das Schiff denn wieder?«

»Ja«, antworte ich, »aber die Panzerung funktioniert noch nicht.« Ich halte Brig die Hand hin, damit er mir das Messer gibt. Er reicht es mir vorsichtig, mit dem Griff zuerst. Ich kann nicht anders, als seine Hand mit meiner zu umschließen. Unsere Augen treffen sich kurz; dann lässt er die Hand sinken und wir kehren zur Lichtung zurück.

Die anderen sind wach und warten auf uns. Naomi umfasst ihren Arm. Eira steht neben ihr. Ich bemerke, dass sie einen Kuli und einen Bleistift in der Hemdtasche trägt. Ich hätte sie ihr wegnehmen sollen. Man kann damit jemanden erstechen, ihm die Spitze ins Trommelfell bohren oder ihm die Augen ausstechen. Nachts. Oder auch bei Tag.

Ich gehe auf Tam zu. Er sitzt mit dem Rücken an einen der umgefallenen Baumstämme gelehnt.

»Gute Neuigkeiten, Tam«, sage ich. »Du hast uns genau das mitgebracht, was wir brauchen.« Ich stehe so dicht vor ihm, dass die Spitzen meiner Stiefel seine berühren. Wenn er aufstehen würde, stünden wir uns Auge in Auge gegenüber. Er beugt sich leicht zurück und stützt die Ellbogen auf den Stamm hinter sich. Eine lässige Geste, aber er schafft Distanz zwischen uns.

Ich schüchtere ihn also ein, wenigstens ein bisschen. Gut. Ich mag es nicht, von Leuten abhängig zu sein. Aber in diesem speziellen Fall brauche ich die anderen.

»Essen«, sagt Tam und zuckt mit den Schultern. »Das braucht jeder. War nicht weiter schwer.«

»Nicht nur Essen«, erwidere ich. »Du hast mehr als das

mitgebracht. Das hier, zum Beispiel.« Ich klappe Tams Messer auf. Ich glaube, der Griff besteht aus einer Art Tierhorn, dick und dunkelbraun und golden gesprenkelt, aber an anderen Stellen fast durchscheinend. Ich kenne das Material, weil der Admiral auch so ein Messer hat, nur größer. Wesentlich größer. Er hat mir erzählt, der Griff wäre aus dem Horn eines Bisons gemacht, einem Tier, das schon vor langer Zeit ausgestorben ist. Ich drehe Tams Messer in dem Licht, das durch die Bäume dringt. Alle anderen schweigen. Befürchten sie, dass ich zusteche? Tam hält die Augen auf meine Hände gerichtet, als er aufsteht.

Ich spüre, wie sich Brig nähert. Wieder frage ich mich: um mich zu beschützen oder um mich anzugreifen? Arbeiten Brig und Tam zusammen? Wer hat sich in unserer Restcrew zusammengetan und gegen mich verschworen? Es gibt viele verschiedene Möglichkeiten. Brig und Tam. Naomi und Tam. Eira und Tam. Brig und Naomi. Naomi und Eira. Eira und Brig.

Oder vier gegen eine.

Wir fünf bilden einen kleinen Kreis. Unsere Augen huschen hin und her, und wir fragen uns: *Wer bist du?*

»Dank dir«, sage ich, »können wir das Schiff zurückerobern.«

Ich bitte Eira, uns eine Karte vom jetzigen Piratendorf zu zeichnen. Wir befeuchten die Erde, klopfen sie fest und glätten sie, und sie benutzt ihren Stift, um Linien in den Schlamm zu ziehen. Ihr Gedächtnis ist präzise und außergewöhnlich, ihre Hand ruhig. Sogar unter diesen suboptimalen Umständen stellt sie das Dorf plastisch und deutlich dar. Brig kniet sich hin, um es sich näher anzusehen.

Ich deute auf die Karte, die Eira in die Erde gezeichnet hat. »Wir müssen sie überwältigen, bevor sie herausfinden, wie sie die Panzerung in Gang setzen. Ansonsten sind unsere Chancen, zurückzukommen, praktisch gleich null.«

»Stimmt«, sagt Naomi, die vorsichtig ihren Arm hält. Klingt ihre Stimme schwächer als gestern?

»Sie sind in der Überzahl«, sage ich. »Und besser bewaffnet.«

»Wir haben zwei Messer«, erwidert Tam trocken. »Und einen Bleistift und einen Stift. Und dazu einen Kochtopf.«

»Was wir brauchen, ist ein Ablenkungsmanöver, um sie vom Schiff zu locken«, sage ich. »Wir müssen sie dazu bringen, ihre Aufmerksamkeit auf etwas anderes zu richten.«

»Aber warum sollten sie?«, fragt Naomi. »Sie sind doch in einer idealen Lage. Sie haben das Schiff und das Gold, alles, was ihnen wichtig ist.«

»Nein«, entgegne ich. »Ihr Dorf ist ihnen wichtig. Und die Leute an Land.«

Eira schnappt nach Luft. Tam presst die Lippen aufeinander.

Wird meine Crew damit fertig? Brig war bei der Miliz. Naomi ist mehrfach auf dem Bagger mitgefahren und hat Gewalt erlebt. Aber Eira ist Kartenzeichnerin, Künstlerin. Und Tam ist ein Koch. Wären sie fähig zu töten?

Als könne er meine Gedanken lesen, schaut mir Tam in die Augen. »Ich habe schon Blut gesehen«, sagt er. »Ich habe Knochen durchgesägt.«

Aber waren die Tiere lebendig oder tot, als du das getan hast?, würde ich am liebsten fragen. Stattdessen greife ich um ihn herum nach seiner Tasche. »Mit ein bisschen Glück«, sage ich, »und dank dir werden wir gar nicht so viel Blut oder Knochen sehen müssen.«

»Wie meinst du das?«

»Wie ich eben schon gesagt habe.« Ich hole die Kerosinkartusche heraus. Sie ist klein, aber mit Zündholz, einer Flamme und der richtigen Planung sollte der Inhalt ausreichen, um ein Feuer zu entfachen. Und wenn sich ein Feuer erst einmal ausgebreitet hat, ist es schwer zu löschen. »Du hast uns genau das gebracht, was wir brauchen.«

Brig holt tief Luft. »Wir zünden ihre Häuser an.«

»Genau«, sage ich. »Wir gehen flussaufwärts, bis zu ihrem neuen Dorf. Wir sammeln Brennholz.« Ich klopfe auf Eiras Zeichnung. »Nachts, wenn die Gefahr geringer ist, dass sie uns erwischen, schleichen wir uns an und stapeln das Holz am Fuß der Bäume auf. Wir tränken so viel wie möglich davon mit Tams Kerosin und zünden das Ganze an. Dann hoffen wir, dass das Holz und der Stoff schnell Feuer fangen. Wahrscheinlich breiten sich die Flammen dann auf die Bäume und die anderen Häuser aus. Die anderen Piraten werden das vom Schiff aus sehen.« Eine Welle der Erleichterung erfasst mein Herz. Das ist ein konkreter, durchführbarer Plan, um das Schiff zurückzugewinnen. Wir haben nicht viel, aber immerhin etwas.

Das wird die perfekte Ablenkung. Die Piraten werden das Schiff verlassen müssen, um den anderen zu helfen. Und wenn wir es schaffen, ein richtig großes Feuer zu entzünden, könnte es auch ihre Zahl dezimieren. Dauerhaft.

Schließlich haben die Piraten unsere Behausung zuerst angezündet.

»Es hat lange nicht geregnet«, gibt Naomi zu bedenken.

»Der Wald ist sehr trocken. Das Feuer könnte dorthin übergreifen, wo wir es nicht erwarten.«

Sie hat recht. Die Gefahr besteht, dass wir von den Flammen eingekesselt werden. Wir werden sofort zum Fluss oder zu einem Bach rennen müssen, falls wir einen in der Nähe finden.

Außerdem wissen die Piraten, dass einige von uns hier draußen sind. Sie werden Wachen aufgestellt haben.

»Wenn sie uns erwischen, erschießen sie uns«, sagt Tam.

»Deswegen müssen wir vorsichtig sein«, erwidere ich. »Und leise.«

»Wie sollen wir die Feuer anzünden?«, fragt Eira. »Wir haben keine Streichhölzer.«

»Auch dafür hat Tam gesorgt«, sage ich. »Er hat nicht nur das Kerosin mitgebracht, sondern auch den Kocher. Wir benutzen den Zündmechanismus, um die Holzstapel anzuzünden.«

»Was ist, wenn Menschen dabei sterben?« Eira ist aschgrau im Gesicht.

»Es muss ein furchtbarer Tod sein«, sagt Tam finster. »Ich habe gesehen, wie Küchenunfälle aussehen. Schon leichte Verbrennungen sind schlimm.«

Naomi senkt den Kopf.

Brig fragt durch die zusammengebissenen Zähne: »Haben wir eine andere Wahl?«

Vielleicht ist es gar nicht schlecht, dass Naomi ihnen die Geschichte von Call erzählt hat. Dadurch wissen sie, zu was die Piraten fähig sind.

»Ich würde das nicht machen, wenn sie nicht unser Schiff erobert hätten«, sage ich.

Ich würde das nicht tun, wenn sie Call nicht umgebracht hätten.

Aber ...

... sie haben es getan.

»Wir könnten zu Fuß zum Außenposten zurückkehren«, schlägt Eira nach einem kurzen Schweigen vor.

»Das wird Romy aber nicht tun.« Tam beobachtet mich.

»Ich bin Captain dieses Schiffs«, erkläre ich. »Es ist meine Aufgabe, es nach Hause zu bringen.«

»Und was ist mit uns?«, fragt Eira. »Ist es auch deine Aufgabe, uns nach Hause zu bringen?«

»Natürlich«, erwidere ich. »Ich möchte so viele von der Besatzung wie möglich retten.«

Eira lacht. »Na, das klang ja überzeugend.«

Ich bin beleidigt. Ich habe es genau so gemeint. Habe ich es nicht richtig formuliert?

»Wenn wir ohne das Schiff und das Gold zurückkehren, bringt uns der Admiral um«, gibt Naomi leise zu bedenken. »Das hat er schon beim letzten Mal vorgehabt. Romys Erfindung hat das Leben unserer damaligen Besatzung gerettet. Das jedes Einzelnen von uns.«

»Wenn irgendeiner von euch weglaufen will, kann er oder sie das tun.« Meine Stimme trieft vor Zorn. Als wäre das die verwerflichste, mieseste, dümmste Idee, die ich je gehört habe. Die Besatzung schweigt. Der Bagger nicht. Er erinnert uns daran, dass er wieder funktioniert und unaufhaltsam den Fluss hinauffährt.

Ohne uns.

»Hat irgendjemand eine bessere Idee?«, frage ich.

Schweigen. Eira bricht es zuerst. »Ich nicht.«

»Ich auch nicht«, sagt Naomi.

Brig schüttelt den Kopf.

Tam seufzt. »Mir fällt auch nichts anderes ein.«

»Dann lasst uns abstimmen«, schlage ich vor. »Alle, die dafür sind, dass wir die Piraten heute Abend angreifen, heben die Hand.«

Brig und Naomi heben zuerst die Hände. Nach einer Sekunde folgt Eira ihrem Beispiel. Tam meldet sich als Letzter, nach einigem Zögern.

»Dann ist es abgemacht.« Ich sehe sie der Reihe nach an. »Keiner haut ab.«

Kapitel 20

»In Ordnung«, sage ich. »Wir müssen später Feuerholz sammeln, aber erst sollten wir uns noch einmal trennen und uns ansehen, was die Piraten machen. Tam, du kommst mit Brig und mir, um nachzusehen, wo der Bagger jetzt ist. Eira und Naomi ...«

Eira schnauft, sichtlich frustriert.

»Eira musste schon beim letzten Mal bei mir bleiben«, wendet Naomi mit einem kurzen Aufblitzen ihrer Augen ein. »Ich bin nicht so schnell wie ihr anderen, nicht mit dieser Verletzung.«

Doch ich möchte uns aus mehreren Gründen genau so aufteilen. Brig und ich sind körperlich die stärksten, deswegen sollten wir Tam mitnehmen, weil er der unbekannteste Faktor ist. Ich traue Naomi immer noch am meisten, deswegen ist es sinnvoll, dass sie den anderen Trupp anführt.

»Daran liegt es nicht«, erklärt Eira widerwillig. »Ich habe es nur satt, das Dorf der Piraten zu beobachten.«

»Wir brauchen dich dort, Eira«, entgegne ich. »Ich möchte, dass du dir jede Veränderung merkst und uns eine aktuelle Version der Karte zeichnest, wenn du zurückkehrst. Wenn die Sonne am höchsten steht, mittags, treffen wir uns hier, prägen uns die Karte ein und sammeln Feuerholz.«

»Ich glaube, ihr drei solltet das Dorf beobachten«, entgegnet Eira. »Vielleicht stellt ihr irgendetwas fest, was wir übersehen haben.« Sie hat die Arme verschränkt und ihre Augen funkeln. »Und du weißt auch, wie man Blaupausen und Pläne zeichnet. Ich bin sicher, du kannst uns dabei helfen, die Karte zu verbessern.«

Sie fordert mich heraus.

Aber sie hat recht. Vielleicht entdecke ich etwas, das sie übersehen hat.

Und umgekehrt fände ich es auch gar nicht schlecht, wenn Naomi einen Blick auf den Bagger werfen würde.

»Na schön«, sage ich. Der Bagger kann auch mal für ein paar Stunden ohne mich fahren.

Oder?

Tam und ich stecken bis zu den Ellbogen im Müll, im Abfall der Piraten. Er ist übelriechend, glitschig, widerlich, verdorben und doch sehr, sehr interessant. Da ich nicht mehr so hungrig bin, achte ich mehr als beim letzten Mal darauf, was die Reste verraten. Brig hält Wache, während wir den Müll durchsuchen.

»Behalte ihn im Auge«, befehle ich Tam. »Sag mir Bescheid, wenn er sich hinter unserem Rücken anschleicht, um uns zu ermorden.« Tam lacht. Aber das war nicht witzig gemeint.

Am Morgen haben die Piraten gekocht, saubergemacht und sich in kleineren Gruppen versammelt. Zu meiner Frustration konnten wir uns nicht dicht genug nähern, um zu hören, was sie sagten. Sie kletterten hinauf in die Baumhäuser, und aus ihren Bewegungen konnten wir schließen, dass sie wieder einige ihrer Sachen zusammenpackten. Was mich überrascht. Ich dachte, sie würden ein paar Tage an dieser Stelle bleiben, da der Bagger so langsam ist.

Vor kurzem sind alle in Richtung Fluss gegangen.

Was machen sie dort?, frage ich mich. Es ist gut, dass sie gegangen sind, so dass wir uns das Dorf näher ansehen können, aber es beunruhigt mich, dass alle gemeinsam aufgebrochen sind. Was haben sie vor?

»Schau dir das an.« Tam hält ein Stück Brot hoch. Flach und nicht so leicht und locker, wie er es an Bord des Baggers gebacken hat, aber dennoch. Brot. Für das man Getreide und Öfen braucht.

»Wo, meinst du, haben sie es her?«, frage ich.

Tam beißt versuchsweise ein Stück vom Rand des Brotes ab. »Weizen«, stellt er fest, »aber anders als unserer.«

Ich lasse mir ein Stück von ihm geben und kaue, denke nach und zähle dabei. Das Dorf besteht aus siebzehn Häusern, und in jedem von ihnen wohnt eine Gruppe von Leuten. Die Gruppen scheinen aus mindestens drei bis vier bis höchstens sieben oder acht Leuten zu bestehen. Diese Häuser sind leicht und tragbar, aber nicht stabil. Sie würden keinen Schutz gegen raues Winterwetter bieten – dazu sind sie nicht gut genug isoliert. Man kann keine Öfen darin aufstellen oder längere Zeit an einem Ort bleiben, was irgendwann nötig sein würde, zum Überwintern, falls eine Krankheit ausbricht oder sie Nahrung sammeln müssen.

Ich war so hingerissen vor Bewunderung über die Genialität ihrer Technik, von den Häusern, die man zu Booten zusammenfalten und dann wieder auseinanderfalten kann, dass ich nicht gründlich genug nachgedacht habe.

So leben die Piraten nicht die ganze Zeit.

»Weizen kann man nicht anbauen, wenn man umherzieht«, sagt Tam. »Sie müssen irgendwo Felder haben.«

»Also muss es noch mehr von ihnen geben als nur diese Gruppe«, ergänze ich. »Irgendwo betreiben einige von ihnen Ackerbau.«

»Oder sie handeln mit anderen, die das tun.«

All dies passt zu dem, was Brig schon früher aufgefallen ist: dass sie kaum Kinder dabei haben. Das ergibt jetzt einen Sinn. Natürlich nehmen sie ihre Kinder nicht auf einen Raubzug mit, wenn sie einen sicheren Ort haben, an dem sie sie lassen können.

»Aber es ist nicht der Außenposten«, erwidere ich. »Mit uns treiben sie keinen Handel.«

»Irgendwie ist das aufregend«, sagt Tam. Durch die Grübchen in seinen Wangen sieht es immer so aus, als ob er lächelt, auch wenn er es nicht tut. Er hat eine leichte Stupsnase, Sommersprossen und sandfarbenes, buschiges Haar. Er ist noch so jung; er sollte nicht hier draußen sein.

»Wie meinst du das?«, frage ich.

»Ach, du weißt schon. Dass es hier vielleicht noch andere Leute gibt. Nicht nur die Piraten.«

»Das ist doch nicht aufregend«, entgegne ich. Andere Gruppen bedeuten neue Unbekannte für unsere Mission. Ich bin mehr und mehr davon überzeugt, dass wir schnell handeln müssen. »Das ist problematisch.«

»Aber hast du nicht auch schon mal darüber nachgedacht?«, fragt Tam. »Die Welt ist groß. Ich weiß, dass viele Leute während des Rückzugs gestorben sind, als die Union das Territorium verlassen hat. Aber wenn die Piraten eine

Möglichkeit gefunden haben, hier draußen zu überleben, haben es vielleicht auch andere geschafft.«

Fliegen summen um den Kompost herum. Tams und meine Blicke treffen sich über dem Haufen.

»Je eher wir hiermit fertig werden, desto besser«, sage ich. »Früher oder später kommen sie wieder.«

Ich blicke in die Richtung, wo sich Brig versteckt. Ich habe ihm gesagt, er solle sich irgendwo auf die Lauer legen, wo ich ihn sehen kann, und ich habe ihm kein Messer gegeben. Und da hockt er, tief geduckt im Gras, zehn Meter entfernt. Er beobachtet uns. Ich nicke ihm zu, und er nickt zurück, bevor er seine Aufmerksamkeit wieder dem Weg zuwendet, den die Dorfbewohner benutzt haben, als sie hinunter zum Fluss gegangen sind.

»Weißt du, wer deine Eltern sind?«, fragt Tam.

»Komische Frage«, erwidere ich. Ich habe ein Stück Stoff gefunden, das mit einer Art Fett vollgesogen ist. Von Fleisch? Vom Kochen? Wir könnten es zum Feuermachen gebrauchen, und ich glaube nicht, dass die Piraten es vermissen werden. Ich stecke es vorn in mein Hemd, wo es wie ein schmutziges Einstecktuch aus der Tasche herausschaut. In den letzten Tagen habe ich im Dreck geschlafen und Müll durchwühlt, also was macht das schon?

»Sie werden uns riechen, bevor sie uns sehen«, bemerkt Tam, und ich schnaube – nicht, weil ich das komisch finde, sondern weil ich ganz seiner Meinung bin.

»Was ist das für eine Art Fleisch?« Ich nehme einen knorpeligen Knochen in die Hand und reiche ihn Tam. »Meinst du, es ist von einem Tier, das hier in der Gegend lebt, oder haben sie es mitgebracht?«

»Sieht aus wie Hühnchen.« Tam probiert ein Stück. »Schmeckt nach Wild«, sagt er und verzieht das Gesicht. »Irgendeine Art Vogel. Haben sie vielleicht hier draußen gefangen. Wachtel? Keine Ahnung.«

Wir haben den Komposthaufen fast bis zum Boden durchgegraben. Bei so vielen Leuten, die ernährt und versorgt werden müssen, verschwenden die Piraten nicht viel.

»Ich gehe also mal davon aus, dass du nicht weißt, wer deine Eltern sind«, fährt Tam fort.

»Doch, das weiß ich«, erwidere ich und begutachte die zarten Überreste von etwas, das höchstwahrscheinlich ein Eichhörnchen war. »Ich erinnere mich an meine Mutter.« Ich mache mir nicht die Mühe, dazuzusagen, dass sie tot ist. Er hat es wahrscheinlich ohnehin schon erraten. »Und du?«

Tam schüttelt Gemüseschalen von den Händen und holt tief Luft. »Es gibt etwas, was ich dir sagen sollte«, meint er.

»Was?«, frage ich. *Nicht jetzt*, denke ich. *Das Schiff geht vor, alles andere ist zweitrangig.*

Plötzlich steht Brig neben uns. Ich habe ihn weder gehört noch gesehen. »Die Piraten sind unterwegs!«, keucht er. »Wir müssen weg!«

Wir erreichen die Lichtung vor Naomi und Eira, aber sie hatten es ja auch weiter bis zum Bagger und wir sind früher zurückgekehrt als geplant. Aber als die Sonne ihren höchsten Punkt überschritten hat und allmählich sinkt, mache ich mir Sorgen. Geht es Naomi gut?

Deswegen sollten sie ja beim Dorf bleiben, denke ich gereizt. *Warum hat Eira mich herausgefordert? Warum habe ich nachgegeben?*

Tam, Brig und ich nutzen die Zeit, um so viel Brennmaterial wie möglich zusammenzusuchen – trockene Äste, Zweige und Blätter.

»Wie sollen wir das alles zum Piratendorf schleppen?«, fragt Tam mit einem Blick auf die Haufen.

»Wir benutzen deine Tasche«, antworte ich. »Und wenn wir unsere Hemden ausziehen, können wir sie dazu benutzen, die Zweige zu bündeln.« Tam blinzelt, und ich verdrehe die Augen. Wir tragen alle Unterhemden, und es ist lächerlich, sich unter solchen Umständen über Anstand Gedanken zu machen.

»Es wird eine Weile dauern, und wir müssen oft hin- und herlaufen, um alles rüberzubringen«, sage ich. Ich wollte aber den Brennstoff nicht wesentlich näher beim Piratendorf sammeln – die Gefahr war zu groß, dass man uns gesehen oder gehört hätte, jetzt, wo der Lärm des Baggers allmählich schwächer wird, während er sich weiter den Fluss hinauffrisst. »Wir fangen mit dem Transport an, sobald Naomi und Eira zurück sind.«

Wir arbeiten schweigend und ziehen Äste zu Stapeln übereinander, als wollten wir Hunderte Lagerfeuer anzünden. Brig nähert sich mir. »Das war ja ein schönes Beispiel für Demokratie vorhin«, sagt er und packt sich die Arme mit heruntergefallenen Zweigen voll. »Als du uns hast abstimmen lassen.«

»Ja, nicht wahr?«, erwidere ich. »Bestimmt hat es dich überrascht.«

»Nein, ehrlich gesagt nicht.« Brig hat eine tiefe Stimme, und wenn er leise spricht, schwingt sie ungefähr auf derselben Frequenz wie das Grollen des Baggers. Ich muss mich näher zu ihm beugen, um ihn zu verstehen. Er riecht nach Äpfeln und Kiefernzapfen, sauber, obwohl er den Fluss durchschwommen und auf dem Boden geschlafen hat.

»Warum nicht?«

»Weil du möchtest, dass wir alle an dem Plan beteiligt sind, wenn wir ihn durchführen«, antwortet er. »Wir sollen alle unseren Anteil daran haben, damit wir uns dafür einsetzen, dass er gelingt.«

»Du hast recht«, sage ich. »Apropos, ich habe eine Frage an dich.«

Brig verlagert das Gewicht des Holzstapels in den Armen ein wenig. »Schieß los.«

»Woher kennst du Eira?«

»Wir haben bei einem Einsatz zusammengearbeitet«, antwortet er ausweichend.

»Für den Admiral?«

»Ja«, antwortet Brig und klingt dabei fast – verlegen?

»Was war das für ein Einsatz?«, frage ich.

»Es hatte mit Kunst zu tun.« Brig will offenbar nicht darüber reden; er blickt fast sehnsüchtig über die Schulter zu den anderen Holzstapeln. Ich denke an Eira und ihre Arbeit, und plötzlich dämmert es mir.

»Das Wandgemälde«, sage ich. »Stimmt's?«

»Ja«, sagt er. »Ich war das Modell für die eine Hälfte der Männer auf dem Bild.«

»Wie bitte?« Ich weiß nicht genau, was er meint. »Die obere oder die untere Hälfte?«

Brig lacht aus vollem Hals. »Ich meine, dass die Hälfte der Männergestalten auf diesem Wandbild nach meinem Modell gemalt ist.«

»Wirklich?«, frage ich. Es könnte stimmen. Die Körper sind rein symbolisch; Eira kopiert den üblichen Stil der Figuren auf den Wandgemälden. Wenn ich an Brigs Körper denke, hat er tatsächlich die hochgewachsene, geschmeidige, athletische Gestalt eines der Prototypen für Perfektion. Call war vom gleichen Körpertyp. Der Admiral verkörpert den anderen – untersetzt, muskulös, bullig, stark. Ich frage mich, ob nach seinem Modell die andere Hälfte der Männer auf den Wandgemälden gestaltet ist. Natürlich ist er auch immer als Oberhaupt dargestellt, derjenige, der ganz oben auf dem Schiff steht.

»Romy! Brig!« Tam ruft uns flüsternd. »Seht mal!«

Naomi und Eira schlüpfen in der Spätnachmittagssonne durch die Bäume. Ich kämpfe mich durchs Unterholz auf sie zu.

»Tut mir leid, Captain«, sagt Naomi, als wir reden können, ohne schreien zu müssen und damit womöglich die Piraten alarmieren. »Meinetwegen sind wir auf dem Rückweg nur langsam vorangekommen.« Ihr Gesicht sieht noch bleicher aus als heute Morgen.

»Wir sollten uns mal die Wunde ansehen«, schlage ich vor.

»Ich glaube nicht, dass uns gefällt, was wir sehen werden«, sagt Naomi. Tam sucht in seiner Tasche nach einer antiseptischen Lösung, die er mitgebracht hat, um seine Hände vor dem Kochen zu reinigen. Damit haben wir Naomis Wunde schon am Abend zuvor desinfiziert. Eira verreibt ein wenig in den Händen und beginnt dann, den Stoffstreifen abzuwickeln, mit dem sie gestern Abend Naomis Arm verbunden hat.

»Was passiert mit dem Bagger?«, frage ich, während Eira sanft an dem Stoff zieht und Naomi die Zähne zusammenbeißt, um den Schmerz zu unterdrücken.

»Er bewegt sich«, antwortet Naomi. »Ungefähr genauso schnell, wie wir ihn eingestellt hatten. Der Fördermechanismus klingt so, als laufe er einwandfrei. Die Panzerung funktioniert aber immer noch nicht.« Sie atmet zischend ein, als Eira den Stoff von der Wunde abzieht. Sie hat keine Blutvergiftung – das erkenne ich auf den ersten Blick, weil ich so etwas oft auf dem Schrottplatz gesehen habe, wenn Leute weiterarbeiten wollten und ihre Wunden nicht richtig versorgt wurden –, aber die Verletzung sieht nicht gut aus. Die Wundränder sind ungleichmäßig und es dringen Blut und Eiter darunter hervor.

»Verdammt!«, flucht Naomi, als sie sich das ansieht. »Diesmal reinige ich sie«, schlägt Tam vor. »Ich musste schon öfter Verletzungen versorgen, in der Küche.«

Tam macht sich an die Arbeit, und Naomi blickt zu mir auf. »Captain«, sagt sie. »Da gibt es etwas, das Sie wissen müssen.« Eira nickt. Auch sie sieht erledigt aus. Und dann fällt es mir wieder ein – auch Tam wollte mir etwas sagen. Aber momentan scheint er nicht daran zu denken. Er konzentriert sich ganz auf Naomis Wunde.

»Was ist denn?«

»Die Piraten haben einen von unserer Besatzung getötet.« Naomi zuckt zusammen, als Tam die antiseptische Lösung über ihre Wunde verteilt.

Ich habe ein flaues Gefühl im Magen, aber es überrascht mich nicht. Sie hatten es angekündigt, als sie damals Call töteten. *Sagt eurem Admiral, dass wir es satthaben, dass ihr uns bestehlt. Sagt ihm, dass es das letzte Mal ist, dass wir jemanden am Leben lassen.*

Ich wusste, dass sie logen, als sie sagten, sie würden uns am Leben lassen, wenn wir uns ergäben.

»Konntest du erkennen, wer es war?«, frage ich.

»Nein«, sagt Naomi. »Es war auf jeden Fall ein Mann. Braunes Haar. Aber sein Gesicht war übel zugerichtet.« Sie hält den Blick starr von ihrer Wunde abgewendet, während Tam sie säubert. »Die Leiche war in einem schlimmen Zustand.«

»Wir haben sie gefunden, als wir am Ufer entlanggegangen sind«, sagt Eira. »Sie lag flussabwärts vom Bagger.«

»Sie hatte sich im Uferschilf verfangen«, fährt Naomi fort.

»Sieht so aus, als hätten die Piraten sie über den Absetzer entsorgt. Oder der Mann wurde unter dem Gewicht der Tailings zerquetscht«, sagt Eira.

»Vielleicht wollte er flüchten.« Tam ist mit dem Verbinden der Wunde fertig. Er sieht grimmig aus. Wegen Naomis Wunde? Oder weil ihm dämmert, wie viel Glück er hatte, dass die Piraten das Schiff nicht in Gang brachten, während er über den Absetzer floh?

Aber war es wirklich Glück? Stimmt irgendetwas davon, was er von seiner Flucht erzählt hat?

»Wieso seid ihr euch so sicher, dass er einer von unserer Besatzung war?« Ich denke an die Männer auf dem Schiff, die braunes Haar haben. Der Kaplan, Corwin, und wer noch?

»Er trug unsere Uniform«, erklärt Naomi, »aber keine Stiefel.«

Das scheint gegen eine Flucht zu sprechen. Warum sollte jemand versuchen, barfuß über den Absetzer rauszukommen, wenn er weglaufen wollte?

Die Piraten müssen dem Mann die Stiefel ausgezogen haben, bevor sie die Leiche loswurden. Plünderer, das sind sie schließlich.

Ich nehme Tams Tasche und beginne, Zweige hineinzustopfen, die Finger steif vor Wut. »Wie lange war er schon tot?«

»Noch nicht lange«, sagt Eira. »Es gab keine Anzeichen dafür, dass Tiere an ihm gefressen hatten.« Sie zuckt zusammen, als ihr bewusst wird, wie schlimm das klingt. »Und er war noch nicht allzu sehr mit Wasser vollgesogen.«

»Was habt ihr mit ihm gemacht?«

»Wir haben ihn zurückgelassen«, antwortet Naomi. »Wir wollten keine Aufmerksamkeit erregen. Und wir hatten keine Zeit, ein richtiges Grab auszuheben.«

Es war die einzig richtige Entscheidung, aber dennoch belastet mich die Vorstellung, dass einer aus meiner Mannschaft bäuchlings im Fluss treibt. Es erinnert mich daran, wie wir Calls Leiche zurücklassen mussten. Wut und Tränen steigen in mir auf, und ich unterdrücke beides. Heute Nacht kehren wir zurück.

Beende es für mich.

Ich erzählte Call immer, wie seine Träume endeten, wenn er sich nicht daran erinnern konnte.

Ich bücke mich nach weiterem Brennmaterial.

Beende das für mich, Call.

Wenn er es doch nur könnte!

KAPITEL 21

»Das könnte unsere letzte gemeinsame Mahlzeit sein«, verkündet Tam mit einer tiefen, gespielt unheilvollen Stimme. Er gibt den letzten Rest unseres Essens in den Topf.

Wir stärken uns, bevor wir alles hinüber zum Rand des Piratendorfs bringen, um die Feuer vorzubereiten. Wir werden in dieser Nacht nicht schlafen.

»Ich bin tieftraurig.« Eira spielt mit. Tam grinst sie an.

»Willst du damit sagen, dass wir da nicht lebend rauskommen werden?«, fragt Brig.

»Natürlich nicht«, erwidert Tam. »Ich meine, dass wir bald wieder auf dem Bagger sind und mit den anderen zusammen essen. Das wollte ich damit sagen.«

Es muss am Adrenalin liegen, denn der Gedanke an das, was uns bevorsteht, versetzt mich in eine beinahe hysterische Heiterkeit. Das ist alles absurd, unmöglich. Ich sitze in einem Wald, esse mit einer bunt zusammengewürfelten Gruppe von Leuten und plane, ein Dorf in Brand zu stecken. Und wir alle tun so, als würden wir es zurück auf den Bagger schaffen, obwohl so vieles schiefgehen kann.

»Also«, sagt Tam. »Wir haben Cracker, Käse und Fleisch. Wer will anfangen?«

»Unser Captain soll zuerst essen«, sagt Brig.

»Nein«, erwidere ich. »Das sollte Naomi tun. Sie ist verletzt.«

Naomi hebt das Kinn. Das war der falsche Text. »Lasst Eira anfangen.«

Eira schüttelt den Kopf. »Brig hat am wenigsten geschlafen. Er sollte als Erster essen.«

Beinahe hätte ich gelacht. Wie sollen wir so das Schiff zurückerobern? Wir sind am Verhungern, verzichten aber lieber aufs Essen, als Schwäche einzugestehen.

Schöne Mannschaft.

»Schon gut.« Tam nimmt sich einen Cracker aus dem Topf und reicht diesen Eira, die neben ihm sitzt. »Dann nimmt sich eben der Reihe nach jeder etwas heraus und gibt dann den Topf weiter.« Er beißt ein großes Stück von dem Cracker ab. »Ich glaube, ihr wisst inzwischen, dass nichts davon vergiftet ist.«

»Lasst uns die Pläne noch mal durchgehen, bevor es zu dunkel ist, um die Karte zu erkennen«, schlage ich nach dem Essen vor. Wir scharen uns um Eiras präzise Zeichnung am Boden. »Brig, du fängst an.« Ich will sicherstellen, dass alle die Pläne verinnerlicht haben.

»Zuerst bringen wir unser ganzes Brennmaterial rüber an den Rand des Dorfs«, beginnt Brig. »Wir warten, bis alle schlafen und kein Licht mehr brennt. Dann schleichen wir uns hinein. Zwei Teams stapeln Brennholz am Fuß der Bäume – Romy und ich und Tam und Eira. Naomi gießt Kerosin auf jeden Haufen, sobald wir fertig sind.«

Naomi nimmt den Faden auf. »Wir beginnen mit dem mittleren Baum und arbeiten uns nach außen vor. Falls sie uns hören und wir nicht mehr jeden Baum erreichen, können wir die Stapel in der Mitte in Brand setzen und hoffen, dass sich das Feuer ausbreitet.« Ich nicke Eira zu, damit sie fortfährt.

»Wenn wir fertig sind«, sagt sie, »ziehen wir uns in den Wald zurück und treffen uns auf der Lichtung, es sei denn, sie wurde entdeckt oder wir werden verfolgt.«

»In diesem Fall gehen wir flussabwärts zu der Stelle, wo der Bagger ursprünglich angegriffen wurde«, sagt Naomi.

»Weil sie damit rechnen werden, dass wir tiefer in die Wälder fliehen oder dorthin laufen, wo der Bagger jetzt ist«, fügt Eira hinzu.

»Wenn wir uns wieder gesammelt haben, ziehen wir Bilanz und entscheiden über unseren nächsten Schritt«, sage ich. »Wenn alles mit den Feuern klappt, werden die anderen Piraten ans Ufer kommen, um den Dorfbewohnern zu helfen. Wir stehlen eins ihrer Boote und so viele Waffen, wie wir können, und fahren hinüber zum Schiff, um es zurückzuerobern.«

Die Stille des Waldes scheint uns zu umzingeln, als ich geendet habe. Jetzt, wo der Plan so offen vor uns liegt, ist es leicht, alle Lücken zu entdecken. Er ist nicht wasserdicht, nicht so bombensicher, wie ich es gern hätte. Es gibt zu viele Unsicherheitsfaktoren. Zu viele Möglichkeiten, dass er scheitert.

Naomis wettergegerbtes, schmerzverzerrtes Gesicht ist beinahe undurchdringlich. Tam versprüht Energie, während er die Arme verschränkt und die Karte betrachtet. Eira hält nachdenklich den Kopf schief, während ihr scharfer, reger Verstand arbeitet. Brig lehnt sich zurück und starrt in den

Wald, während er überlegt. Jede seiner Bewegungen drückt Wachsamkeit, Geschicklichkeit und Stärke aus.

Ich hoffe, ich kann ihnen vertrauen.

Ich setze meinen Stiefel in die Mitte von Eiras Karte, auf mehrere Piratenhäuser, ich pflanze meinen Fußabdruck ins Herz ihres Dorfes.

»Auf geht's!«

Kapitel 22

Flackernd erlöschen die Lichter in den Bäumen.

Bis auf eines.

Die Nacht schreitet fort. Immer weiter, aber das Licht bleibt.

Es brennt im Baumhaus links neben dem mittleren Baum, mit dem wir beginnen wollten. Wir haben unser gesamtes Brennmaterial an den Rand des Dorfes geschleppt, aber bisher hat uns niemand entdeckt. Wir kauern uns über Stöcken, Ästen und Zweigen zusammen, unserem großen noch nicht in Brand gesetzten Scheiterhaufen.

»Meinst du, sie wissen, was wir vorhaben?«, flüstert Eira.

Ich dachte, wir würden uns im Laufe der Nacht verausgaben und matt werden. Stattdessen spüre ich eine wachsende Spannung zwischen uns. Keine Ahnung, was es ist. Entschlossenheit? Angst? Ich kann die Gesichter der anderen im schwachen Schein der Sterne und des Mondes nicht richtig erkennen, aber es ist, als hätte sich das Blut in unseren Adern in stromleitendes Gold verwandelt, so dass funkensprühende Elektrizität von einem zum anderen fließt.

Als wären wir in diesem Moment miteinander verbunden.

»Wenn das Licht nicht bald ausgeht«, sage ich, »ändern

wir den Plan, fangen mit den Bäumen in unserer Nähe an und arbeiten uns zur Mitte vor.«

Der Himmel ist nachtschwarz. Bald wird er sich tiefblau verfärben. Wir nähern uns dem Morgen. Wir befinden uns am Rande der Nacht.

»Sollen wir es auf morgen verschieben?«, fragt Tam, furchtsam, hoffnungsvoll.

»Nein«, erwidere ich. Die Sterne stehen in keiner perfekten Konstellation für uns, aber vielleicht werden sie das niemals tun. Die Piraten können jederzeit wieder die Panzerung aktivieren. Und manche Faktoren sind durchaus günstig für uns. Es regnet nicht, und wir haben es geschafft, unser gesamtes Brennmaterial hierher zu schaffen, ohne erwischt zu werden. Wir sind dicht dran. Ganz dicht.

Und ich habe zwei Jahre zuvor einen Schwur geleistet.

»Okay«, sage ich und spüre, wie sich alle anspannen. »Jetzt!«

Brig, Tam, Eira und ich rennen geduckt zu dem Baumhaus, das uns am nächsten liegt, unsere Hemden und Tams Tasche vollgepackt mit Brennmaterial. Zweige biegen sich und klatschen gegen meine nackten Schultern, als wir durchs Geäst drängen.

»Jetzt!«, flüstere ich erneut, als wir am Fuße des ersten hohen Baumes angekommen sind, und wir lassen unser Material zu Boden. In fliegender Eile stapeln wir die Holzstücke. Was nach so viel aussah, wirkt vor dem dicken, massiven Baumstamm armselig.

Wir werden den Plan noch einmal ändern müssen.

»Verdoppelt die Menge an Brennmaterial für jeden Baum«,

flüstere ich den anderen zu. Wir sind nur einen Atemzug voneinander entfernt und blicken uns in die Augen. Noch bevor ich es ihnen erklären kann – *besser, wir entfachen nur halb so viele Feuer, als die Stapel zu klein zu machen* – antworten sie mit zustimmenden Lauten.

Sie sind auf meiner Seite.

»Sagt Naomi, dass sie anfangen kann, sobald wir den ersten Stapel fertig haben«, sage ich zu Brig. Tam, Eira und ich laufen so leise wir können zurück zu den Holzhaufen, um weiteres Material zu holen. Brig kommt Augenblicke später nach. Wir eilen durch die Bäume und legen den Brennstoff zu ihren Füßen.

Wir haben unsere Unterhemden mit Erde eingerieben, damit sie sich in der Dunkelheit nicht hell vor den Bäumen abheben, aber ich sehe manchmal das Weiß der Augen oder die Zähne der anderen aufblitzen, während wir hin und her schleichen.

Der Geruch des Kerosins, das Naomi ausschüttet, steigt uns beim Arbeiten in die Nase. Ich atme den Duft tief ein – diesen chemischen, brennbaren, stechenden, vertrauten Geruch.

Er erinnert mich an mein Schiff.

Riechen ihn die Piraten auch? Fragen sie sich in ihren Träumen, was das ist? Erinnern sie sich an den Brandgeruch des ersten Schiffs? Können sie sich vorstellen, warum sie dies verdienen?

Wir fünf versammeln uns atemlos im Wald. Wir haben kein Brennmaterial mehr übrig, und auch kein Kerosin mehr außer dem Rest im Kocher, den ich mir mit dem Gürtel um den Rücken gebunden habe. Ich traue keinem der anderen genug, um sie die Feuer anzünden zu lassen.

»Es ist Zeit«, sage ich. Der Himmel hat sich schon um ein, zwei Schattierungen aufgehellt, während wir arbeiteten, und ich erkenne jetzt den Film von Schmutz und Schweiß auf der Haut meiner Besatzung. Naomis Verband. Eiras geschickte, zarte Finger. Tams Mund mit dem immerzu spöttisch hochgezogenen Mundwinkel. Den Schnitt auf Brigs Nase vom Sprung in den Fluss. Die Kratzer der letzten Tage und dieser Nacht. Der Wald hat unsere Haut mit Linien von Ästen und Bäumen gezeichnet. Er hat uns Zeichen in einer Sprache eingeätzt und -gekritzelt, die wir nicht verstehen.

Keiner von uns wurde erwischt.

Bis jetzt.

»Ich helfe dir«, schlägt Brig vor.

»Nein«, erwidere ich. »Ich mache das allein.«

»Wir warten hier auf dich, bis du fertig bist«, sagt Naomi. Tam dreht sich weg, als könne er meinen Anblick nicht ertragen, weil er weiß, was ich vorhabe, und Eira legt die Hand auf seinen Arm.

»Nein«, sage ich. »Ich will, dass ihr einen Vorsprung habt. Lauft! Ich komme nach.«

Ein kurzes Zögern. Dann verschwindet Tam im Gebüsch, ohne sich umzublicken oder sich zu verabschieden. Ich spüre die Elektrizität zwischen uns stocken und abreißen. Naomi nickt mir zu und folgt ihm, und nach einem kurzen Blick auf Brig ist auch Eira verschwunden.

»Hau ab«, sage ich zu Brig. »Halte die anderen zusammen, wenn du kannst. Wir wissen nicht, wie sich das Feuer verhalten wird. Ich schließe mich euch so bald wie möglich an.«

Ich warte nicht darauf, dass er geht.

Ich ducke mich tief hinunter. Am Fuß des Baumes, bereit, meine kalten Hände und mein müdes Herz mit dem auflodernden Feuer zu wärmen, neige ich mich nach vorn. Drücke den Zündmechanismus am Kocher. Er erwacht flackernd zum Leben, eine blau-orangefarbene Flamme, eine Motte, ein Herzschlag. Ich halte sie an den Holzstapel.

Die Flamme springt über.

Ich habe keine Zeit, das Holz aufbrennen zu sehen. Weiter zum nächsten Baum.

Und zum nächsten.

Die Flammen knistern, während sie das Kerosin trinken und das Holz verzehren. Mein Atem rauscht laut und wild in meinen Ohren, während ich zum nächsten Baum laufe. Hören mich die Piraten denn nicht? Können sie mich nicht fühlen, riechen, schmecken?

Nichts und niemand regt sich in den Häusern.

Mutlos denke ich: Angenommen, die Häuser sind leer? Angenommen, den Piraten ist es gelungen, sich irgendwie in Luft aufzulösen? Angenommen, sie haben ihr Dorf aufgegeben?

Beim Anzünden des fünften Feuers passe ich nicht auf und setze meine eigenen Finger in Brand. Ich hole scharf Luft und vergrabe die Hand in der Erde neben mir, um das Feuer zu löschen. Nicht gut. Ich merke es sofort.

Aber ich kann es jetzt nicht ändern. *Ignoriere den Schmerz. Mach weiter.*

Meine verbrannte Hand zittert, als ich das sechste Feuer anzünde. Als das Holz auflodert, beleuchten die Flammen meine blasige Haut und mir dreht sich der Magen um. Meine Haut ist dick und heiß, und die oberen Schichten pellen sich ab, so dass rohes Fleisch darunter hervorkommt. Ich hätte das Feuer nicht mit Erde löschen sollen. Jetzt verschmutzen winzige Körnchen die Wunde.

Tam hatte recht. Verbrennen muss ein schrecklicher Tod sein. Ich drehe fast durch vor Schmerz, aber es liegen noch ein paar Bäume vor mir.

Ein Schrei gellt durch die Nacht.

»Feuer!«, ruft jemand hoch oben aus einem Baum. »FEUER!« Die verängstigte Stimme einer Frau. Ihr Ruf wird erwidert.

Sie sind hier. In den Häusern. In den Bäumen.

In der raucherfüllten Dunkelheit beginnen Lichter über mir zu flackern. Meine Hand schmerzt noch immer, und mir wird eines klar: *Ich will das nicht mit ansehen.* Wenn sie sterben und schreien. Ich habe das nie miterlebt. Auch nicht, als die Panzerung sie zerfetzt hat.

Ich war nicht einmal dabei, als Call gestorben ist.

Ich muss noch zwei Feuer anzünden.

Können sie mich in der Dunkelheit sehen? Einen Dämon, kauernd neben den blau–weiß–orangefarbenen, lodernden Flammen?

Die Feuer umgarnen die Bäume wie Liebhaber. Sie lecken, schmeicheln, berühren und beißen, und dann ...

... verschlingen sie sie brausend.

Ich habe den letzten Baum erreicht. Ich atme tief ein und wappne mich gegen den Schmerz.

In dem Augenblick, bevor ich mit dem Kocher den Stapel berühre, begehe ich einen weiteren Fehler. Ich nehme aus dem Augenwinkel heraus eine Bewegung über mir wahr und blicke auf.

Eine Silhouette hebt sich vor dem Lampenschein ab. Jemand lässt eine Leiter herunter. Natürlich – sie versuchen zu fliehen. Ich sollte den Baum anzünden. Aber ... Irgendetwas an der Gestalt dieses Schattens kommt mir vertraut vor.

Ich stelle den Kocher ab und lege meine gesunde Hand an die Leiter.

Call?

Die Gestalt, die sich vor den Stoffwänden abhebt. Und näher kommt.

Es könnte sein.

Angenommen, er hat überlebt? Angenommen, ich glaubte nur, er wäre tot? Angenommen, die Piraten hätten ihn mitgenommen?

Du weißt, was du gesehen hast, Romy. Du weißt, dass du mich tot daliegen sahst.

Sag mir nicht, dass du tot bist, Call. Sag mir nicht, was ich gesehen habe.

Der Gedanke erfüllt mich wie ein riesiger, flügelschlagender Vogel, ein springender, Saltos schlagender Fisch. Er ist nicht einmal ein Teil von mir, sondern lebt in mir. Wie lange war er schon da? Dieser Gedanke? Diese gebannte, gierige Hoffnung?

Seit der ersten Nacht, als ich die Piratenhäuser sah, wurde ich unwillkürlich von ihnen angezogen wie eine Motte vom Licht. Vielleicht aus diesem Grund.

Ich komme, Call.

Ich klettere die Leiter hinauf in den Baum. Stücke meiner Haut bleiben an den Sprossen kleben, während ich gedankenlos meine verletzte Hand benutze. Die Leiter knarrt leicht unter meinem Gewicht.

Eine Gestalt verdunkelt den Eingang. Kommt mir entgegen. Ich habe die Lippen geöffnet und die Augen geschlossen.

Call. Ich habe dich vermisst. Mehr, als ich sagen kann. Oder atmen. Oder leben.

Hast du eine Vorstellung davon, wie es war, ohne dich zu sein?

Ich öffne die Augen.

Kapitel 23

Das Letzte, was ich sehe, bevor die Gestalt meine Hand ergreift:

Meine Crew. Ich blicke über die Schulter und sehe ihre Augen im Unterholz leuchten, als wären sie wilde Tiere. Sie beobachten mich.

Sie sind zurückgekehrt.

Ich habe ihnen gesagt, sie sollten es nicht tun, aber sie taten es.

Es tut mir leid, würde ich ihnen gerne sagen. Ich habe in ihnen allen nach dem Verräter gesucht. In Brig, Naomi. Eira. Tam.

Ich hätte wissen müssen, dass ich es bin.

Kapitel 24

Er greift nach meiner Hand.

Als ich ihn aus der Nähe sehe, erkenne ich meinen Irrtum.

Er ist nicht Call.

Hochgewachsen, schmal, dunkle Augen und Haare, älter, als Call je werden konnte. Es ist der Mann, der das Kommando hatte, als die Piraten den ersten Bagger eroberten. Der Mann, der mir die Botschaft an den Außenposten mitgab: *Das ist das letzte Mal, dass wir jemanden am Leben lassen.*

Ich habe seinen Schatten gesehen und ihn in Call verwandelt. Ich dachte an jene Nacht, an ein Schiff, das lichterloh brannte, und habe mich selbst getäuscht. Ich sagte mir, dass Call noch am Leben sein könnte, obwohl ich wusste, dass er tot war. Der Pirat packt mich an der verbrannten Hand und zieht mich hinauf ins Baumhaus, und der Schmerz, meine brennenden Nerven und das Gesicht der Person, die Call getötet hat ...

Er ist nicht Call.

Alles wird dunkel.

Als ich wieder zu mir komme, sitzt der Pirat mir gegenüber. Ich bin an Händen und Füßen gefesselt. Ich brauche einen Moment, bis ich wieder klar sehen kann. Ich blicke in die

Schatten, gewöhne meine Augen ans Halbdunkel, und als mir bewusst wird, wo ich bin, hätte ich beinahe gelacht.

Ich bin in der Kapitänskajüte. Ich bin zurück auf dem Schiff.

Obwohl es in der Kajüte ein Bett und einen Stuhl gibt, haben sie mich gegen die Wand gelehnt, wo Nieten und Schweißnähte gegen meine Wirbelsäule drücken.

Aber sie haben mich nicht sofort getötet. Und irgendjemand hat meine Wunde behandelt. Ich trage einen Verband um die Hand, und die Haut ringsherum ist sauber. Alles sonst an mir – jedenfalls soweit ich erkennen kann – ist dreckig. Ich trage immer noch mein Unterhemd, meine Uniformhosen und Stiefel.

»Wie viele sind gestorben?«, frage ich.

Der Pirat hat wettergegerbte Haut und Dreck unter den Fingernägeln. Er hält sowohl Brigs als auch Tams Messer in den Händen.

Ich hätte ein Messer Brig geben sollen.

Haben sie ihn gefangen genommen? Und die anderen?

Dann fällt mir Calls Zollstock ein. Habe ich ihn verloren, als ich die Bäume angezündet habe? Oder als ich auf die Leiter geklettert bin?

Ist er verbrannt?

Ich würde den Piraten am liebsten fragen, ob er ihn genommen hat, aber ich kann nicht, ohne ihm zu verraten, wie viel er mir bedeutet. Stattdessen wiederhole ich meine Frage und präzisiere sie.

»Wie viele Piraten sind gestorben?« Ich bewege die Beine, ziehe die Knie dicht an den Körper und versuche, mich von dem Verlust des Zollstocks und der Art, wie sie mich gefesselt haben, nicht aus der Fassung bringen zu lassen.

»Wir sind keine Piraten«, erwidert er. »Wir sind Vagabunden.« Er steckt beide Messer in die Hemdentasche. Hat er da auch den Zollstock? Er steht auf und reckt die Arme bis hinauf an die niedrige Decke. Es ist eine Qual. Ich wünschte, ich könnte dasselbe tun.

»Und du bist ihr Anführer.« Er muss es sein. Er ist derjenige, der das Kommando innehatte, an dem Abend, als Call gestorben ist; er bewohnt jetzt die Kapitänskajüte – meine Kajüte.

»Und jetzt auch der Anführer deiner Crew«, erwidert er. »Sie haben sich einverstanden erklärt, uns zu helfen, im Tausch gegen ihr Leben.« Er setzt sich wieder auf den Stuhl und trommelt mit den Fingern auf dem Knie herum. »Romy Blythe. Ehemalige Kapitänin dieses Schiffs. Designerin seiner Panzerung. Du wirst uns helfen, sie zu reparieren.« Er deutet auf meine Hand. »Wir haben deine Verbrennung verbunden. Sie ist schlimm, aber du müsstest trotzdem arbeiten können.«

Erwartet er, dass ich dankbar bin? Ich sehe ihn mir genau an. Sein dunkles Haar ist schon größtenteils ergraut. Er ist glattrasiert. Sein Blick ist unlesbar, und sein Mund verrät nichts.

»Ich werde euch nicht helfen, das Schiff zu reparieren«, erwidere ich. Und dann wiederhole ich meine Frage nochmals. Ich werde nicht aufhören, bis er antwortet. »Wie viele Piraten sind gestorben?«

»Mein Name ist Porter«, sagt er. »Möchtest du wissen, wie viele von deiner Besatzung noch leben, bevor du fragst, wie viele von meinen Leuten gestorben sind?«

»Ich weiß, dass ihr zumindest einen umgebracht habt«, sage ich. »Die Leiche lag im Fluss.«

»Er hat versucht, über den Absetzer zu entkommen.« Porter zieht den Stuhl näher zu mir heran. Seine Augen blicken furchtlos und gelassen, obwohl eines seiner Beine auf und ab wippt und nervöse Energie verrät.

»Ohne seine Stiefel?«

Porter zuckt mit den Achseln. »Er hatte nicht so viel Glück wie dein Freund Tam.«

»Tam ist nicht mein Freund«, erwidere ich. Ich werde die anderen beschützen, solange ich kann. Es ist besser, wenn Porter denkt, dass ich allein arbeite. Doch seine skeptische Miene verrät, dass er mir nicht glaubt. »Ob er dein Freund ist oder nicht, wir werden ihn finden. Wir werden alle finden.« Porter schiebt den Stuhl zurück und steht wieder auf. Seit ich zu mir gekommen bin, ist er ständig in Bewegung. Es macht mich fertig, dass ich mich nicht regen kann.

»Sie sind mir alle egal«, sage ich. Ich atme die stehende Luft in der Kabine ein und versuche, durch Schnuppern zu erraten, was Porter mir nicht sagen will. Rieche ich verkohlten, brennenden Tod an seinen Kleidern?

Es sind vertraute Gerüche. Versengte Kleidung, Kerosin und etwas anderes, das ich nicht beschreiben kann, obwohl ich es wiedererkenne. Etwas Kaltes.

Porter wirft mir einen kurzen Blick zu und schaut dann zur Tür. Er erinnert mich an einen Vogel, der wachsam seine Umgebung beäugt, jederzeit zum Auffliegen bereit. »Wenn du die Panzerung reparierst, weiß ich, dass du wirklich Romy Blythe bist.«

Beinahe hätte ich gelacht. Was ist das denn für ein Spiel? Er will, dass ich die Panzerung repariere, damit ich mir meinen eigenen Namen verdiene? Und warum sollte sich jemand anderer als ich ausgeben? »Jeder weiß, dass ich Romy Blythe bin.« Ich stelle mir vor, wie ich aussehen muss – verfilzte Flechtzöpfe, schmutzige Kleider, wütendes, verdrecktes Gesicht. »Du hast es selbst gesagt. Meine Crew hat es dir verraten.«

»Die Besatzung weiß nur, dass der Admiral gesagt hat, du wärst Romy Blythe«, sagt er. »Sie haben dich vor der Reise nicht gekannt.«

»Doch, Naomi kannte mich«, erwidere ich. »Mein Zweiter Offizier. Wir waren beide bei der anderen Expedition dabei.«

Porter zuckt mit den Achseln. »Ich kann sie nicht fragen. Wir haben sie bisher nicht gefunden.«

Nervosität sprudelt in mir hoch. Ist das ein gutes Zeichen? Dass sie sie im Wald nicht gefangen haben? Oder ist es schlecht? Sie war krank. Ich hoffe, dass die anderen bei ihr geblieben sind.

»Du weißt es«, entgegne ich. »Du hast mich auf dem Schiff gesehen. Vor zwei Jahren.«

Da. Das ist das erste Mal, dass ich es gesagt habe. Dass ich zugegeben habe, dass wir uns schon einmal begegnet sind. Dass ich ihn kenne und weiß, wozu er fähig ist.

Porter zuckt nicht mit der Wimper. »Das bedeutet aber nicht, dass du dieselbe Person bist, die die Panzerung gebaut hat.« Er packt mich am Oberarm und beugt sich zu mir. »Soweit ich weiß, ist Romy Blythe ein Mythos.«

Du hast den Mythos hervorgebracht, hätte ich ihm am liebsten erwidert. *Weil du Call umgebracht hast.*

»Je eher du kooperierst, desto leichter wird es für dich«, sagt Porter. »Du bekommst nichts zu essen und zu trinken, bis du mitarbeitest.« Er lässt meinen Arm los und öffnet die Tür. »Ich komme bald wieder.«

»Wie viele?«, frage ich, bevor er mich allein lässt. »Wie viele sind im Feuer gestorben?«

Er verschwindet, ohne zu antworten. Aber ich glaube, ich kann eine grobe Schätzung wagen.

Für ihn: zu viele. Für mich: nicht genug.

KAPITEL 25

Als Nächstes kommt eine junge Frau herein, dem Aussehen nach ein paar Jahre älter als ich. Sie hat lange rote Haare und trägt ein Gewehr auf dem Rücken. Kaum ist sie eingetreten, da spüre ich schon ihre Wut. Sie setzt sich auf den Stuhl und nähert ihr Gesicht dem meinen. Als wolle sie demonstrieren, dass sie keine Angst hat. Und sie hat tatsächlich keine – ich entdecke keine Spur von Furcht in ihrer Miene oder ihren Bewegungen. Aber sie hasst mich und will, dass ich es weiß.

Sie wartet nicht einmal, bis ich zuerst das Wort ergreife.

»Wir lassen deine Freunde da draußen«, sagt sie.

Freunde. Dauernd nennen sie sie so.

Ich frage mich, ob irgendjemand mich als Freundin bezeichnen würde.

»Sie haben die Wahl: Entweder sterben sie, oder sie kommen zurück aufs Schiff«, fährt sie fort. »Aber wir werden keinerlei Ressourcen verschwenden, um nach ihnen zu suchen.«

»Das habt ihr schon mal versucht«, entgegne ich. »Und es hat nicht funktioniert. Ihr habt erkannt, dass ihr mich braucht, um den Panzer zu reparieren.«

»Kann sein.« Sie hebt die Augenbrauen. »Vielleicht bist du

uns auch in die Falle gegangen, als du versucht hast, deine kleinen Feuerchen anzuzünden.« So wie sie es sagt, lässt es mich lächerlich erscheinen. Ich versuche nicht, mich gerade hinzusetzen. Das wäre ein zu deutliches Zeichen, dass sie mir zusetzt. Aber ich erwidere furchtlos ihren Blick.

»Genauso gut könnte es sein«, fährt sie fort, »dass sie dich reingelegt haben. Vielleicht haben sie dich verraten. Sie könnten jetzt gerade in der Kantine sitzen und auf deine Gefangennahme anstoßen. Du hast keine Ahnung, ob irgendetwas von dem, was ich sage, der Wahrheit entspricht.«

Sie spricht mit einem Akzent, den ich nicht einordnen kann; sie klingt nicht so wie die anderen Piraten. Als sie sich zurücklehnt und die Füße kreuzt, fällt mir auf, dass sie auch andere Stiefel trägt – sie sind feiner als alle, die ich bisher gesehen habe, und das Leder ist von einer guten Qualität. Dennoch sind sie für den Alltag gemacht – sie sind abgestoßen und weichgetragen. Ich würde sie gern mal anprobieren.

»Das Schiff fördert jede Menge Gold«, sagt sie. »Das Fördersystem arbeitet einwandfrei.«

Das Schiff.

Ich versuche, ein ausdrucksloses Gesicht zu machen, aber irgendetwas in meiner Miene scheint ihr zu verraten, dass ihr Schlag gesessen hat. Sie grinst mich falsch und berechnend an.

»Wie heißt du?«, frage ich.

»Das musst du nicht wissen.« Sie krempelt ihre Ärmel auf, die Manschetten dabei ordentlich faltend. Hat sie vor, mich zu schlagen? Ihre Unterarme sind vernarbt. Auch sie hat sich einmal verbrannt, aber es ist schon länger her. Obwohl die Verletzungen verheilt sind, lassen die Narben einen Teil ihrer Haut aussehen wie eine Landkarte. Ich beneide sie um jede lockere Bewegung und die relative Sauberkeit ihres blauen Hemdes und ihres glänzenden Haares. »Ich habe alle Geschichten über dich gehört. Es heißt, dass wir deinen Geliebten auf einer Expedition vor zwei Jahren getötet haben und du beschlossen hast, uns zu jagen.«

Wage es bloß nicht, über Call zu reden!

Ich drehe mich weg, aber sie folgt meiner Bewegung, so dass sie mir weiterhin ins Gesicht sehen kann. »Siedler sind Diebe, sie stehlen«, sagt sie. Das Gewehr auf ihrem Rücken zeigt zur Decke wie ein Finger in einer mahnenden oder obszönen Geste. »So seid ihr.«

»Ihr seid ja nicht mal darauf gekommen, wie ihr das Gold selbst fördern könntet«, erwidere ich. »Also nehmen wir euch auch nichts weg.«

»Glaubst du etwa, das Gold wäre alles, was ihr uns genommen habt?« Sie lehnt sich zurück, aber jeder ihrer Muskeln ist jetzt angespannt und jede geheuchelte Lässigkeit verschwunden. »Ich will, dass du dieses Schiff reparierst, *Romy*«, sagt sie.

Meinen Namen aus ihrem Mund zu hören ist die reinste Tortur, aber ich lasse mir nichts anmerken. »Zu schade, dass du es nicht selbst kannst, *Lily*«, erwidere ich.

»So heiße ich nicht.«

»Du willst mir deinen Namen ja nicht verraten«, entgegne ich. »Deswegen nenne ich dich nach meinem Schiff.«

»Es ist jetzt unser Schiff«, erwidert Lily. »Und du wirst die Panzerung reparieren. Und dann werde ich dich dem Bagger zum Fraß vorwerfen und dich von ihm zermalmen lassen.«

Ich drücke mich von der Wand ab, so dass ich gerade sitze. »Du hast ja ganz genaue Vorstellungen.«

»Ich habe das schon seit einer Weile geplant«, sagt Lily. Sie greift nach meinen Händen. Ich versuche, sie wegzuziehen, aber die plötzliche Bewegung streift den Verband von meiner Haut und ich stöhne unwillkürlich auf. Ich ziehe die Hand daher nicht noch einmal weg, als sie mit geübten, schnellen Bewegungen die Binde abwickelt. »Wir gehen hinunter zum Vorderdeck, damit du anfangen kannst, schon mal das Bedienungspanel zu reparieren«, sagt sie. »Wenn du versuchst, zu flüchten, trete ich auf deine verbrannte Hand. Und in deine Rippen. Was immer auch nötig sein wird.«

Ich bezweifle nicht, dass sie das tun würde. Denn ich glaube ich weiß, was passiert ist. Und warum sie so einen besonderen Hass auf mich hat.

»Meine Panzerung hat jemanden getötet, den du geliebt hast.« Und dann, weil ich weiß, wie es ist, korrigiere ich mich. »Jemanden, den du bis heute liebst.«

Lilys Lippen sind zu einem dünnen Strich zusammengepresst. Ihre funkelnden Augen bohren sich in meine.

»Also, wer war es?«, frage ich. »Vater? Mutter? Schwester? Freundin? Geliebter?«

In einer schnellen Bewegung kommt Lily auf mich zu, so nahe, dass ich ihre Augen, ihre Sommersprossen, die Linie ihres Mundes und das Glitzern ihrer Zähne sehe. Obwohl ich mich dagegen wehre, blinzele ich.

»Repariere es!«, fordert sie.

So verlockend es ist: Da ich erst vor kurzem den Fehler gemacht habe, zu hoffen, dass das Unmögliche möglich sein könne – als ich Call da draußen sah, am Leben, wartend auf mich –, ist es wichtig, sich daran zu erinnern, wie die Realität aussieht.

Die Toten sind tot.

Unsere Augen treffen sich.

»Du weißt, dass ich das nicht kann«, sage ich.

Kapitel 26

Immer tiefer steigen wir hinunter in den Bauch des Baggers.

Als wir die Treppe zum Förderdeck hinuntergehen, bleibt Lily mir so dicht auf den Fersen, dass ich ihren Atem im Nacken spüre. Einen Augenblick lang überlege ich, abrupt stehen zu bleiben, sie mit einem Kopfstoß aufs Kinn zu überraschen und sie zu überwältigen. Doch sie liest meine Gedanken, und ich spüre, wie sie mir den Gewehrlauf gegen das Rückgrat presst. »Geh weiter«, sagt sie.

Wir treten durch die offene Tür unten an der Treppe, und ich atme den Geruch des Motors und den des Gesteins und des Schlamms auf dem Förderdeck ein. Zwei meiner Maschinisten und ein Elektriker blicken auf, und ihnen fällt vor Schreck die Kinnlade runter, als sie mich sehen. Sie arbeiten am auseinandergenommenen Kontrollpanel, dem, das ich kaputtgeschossen habe, und sind umgeben von Drähten, Kondensatoren und Magnetspulen. Es sieht aus, als würden sie jedes Ersatzteil gebrauchen, das wir an Bord gebracht haben, um die Zerstörung rückgängig zu machen, die ich angerichtet habe.

»Hallo, Officer Wray, Officer Lopez, Officer Jones«, grüße ich, und Officer Jones hebt die Hand zum Gruß, diejenige, die nicht gerade in einem Gewirr von rotem Draht steckt. Dann wird ihm klar, was er da tut, und er lässt den Arm sinken und wirft Porter, der neben ihm steht, einen nervösen Blick zu. »Macht weiter so gute Arbeit«, sage ich im Vorübergehen, als wäre ich der Captain, als wäre ich nie weggewesen, und als arbeiteten sie jetzt nicht für Porter. Als würden sie nicht alles zunichtemachen, was ich bewerkstelligt habe.

Sie wollen überleben. Ich verstehe das. Aber das wird mir die ganze Sache erschweren.

»Hier rauf«, sagt Porter und bedeutet Lily und mir, ihm die Metallstufen hinauf zur Plattform zu folgen, der, auf der Brig und ich gestanden haben, bevor die Piraten das Schiff enterten. Mir fallen große Leinensäcke, Jutebeutel und Seesäcke auf, alle prall gefüllt, die am Plattformgeländer und unten auf dem Boden des Förderdecks liegen. Sie sind überall. Enthalten sie Leichen? Ich stoße einen mit dem Fuß an. Er ist gefüllt mit harten kleinen Klumpen.

Gold. Haben sie wirklich so viel in so kurzer Zeit gefördert?

»Es ist genau das, wofür du es hältst«, bemerkt Porter. Oben auf der Plattform drehen mich Lily und er so, dass ich über das zentrale Deck blicke anstatt in Richtung des Absetzers. Aus der Vogelperspektive kann ich sehen, welche Arbeit sie leisten und wie viel Gold sie gefördert haben. Die Lager sind voll. Sie haben sogar die Fördereimer von der Kette genommen und sie mit Gold gefüllt. Überall stehen Säcke. Mehrere der kleinen Piratenboote unten auf dem Förderdeck sind ebenfalls mit Säcken voller Gold beladen.

Ich beobachte, wie Besatzungsmitglieder Gold aus einem der Fördereimer kippen. Zu viert müssen sie anpacken, um es zu schaffen. Sie schütten das Gold auf den Boden. Die

Männer schleppen den Behälter zu der Öffnung, wo die Eimer normalerweise ins Schiff befördert werden, und stoßen ihn zu meinem Entsetzen in den Fluss.

Sie werfen ihn über Bord!

»Seid ihr wahnsinnig geworden?«, rufe ich, bevor ich mich bremsen kann.

Einer der Männer schaut zu mir auf, nur ganz kurz.

Die Arbeiter kippen den zweiten Eimer aus.

»Was macht ihr denn da?«, frage ich Porter. Warum werfen sie die Fördereimer über Bord? Das bedeutet, dass sie sie nicht noch einmal benutzen können. Sie haben so viel Gold an Bord geholt, wie das Schiff transportieren kann, aber wollen sie die Ausrüstung nicht für die nächste Expedition bewahren?

Denk nach, Romy!

Wenn sie die Ausrüstung über Bord werfen, planen sie keine neue Expedition.

Das war's für sie. Diese Fahrt mit dem Schürfbagger wird ihre erste und ihre letzte sein. Sie brauchen die Eimer nicht mehr. Sie haben genug Gold.

Was wollen sie mit dem Gold? Brauchen sie es für praktische Zwecke, wie ich vermutet habe? Oder benutzen sie es als Währung, als Zahlungsmittel? Schulden sie irgendjemandem etwas?

Und warum werfen sie die Eimer jetzt raus? Sie könnten das Gold einfach darin aufbewahren, bis wir das Ziel erreichen, wo immer es sein mag.

Doch schon fällt mir die Antwort auf meine Frage ein. Weil die Eimer schwer sind. Sehr schwer. Sie wollen das Gold behalten, aber Gewicht loswerden. Sie haben ihre kostbare Fracht, müssen aber Fahrt aufnehmen. Sie haben es aus irgendeinem Grund eilig.

»Ihr wollt schneller fahren«, stelle ich fest. »Aber ihr seid zu schwer.«

»Wir haben nur die Leute auf dem Schiff behalten, die wir brauchen, um es zu navigieren.« Porter stützt die Ellbogen auf das Plattformgeländer, aber sein Blick huscht über das Deck zum Absetzer. Dunkle Schatten liegen unter seinen Augen. »Ich habe alle anderen vorausgeschickt. Wenn wir an unserem Ziel ankommen, werde ich dem Rest eurer Crew die Wahl lassen, ob sie bei uns bleiben oder sterben wollen.«

Ein hartes, kaltes Lachen entfährt mir. »Also lasst ihr jetzt den Leuten die Wahl, bevor ihr sie tötet?«

»Es ist humaner als das, was ihr getan habt«, erwidert Porter.

Automatisch gehe ich einen Schritt auf ihn zu, bereit zum Angriff, aber die Handschellen halten mich zurück. Sie rutschen runter auf die verletzte Stelle an meiner Hand, und ich spüre, wie eine der Blasen aufgeht und nässt. »Ihr schießt Leute in den Rücken«, sage ich. »Wir haben die Panzerung gebaut, nachdem ihr mit dem Morden angefangen habt.«

»Ich rede nicht von dem, was auf dem Fluss und den Schürfbaggern passiert ist«, entgegnet Porter.

»Zu dumm«, sage ich, »denn ich rede davon.« Schmerz und Wut lassen mich in diesem Moment buchstäblich rot sehen. Blut und Feuer und alles, was die Piraten getan haben.

»Jetzt hör doch mal einen Moment zu.« Porter ist ganz ruhig geworden, und zum ersten Mal kann ich ihm in die Augen sehen. Sie sind braun wie meine, und genauso wütend. »Ihr wisst nur, was der Admiral euch erzählt hat«, sagt er. »Unsere Seite kennt ihr gar nicht.«

»Ich kenne meine Seite«, erwidere ich. »Ich brauche den Admiral nicht, um mir irgendetwas über euch zu erzählen. Ich habe mit eigenen Augen gesehen, was ihr tut.«

Mein ganzer Körper brennt. Ich bin kurz davor zu explodieren. Ich will raus aus dieser Haut. Ich will raus aus meinem heißen, glühenden Verstand.

»Er wollte den Alarm auslösen«, sagt Porter. »Wir hatten keine andere Wahl.«

»Das ist eine Lüge!«, entgegne ich. »Ihr hättet ihn ins Bein schießen können. Ihn ausschalten, ohne ihn zu töten.«

»Was willst du von uns?«, fragt Lily. »Dass wir ihn reparieren?« Sie äfft unsere Unterhaltung in der Kapitänskajüte nach. »Du weißt, dass wir das nicht können.«

Sie hatte vorhin recht, und jetzt wieder.

Manches kann man nicht reparieren.

Die Toten sind tot.

»Willst du gar nicht wissen, was die Siedler getan haben?«, fragt Lily. »Was schlimmer ist, als jemanden in den Rücken zu schießen?«

Nein, will ich nicht. Ich blicke hinunter auf die Crew, die auf dem Förderdeck arbeitet, die schweren Säcke mit Gold, überall hin, nur nicht auf diese Leute, die mir erzählen wollen, dass irgendetwas, was wir getan haben, genauso schlimm ist wie Call umzubringen.

»Ist dir aufgefallen, dass wir keine Kinder haben?«, fragt Porter.

Ich sehe Brigs Gesicht vor mir, seine versonnene, nachdenkliche Miene. Ihm ist es aufgefallen.

»Wir verstecken sie«, erklärt Porter. »Weit weg von hier. Weißt du, warum?«

Natürlich weiß ich das nicht. Wenn ich die Hände bewegen könnte, würde ich mir die Ohren zuhalten. Ich muss schon genug ertragen, auch ohne dass die Piraten noch etwas hinzufügen.

»Euer Admiral hat sie uns weggenommen«, sagt Lily. »Schon seit vielen Jahren seid ihr die Piraten. Ihr habt unsere Kinder genommen und sie in eure Waisenhäuser gesteckt.«

Waisenhäuser. Ich erstarre. *Mein Bett. Die schweren Türen. Die anderen Kinder. Die Einsamkeit. So einsam, bis Call kam.*

»Und ihr nennt uns Piraten!« Porters Stimme klingt leise und zornig.

»Das ist nicht wahr«, sage ich. »Ich bin in einem Waisenhaus aufgewachsen. Und ich erinnere mich an meine Mutter. Ich erinnere mich, dass ich im Außenposten großgezogen wurde, bevor sie starb.«

»Oh, du bist durch und durch Außenposten«, erwidert Lily giftig. »Aber das bedeutet nicht, dass alle Kinder in den Waisenhäusern es sind.« Sie deutet auf einen Mann unten auf dem Deck, der unsere Maschinisten bei der Arbeit mit einem Gewehr in Schach hält. »Das ist Mac. Die Siedler haben seine Tochter gestohlen. Sie war vier Jahre alt. Jetzt ist sie acht.« Lily starrt mich böse an. »Ich habe gesehen, wie es passiert ist!«

»Der Admiral wollte mehr Arbeiter«, sagt Porter. »Er hat sein Quorum davon überzeugt, dass es eine humanitäre Notwendigkeit sei. Er hat argumentiert, dass unsere Kinder im Außenposten Zugang zu medizinischer Versorgung hätten und eine Handelsausbildung bekämen. Sie könnten dazu erzogen werden, die Gesellschaft des Außenpostens zu versorgen und zu unterstützen.« Porter seufzt, ein langer Atemzug voller Wut und Trauer. »Er sagte, die Kinder hätten bei euch ein besseres Leben als bei uns hier draußen.«

»Seitdem ziehen wir umher«, fährt Lily fort, »aber bisher haben sie uns jedes Mal gefunden.« Ich gehe einen Schritt zurück und stolpere über einen Sack Gold. Keiner von beiden macht Anstalten, mich aufzufangen, aber ich schaffe es, mich aufrecht zu halten. »Ich kenne viele andere Kinder aus dem Waisenhaus, wo ich gewohnt habe«, sage ich. »Keines von ihnen hat je erzählt, dass es gestohlen wurde.«

»Die Siedler holen sie, wenn sie noch ganz klein sind«, erklärt Porter. »Sie geben den Kindern eine Medizin, die sie verwirrt, und dann erzählen sie ihnen, ihre Eltern wären gestorben. Später kommt die Erinnerung wieder. Viele Kinder erinnern sich an ihre Familien. Mit der Zeit fällt es ihnen vielleicht sogar wieder ein, dass sie geraubt wurden. Aber sie wissen nicht mehr genau, wie sie dorthin gekommen sind, wo sie dann leben. Sie wissen nicht mehr, wie die Sache ausgegangen ist.«

Sie wissen nicht mehr, wie die Sache ausgegangen ist.

Nein. Das kann nicht wahr sein. Oder?

»Beende es für mich«, sagte Call.

Call. Sehe ich dich deswegen überall hier draußen?

War das dein Ursprung?

Kapitel 27

Ich würde wirklich gern etwas trinken.

Etwas essen.

Etwas gegen die Schmerzen nehmen.

»Es steht vor deiner Nase«, sagt Lily. »Alles, was du willst.«

Wir sind wieder in der Kapitänskajüte. Meiner Kajüte. Ich nehme an, dass sie mich hier gefangen halten, weil der Raum klein und leicht zu sichern ist. Außerdem kann ich in meiner Isolation keines meiner Besatzungsmitglieder dazu überreden, mir zu helfen. Ich glaube sowieso nicht, dass sie es tun würden. Aber Porter weiß das nicht.

Meine Hand schmerzt so sehr, dass ich manchmal vergesse zu atmen, als könne es den Schmerz lindern, wenn ich die Luft anhalte. Ein- und ausatmen, Romy.

Im Lichtkreis der Lampe beobachte ich Lily. Sie sitzt auf einem Stuhl. Ich sitze wieder auf dem Boden, hinten an der Wand. Auf dem Tisch steht ein Glas Wasser und daneben liegt ein Stück des trockenen Fladenbrots, dass wir Schiffszwieback nennen und das sich während einer langen Reise gut hält. Neben dem Brot liegt das Erste-Hilfe-Päckchen aus meiner Tasche, das wir alle bekommen haben, als wir an Bord gingen. Antibiotika. Schmerzmittel.

Auf dem Tisch liegen auch ein Stift und eine Kopie des Plans für die Panzerung.

Meiner Panzerung.

Meines Schiffs.

»Du kannst etwas essen, sobald du kooperierst. Es liegt an dir«, sagt Lily. »Du kannst die Tabletten haben. Du brauchst nichts weiter zu tun, als die Panzerung zu reparieren.« Sie schiebt mir die Pläne hin.

Sie müssen sie von der Brücke haben. Wer steht jetzt dort oben und steuert das Schiff?

Und der Motor. Ich kann ihn hören. Das Schiff ist zu schwer beladen mit dem vielen Gold. Die Fördereimer über Bord zu werfen war nicht genug. Der Motor läuft nicht so rund, wie er sollte. Etwas Schwerfälliges liegt in seinem Stampfen, Müdigkeit hat sich in das Dröhnen des Baggers eingeschlichen.

Mein Schiff läuft nicht richtig ohne mich.

Ich schlucke. Mein Hals ist trocken. Mein Magen knurrt. Meine Hand pocht. Die Infektion breitet sich aus. Ich spüre im ganzen Körper, wie sie sich ihren Weg von meiner Hand in meine Glieder, meinen Verstand, mein Herz bahnt.

Ich will nicht, dass Lily mich einschlafen, mich ohnmächtig werden sieht, aber ich kann mich kaum noch wach halten.

Ich bin nur noch ein ausgetrockneter Mund, ein leerer Bauch, eine glühende, brennende Hand.

Sonst nichts.

»Wasser, Essen, Tabletten«, wiederholt Lily. »Alles in Reichweite. Wenn du nur mithilfst, dein Schiff zu reparieren.«

Ich kann das einfach nicht. Ich bin keine Anführerin.

Ich habe es immer wieder versucht, scheitere aber jedes Mal.

Ich bin todmüde, fast wie damals, als der Schürfbagger von seiner ersten Expedition mit der Panzerung zurückkehrte und der Admiral mich informierte, dass sie einwandfrei funktioniert habe. Ich ging in meine Wohnung und schlief tagelang.

Ich glaube, ich kann nicht mehr.

Call.

Ich kann nicht mehr.

Ich presse meinen Rücken fest gegen die Nieten in der Wand, in dem Versuch, mich wachzuhalten. Wenn ich einschlafe ... Wenn ich loslasse ... Dann stirbt auch Call. Weil ich diejenige bin, die sich am besten an ihn erinnert. Ich bin diejenige, die ihn am meisten geliebt hat.

Werde ich ihn ewig lieben?

Bin ich verdammt, für immer so zu leben, voller Sehnsucht und körperlichem Verlangen nach jemandem, den ich nicht haben kann?

Call ist nicht hier. Ich habe nicht mal mehr seinen Zollstock. Jede Spur von ihm ist ausgelöscht.

Ich lehne den Hinterkopf gegen die Wand.

Ich habe keine Liebe in mir.

Schlimmer noch.

In diesem Augenblick, hier auf dem Schiff, das ich verloren habe, spüre ich nicht einmal mehr Hass.

»Ich weiß, was du vorhast«, faucht Lily aufgebracht. Einen Moment lang befürchte ich, dass sie mich bespucken und mich anschreien wird, und es ist mir gleichgültig.

»Du lässt dich sterben, damit du uns nicht helfen musst«, wirft sie mir vor.

Ich zucke mit den Schultern. Eine der wenigen Bewegungen, die ich noch machen kann.

Lilys Lippen sind vor Zorn zu einem Strich zusammengepresst. Ich lächle. Die Augen fallen mir zu.

An Calls letztem Abend standen wir oben auf dem Deck und hielten Ausschau nach Sternen. In der ersten Nacht auf dem Schiff dagegen hielten wir unten im Bauch Wache und lauschten seinem Mahlen und Schleifen.

»Mir macht es nichts aus, die Nachtschicht zu übernehmen«, sagte ich zu Call. Meine Stimme klang schon ganz heiser von den Versuchen, den Lärm zu übertönen. »Ich hätte sowieso nicht schlafen können.«

»Ich auch nicht.« Auf seiner Wange war ein Schmierstreifen. Seine blauen Augen waren das Tiefste, Lebendigste im Raum.

Mein ganzer Körper vibrierte mit dem Puls des Baggers. Das Zittern floss durch meine Füße; mein Haar war elektrisch aufgeladen und löste sich knisternd aus den Zöpfen. Call grinste mich an und berührte die Zopfenden. Wir kletterten hinauf auf die Plattform des Förderdecks und studierten die Alarmcodes und die Graffiti, die andere Besatzungen dort hinterlassen hatten, lange vor der Gründung des Außenpostens, als der Bagger noch zu einer anderen Welt gehörte.

TC ist ein blöder Depp hatte jemand geschrieben. *RJ + EL* hatte ein anderer gekratzt.

»Wir fliegen noch vom Schiff«, flüsterte ich in Calls Ohr,

als er die Arme um mich legte und die Hände auf meinen unteren Rücken presste. Mein Herz schlug gegen seines, und ich fuhr mit einem Finger unter den Kragen seines Hemdes und über sein Schlüsselbein. »Dabei ist es erst unsere erste Nacht.«

»Das wäre schlecht«, stimmte er mir zu und wartete, seine Lippen unmittelbar vor meinen. »Sollen wir aufhören?«

Das Schiff war so laut, dass ich ihn kaum verstehen konnte, aber ich wusste trotzdem, was er gesagt hatte. Ich las es von seinen Lippen und in seinen Augen.

»Nein«, erwiderte ich.

Nein.

Ich erwache mit diesem Wort in meinem Kopf und meinem Körper in Flammen.

Fieber. Von dem Traum? Von meiner Verletzung? Oder weil ich bereit bin zu tun, was ich tun muss?

Ich blicke hinüber zum Tisch. Essen, Wasser und Medikamente sind verschwunden, aber die Pläne liegen noch da.

Da, schon wieder! Die Geräusche, die mich geweckt haben. Etwas bewegt sich hinter der Tür. Behutsam. Unterdrücktes Flüstern.

Ich stehe auf, indem ich den Rücken an die Wand presse und mich hochstemme.

Wer kommt herein? Ich ducke mich tief in die Ecke, die verdeckt wird, wenn die Tür sich öffnet. Die Kajüte ist so eng, dass man kaum Bewegungsspielraum hat. Ich muss sofort aufs Ganze gehen.

Die Tür wird leise geöffnet. Jemand möchte mich offenbar nicht wecken.

Aromatische, appetitanregende Düfte wehen aus dem Korridor herein.

Meine Knie werden weich. Essen! Etwas Warmes. Gesundes. Frisches. Knoblauch. Fleisch. Salbei?

Und durch die Tür kommt ...

Nicht Lily.

Nicht Porter.

Tam!

Meine Gedanken überschlagen sich.

Er steckt mit ihnen unter einer Decke.

Sie haben ihn geschickt, um mit mir zu reden.

Er hat mir Essen gebracht.

Wir sind nur wenige Zentimeter voneinander entfernt. Er trägt ein Gewehr auf dem Rücken und ein Tablett voller Essen.

Er sucht mich. Er glaubt, ich bin im Bett oder sitze an der Wand.

In dem Bruchteil einer Sekunde, den er braucht, um mich zu entdecken, werfe ich mich mit aller Kraft auf ihn.

In einer einzigen Bewegung reiße ich die Arme hoch, schlage mit den Handschellen unter das Tablett und wirbele alles durch die Luft, was darauf steht. Das Essen ist heiß, verbrennt mich, verbrennt ihn, und er hebt die Hände, um seine Augen zu schützen. Ich dränge ihn gegen das Bett, und er fällt, und ich nehme ihm das Gewehr vom Rücken. Es ist nicht leicht, und ich muss ihn mit einem Knie runterdrücken, mein ganzes Gewicht auf ihn gestützt.

Aber dann habe ich es.

»Romy!«, keucht Tam.

Sie haben ihn garantiert nicht allein geschickt, deswegen

drehe ich mich zur Tür, durch die bereits Lily dringt, ein Gewehr auf mich gerichtet. Ich kann mit diesen blöden Handschellen nicht zielen. Ich würde sie nicht mal am Bein erwischen. Aber ich treffe die Tür dicht neben ihr, und sie springt zurück.

Das war ein Fehler. Sie hat nicht so lange in diesen engen Quartieren gelebt wie ich.

Wenn sie hereingekommen wäre, hätte ich nicht hinausgekonnt. Sie hätte mir den Weg versperren sollen.

Aber so springe ich durch die Tür. Sie hat ihr Gewehr auf mich gerichtet, ich stehe ihr gegenüber und bewege mich rückwärts durch den Flur, wobei ich die ganze Zeit schieße. Eine Katastrophe, ich treffe gar nichts, eine absolute Verschwendung von Munition, aber dann ...

Habe ich Glück.

Endlich.

Tam kommt heraus, um Lily zu helfen, und in dem Moment schieße ich wieder und treffe. Ich weiß nicht, wen. Jemand stürzt, zieht den anderen mit sich, und ich ...

Renne los.

Es gibt nur eine begrenzte Anzahl von Versteckmöglichkeiten auf einem Schiff.

Aber.

In einem anderen Leben war ich schon mal auf einem anderen Schiff.

Mit Call.

Und wir kannten alle Geheimplätze. Jeden einzelnen.

Kapitel 28

Wenn ich die Treppe raufkomme.

Wenn ich es in die Nähe der Brücke schaffe.

Wenn ich es zu dem Schrank neben der Brücke schaffe.

Wenn sie den Schrank offen gelassen haben.

Wenn. Immer und immer wieder.

Ich laufe die Treppe hoch, und der Adrenalinschub treibt mich an, obwohl ich überraschend verschwitzt bin von dem kurzen Scharmützel und den paar Stufen. Das Treppenhaus ist leer. Haben denn nicht alle die Schüsse gehört? Warum ist niemand aus den Kajüten in den Korridor gekommen?

Zu große Angst?

Kein Alarm. Wissen Lily und Tam nicht, wie sie ihn einschalten müssen? Wollen sie nicht zugeben, dass ich ihnen entwischt bin?

Ich höre Schritte auf der Treppe hinter mir. Von einer Person. Habe ich gut genug getroffen, um einen von ihnen auszuschalten?

Selbst wenn nicht, mussten sie sich wohl trennen. Lily oder Tam kommt herauf und der andere geht hinunter, um nachzusehen, ob ich aufs Oberdeck des Schiffes oder runter zum Förderdeck gelaufen bin. Sie wollen mir schnellstmöglich die Fluchtwege abschneiden.

Beim letzten Mal bin ich vom Deck gesprungen. Das tue ich heute Abend nicht. Ich gehe nicht bis ganz hinauf, sondern nur bis zum Brückenstockwerk.

Dort gibt es einen Schrank, einen tiefen, schmalen mit ein paar Gerätschaften darin. Nicht jeder weiß davon, denn wenn die Tür zur Brücke offen steht – was oft der Fall ist, damit derjenige, der am Steuer steht, besser hören kann, wie das Schiff von unten klingt – ist der Eingang zum Schrank schwer zu erkennen.

Als ich die Brücke erreiche, verlangsame ich meine Schritte. Die Tür steht tatsächlich offen. Ich werfe einen ganz kurzen Blick hinein in die voll erleuchtete Brücke. Die Nacht liegt dunkel vor dem Fenster und eine Gestalt steht am Steuer. Porter. Ich glaube zunächst, dass er allein ist, aber dann bewegt sich aus einer Ecke heraus ein Schatten auf ihn zu.

Ist das Brig?

Haben sie mich verraten, wie Lily gesagt hat? Und sind sie schon alle an Bord?

Lass dich nicht ablenken.

Mein Atem klingt laut und rau, aber ich glaube, dass mein Schiff das Geräusch übertönt. Ich ziehe die Tür der Brücke ein Stück zurück. Wie die meisten anderen Türen auf dem Schiff ist es eine platzsparende Schiebetür. Noch ein Zentimeter.

Höre ich jemanden den Flur entlangkommen?

Da ist der Schrank. Wenn ich die Brückentür noch ein bisschen weiter ...

Schritte, immer näher.

Ich muss das Risiko eingehen.

Ich schiebe die Brückentür zurück, ganz schnell, und fasse

den Griff der Schranktür. Sie ist unverschlossen. Ich hätte beinahe geschluchzt vor Erleichterung. Ich schiebe sie gerade so weit auf, dass ich hineinschlüpfen kann.

Bitte entdeck mich nicht!

Gefangen. In einer Gruft. In einem Kokon. Ausgebremst.

Der Schrank ist nicht leer, und ich stolpere über irgendetwas.

Ich reiße die Hände hoch, um meinen Fall zu bremsen, und gerate mit dem Gesicht in Stoff, dicken Stoff, der von der Decke hängt, an mir hängen bleibt und mich daran hindert, weiter in den Schrank hineinzurutschen. Als ich in die Knie gehe, lande ich auf harten, klobigen Bündeln.

Ich taste mit dem Fuß, bis ich die Tür finde; dann schiebe ich sie zu. Ein metallisches Geräusch, ein *Klang* und ein Klicken. Sie ist geschlossen.

Ich bin drin.

Aber noch kann ich nicht aufatmen. Ein bleistiftdünnes Lichtrechteck scheint zwischen Tür und Rahmen hindurch. Ich befreie mich aus dem Stoff und stehe von den unförmigen Dingern auf, auf denen ich gelandet bin.

Ich lege meine verbrannte Hand auf die Brust, in einem Versuch, mein rasendes Herz zu beruhigen.

Es ist ein Trick, den ich Call beigebracht habe, eines Nachts nach einem Albtraum.

»Mein Herz hört nicht auf zu klopfen«, klagte er.

»Erinnere es daran, wo es ist«, erwiderte ich und legte seine Hand auf sein Herz. »Erinnere dich daran, wer du bist.«

Er ließ die Hand dort liegen und ich meine auch. Ich spürte das Klopfen. *Call. Call. Call.* Ich sagte es ihm vor.

Call. Call. Call.

Ich stoße mit dem Fuß gegen das Bündel auf dem Boden. Bei der Berührung atme ich erleichtert auf. Natürlich! Das ist Gold. Sie haben weitere Säcke hier drin deponiert. Aber was soll der Stoff, der von der Decke zu hängen scheint und mich einwickeln will? Ich fahre mit der gesunden Hand an den Rändern entlang, höher und höher. Der Stoff ist teilweise an etwas befestigt, teilweise lose. Mit einer Hand stoße ich auf eine glatte Oberfläche, aber nicht aus Metall. Sie ist nicht so kalt.

Geschwungenes Holz.

Ein Boot? Und dann wird mir alles klar. Die Piraten haben einige ihrer Gleiter hier gelagert.

Eine Stimme, dicht vor der Tür. »Geht rauf zum Deck!«, ruft jemand. Das Licht rings um die Tür flackert, als Leute vorbeieilen.

Sie glauben, dass ich wieder hinuntergesprungen bin. Aber ich werde nicht denselben Fehler zweimal machen.

Diesmal verlasse ich mein Schiff nicht.

Kapitel 29

Mein Kopf ist ein wildes Durcheinander von galoppierenden, wirren Gedanken. Mein Körper glüht vor Fieber und Angst. *Konzentriere dich!* Was kommt als Nächstes? Ich muss meinen Vorsprung vor den Piraten ausbauen, aber welche Strategie verfolgen sie? Warum haben sie keinen Alarm ausgelöst, als ich geflüchtet bin? Wollen sie nicht, dass alle von meiner Flucht erfahren und nach mir suchen?

Nein. Wollen sie nicht.

Die Piraten haben aufs falsche Pferd gesetzt, als sie so viele Siedler an Bord ließen, um das Schiff zu bemannen, und nur so wenige von ihren eigenen Leuten behielten, um uns in Schach zu halten. Sie können schlecht meine eigene Crew nach mir suchen lassen – schließlich könnten mir meine Leute helfen, anstatt mich auszuliefern. Wichtiger noch: Die Piraten brauchen die Besatzung an den jeweiligen Einsatzorten, um den Bagger in Betrieb zu halten.

Ich höre ihn arbeiten; der Motor plagt sich immer noch. Hört denn keiner, was ich höre? Das Schiff hat Schwierigkeiten.

Ist es das wirklich? Ist etwas nicht in Ordnung, was die Piraten nicht reparieren können, so wie die Panzerung, oder ist das eine Falle? Wollen sie mich damit austricksen?

Ich darf nicht zu lange an einer Stelle bleiben, sonst finden sie mich. Aber mein Körper lechzt nach Ruhe.

Wo soll ich mich als Nächstes verbergen? Auf dem Förderdeck, zwei Etagen unter mir, auf dem Oberdeck, oder anderswo?

Wenn ich ein Stockwerk weiter hinuntergehe, wo die Schiffskantine und die Kajüten liegen, gibt es verschiedene Möglichkeiten, Unterschlupf zu finden. Würde irgendjemand von der Besatzung mich in seiner Kajüte verstecken? Ich weiß, welche Unterkunft ursprünglich wem zugewiesen worden ist, aber wahrscheinlich haben die Piraten inzwischen alle verlegt.

Ich habe Tams Gewehr. Aber ich trage immer noch diese Handschellen. Wenn ich es in die Kombüse schaffe, muss es dort eine Gabel oder irgendetwas geben, was ich benutzen kann, um sie zu knacken. Tam hat gesagt, in der Kombüse gäbe es viele Messer.

Tam.

Angenommen, ich müsste Tam töten?

Könnte ich das?

Ich höre ein Knirschen, ein seltsames Stocken im Motor. Nur einen kurzen Moment. Aber ich habe das Schiff noch nie so stöhnen hören, und das gibt den Ausschlag.

Ich muss runter zum Förderdeck.

Ganz, ganz langsam ziehe ich die Schranktür auf.

Ich spähe hinaus. Der Gang ist verlassen. Ich schlüpfe hinaus, schiebe die Tür zu, jede Bewegung quälend langsam und bewusst, damit die Leute auf der Brücke nicht auf mich aufmerksam werden. Wer ist jetzt dort drin? Steuert immer noch Porter mein Schiff oder ist er auf der Suche nach mir?

Durch die Tür höre ich eine unbekannte Stimme. »Sie glauben, dass sie von Deck gesprungen ist. Aber es ist zu dunkel. Wir konnten sie im Wasser nicht finden.«

»Jemand hat mir erzählt, dass sie verletzt ist«, sagt ein anderer, mir unbekannter Pirat.

»Sie hat weder etwas gegessen noch getrunken, seitdem sie sie an Bord gebracht haben.« Wieder die erste Stimme.

»Und sie hat sich verbrannt, als sie die Bäume angezündet hat. Sie war in einem schlimmen Zustand. Wenn sie wieder gesprungen ist, hat sie womöglich nicht überlebt.«

»Hoffen wir's.«

Gut. Glaubt das ruhig weiter. Bildet euch ein, ich wäre dort unten im dunklen Fluss und nicht hier oben, an Bord des Schiffs.

Ich war seine Kapitänin.

Jetzt bin ich sein Geist.

Stufe um Stufe steige ich hinunter und trete mit meinen Stiefeln so leise auf die Metallstufen, wie ich nur kann. Ich passiere die erste Etage und bin auf dem Weg hinunter zum Förderdeck, als sich auf einmal mein Blickfeld verengt und mir helle und dunkle Flecken vor den Augen tanzen. Ich umklammere das Geländer. Nein!

Bloß nicht hier in Ohnmacht fallen!

Auf der Treppe ist es am gefährlichsten für mich. Hier bin ich leicht zu erwischen, sowohl auf dem Weg hinauf als auch auf dem Weg hinunter. Aber ich muss das Förderdeck erreichen, um herauszufinden, was mit dem Motor los ist.

Ich bin jetzt viel näher dran und kann ihn besser hören. Ich hatte mir die Misstöne in seinem Timbre nicht eingebildet, dieses ungesunde Brummen. Ich muss herausfinden, was es ist. Wir dürfen das Schiff nicht verlieren!

Ich rutsche auf einer Stufe aus und falle hart auf die Treppe. In letzter Minute greife ich mit meinen gefesselten, ungeschickten Händen nach dem Geländer. Mein Kopf schlägt dumpf auf eine Stufe. Halb betäubt vor Schmerz, kann ich nur an eines denken: Wie viel Krach habe ich gemacht? Das Gewehr auf meinem Rücken ist wie ein externes Rückgrat und schlägt schmerzhaft gegen meine Wirbel.

Ich bin fix und fertig. Ich muss dringend etwas essen und diese Handschellen loswerden, bevor ich irgendetwas wage.

Ich krieche so schnell ich kann die wenigen Stufen zurück zum Treppenabsatz und blicke den Gang hinunter.

Nichts. Keine Menschenseele.

Los!

Ich stolpere in die Kantine und stütze mich am Rand eines Tischs auf. Ich darf nicht zu viel Lärm machen, aber das angestrengte Stampfen des Schiffs übertönt bisher noch meine Geräusche.

Die Piraten riskieren, den Bagger zu verlieren. Wenn sie nicht aufpassen, wird er nicht lange genug halten, um sie zu ihrem Ziel zu bringen. Aber sie sind gierig. Sie haben zu viel Gold an Bord, zu viel Gewicht. Sie werden den Bagger auf Grund setzen.

Ich schlüpfe in die Pantryküche, Tams Domäne. Eine einzige Lampe brennt – Sicherheitsvorschrift. Die Piraten vertrauen Tam, so viel ist klar. Er arbeitet für sie; eine weitere Tatsache, die ich nicht ignorieren kann.

Ist er die ganze Zeit der Verräter gewesen?

Im Wald hat er mir geholfen. Uns. Dachte ich. Er hat dafür gestimmt, das Dorf in Brand zu setzen. Aber warum hat er die Piraten nicht gewarnt? Und falls er mit ihnen unter einer Decke steckt, warum hat er uns nicht verraten, sobald er uns im Wald aufgespürt hatte?

Denk später darüber nach!

Ich öffne jeden Schrank und spähe hinein. An einem Ende der Küche stehen Riesenkanister mit Wasser. Ich weiß nicht mehr, wo die Becher sind und bin zu durstig und in Eile, um sorgfältig zu suchen, aber unter dem Ofen stehen Töpfe und Pfannen. Ich hole einen Topf heraus und fülle ihn aus einem Ventil am nächsten Behälter. Als ich getrunken habe, wische ich den Topf mit einem Hemdzipfel aus und stelle ihn zurück. Ein Schrank mit Mehl, Zucker, Gewürzen. Ein anderer mit Schiffszwieback und anderen Lebensmitteln. Die Kühlbehälter sind wie leergefegt, bis auf ein, zwei Äpfel.

Ihnen gehen die Nahrungsmittel aus. Wir hatten genügend Vorräte dabei, um uns auch auf der Rückfahrt versorgen zu können, aber die Piraten hatten natürlich keine Rückfahrt eingeplant, deswegen haben sie alles aufgebraucht. Und es sind jetzt mehr Leute an Bord.

Ich nehme mir ein Stück Schiffszwieback und kaue sehr vorsichtig, um nicht zu krümeln.

Nachdem mein schlimmster Hunger gestillt ist, ziehe ich an den Küchenschubladen, bis ich eine Gabel finde. Die Handschellen zu knacken erfordert Konzentration und präzise Bewegungen, wobei beides momentan nicht meine Stärke ist. Ich stoße mir versehentlich die verbrannte Hand, und die Schmerzen schießen wie ein schriller Schrei durch jeden einzelnen Nerv in meinem Arm. Ich beiße mir so fest auf die Lippe, dass ich Blut schmecke. Mein Herz rast unregelmäßig.

Reiß dich zusammen!

Ich lege meine gesunde Hand auf die Brust. *Erinnere dein Herz daran, wo es ist. Im Inneren. In Sicherheit. Erinnere dich daran, wer du bist.*

Romy. Romy. Romy.

Ich kämpfe gegen den Schmerz, halte den Atem an und konzentriere mich noch mehr darauf, die Zinken der Gabel in das Schlüsselloch der Handschellen zu bohren. Meine Handgelenke und Finger verdrehen sich ungeschickt und schmerzhaft. *Du schaffst das!* Ich drücke, und die Handschellen springen auf.

Tränen der Erleichterung und des Schmerzes schießen mir in die Augen. Ich streife die Handschellen ab und stopfe sie tief in den Biomüll.

Was ist mit Schmerztabletten? In der Küche könnte ein Verbandskasten sein, weil es dort oft zu Verletzungen kommt, zu Schnitten oder Verbrennungen. Ich müsste eigentlich wissen, wo er ist. Als man mich zur Kapitänin ernannte, prägte ich mir jeden Winkel dieses Schiffes ein. Wo die Feuerlöscher sind. Wo die Ersatzteile verstaut werden. *Denk nach!*

Im Schränkchen neben dem Herd, links.

Da ist er, unter das oberste Brett gequetscht. Ich ziehe den Verbandskasten heraus und öffne ihn. Ich finde Verbände, da sind Kompressen und, ja, auch mehrere Tablettenröhrchen. Wird es auffallen, wenn ich etwas heraushole? Ich nehme ein Antibiotikum und ein Schmerzmittel, von beidem die doppelte Dosis, und stecke mir noch Tabletten für später in die Taschen.

Obwohl es gefährlich ist, zu lange an einer Stelle zu bleiben, halte ich für ein paar Minuten inne, in der Hoffnung, dass die Schmerztabletten schnell wirken. Mit den Zähnen ziehe ich an meinem Verband und wickle ihn von meiner Wunde. Sie ist knallrot und sieht böse aus: gelblich, nässend, entzündet. Ich gebe eine Salbe darauf und lege eine neue Kompresse auf.

Während ich einen frischen Verband um meine Hand wickle, fällt mir ein, wie mich meine Mutter einmal verbunden hat, nachdem ich gefallen war und mir das Knie aufgeschlagen hatte. Ich war auf dem unebenen Bürgersteig vor dem Geschäft gefallen, wo wir Tee gekauft hatten – die holzige, grobe Sorte aus einer Pflanze, die in der Nähe des Außenpostens häufig vorkommt. Das Geschäft lag im ersten Stock eines alten Backsteinhauses, das ein Wandgemälde an der Seite hatte. Ich hatte den Kopf in den Nacken gelegt, um hinaufzuschauen, hoch hinauf zu dem riesigen Abbild des Admirals, der seine goldene Uhr trug und seinen Hut in der Hand hielt, und von dort oben hinunterblickte. Er lächelte und zeigte seine ebenmäßigen Zähne, sein zurückgekämmtes Haar. So rüstig, so herzlich.

Wenn meine Mutter dort war und mein verletztes Knie verarztete, dann muss sie mit mir im Außenposten gewesen sein. Was bedeutet, dass ich nicht gestohlen worden bin. Ich wurde meiner Familie nicht entrissen. Ich bin eine Waise, ganz einfach.

Aber Call.

Was hat er mir sonst noch von seiner Mutter erzählt? Seiner Familie? Seinem Leben, bevor er ins Waisenhaus kam?

Er hat mir hauptsächlich von seinen Träumen erzählt.

Ich habe einen Jungen gesehen, der schnell gerannt ist.

Ein Mann hat spät in der Nacht an einem Baum gestanden, mit einer Laterne in der Hand.

Meine Mutter ging durch ein Feld und blieb stehen, um drei Blumen zu pflücken.

Ich sage mir, dass diese Träume nichts bedeuten. Ein Junge kann überall herumrennen. Und wir haben auch ein paar Bäume im Außenposten. Zwar gibt es bei uns nicht viele Felder, das stimmt, aber einmal hat Call auf dem Schrottplatz eine violette Blume aus einem Büschel Unkraut gepflückt und sie mir gegeben.

Mein Herz schlägt einen panischen Wirbel in meiner Brust. *Was hast du sonst noch geträumt, Call?*

Er ist fort. Und selbst wenn ich mich daran gewöhnen würde, wie sollte ich darüber hinwegkommen? Über die Tatsache, dass ich niemals seine ganze Geschichte kennen werde? Ich kenne die Mitte und das Ende, aber den Anfang werde ich nie erfahren.

Es sei denn ...

Angenommen, Call war ein Pirat? Angenommen, er wurde als Kind tatsächlich gestohlen?

Könnten mir dann die Piraten mehr über ihn erzählen?

Die Piraten haben ihn getötet. Ich habe mit eigenen Augen seine Leiche gesehen.

Aber angenommen, ich könnte von den Piraten mehr über Call erfahren, bevor ich sie überwältige? Wäre das ein Grund, mit ihnen zusammenzuarbeiten? Für eine gewisse Zeit mitzuspielen?

Ich höre die versteckte Qual im Motor. Das Raue und Angestrengte in der Art und Weise, wie sich das Schiff bewegt, ist neu, aber schon fast chronisch geworden. Und ich glaube nicht, dass die Piraten das absichtlich eingerichtet haben, um mich herauszulocken. Die Geräusche sind subtil und signalisieren Schwierigkeiten, die nur für das geübte Ohr eines Maschinisten hörbar sind. Für jemanden, der das Schiff so gut kennt wie ich, klingt es wie ein Hilferuf.

»Ich komme!«, flüstere ich.

Ein schmaler Streifen Licht fällt durch die Tür. Jemand ist in die Kantine gekommen. Vielleicht ist derjenige bereits auf dem Weg in die Kombüse.

Es gibt keinen anderen Weg hinaus.

Ich schiebe den Deckel der Kühlbox beiseite, die die Äpfel enthält. Er hat keinen Verschluss, deswegen kann ich leicht wieder rauskommen, sobald die Luft rein ist. Ich klettere hinein und rolle mich zusammen. Mit einer Hand fasse ich hinauf und schließe den Deckel.

Schritte. Stiefel. Eine einzelne Person.

Bestimmt ist diese Person wegen etwas anderem gekommen als dem letzten Apfel. Bestimmt schaut sie nicht in die Kiste.

Scheppern. Klappern. Töpfe und Pfannen.

Ist das Tam, der Frühstück macht? Nein, bestimmt ist es noch nicht so weit. Es muss noch Nacht sein.

Irgendjemand sucht etwas.

Keine Ahnung, wie lange ich noch so zusammengekauert sitzen kann, vollkommen verrenkt, jeder Muskel müde und verkrampft.

Ich kann es, solange ich muss.

Was nicht lange ist, wie sich herausstellt.

Jemand kommt herüber und zieht an dem Behälter. Als

derjenige merkt, wie schwer er ist, grunzt er überrascht, und ich spüre, wie die Box herausgezogen wird, über den Fußboden. Ich habe keine Zeit, wegzulaufen, zu schießen oder zu kämpfen; ich habe nicht mal Zeit, mich aufzurichten. Also tue ich das Einzige, was mir einfällt, um die Person, die mich gefunden hat, aus dem Konzept zu bringen. Ich lächle hinauf zu ihr, obwohl es durch die Schmerzen und meine Wut vielleicht eher wie ein grimmiges Grinsen aussieht, eine verzerrte Grimasse.

»Tam!«, sage ich. »Wie schön, dich zu sehen.«

Kapitel 30

Meine heitere Begrüßung verblüfft ihn dermaßen, dass ich beinahe lachen muss. Ich habe ihn angegriffen und bin weggelaufen, und jetzt hat er mich in einer Kiste in seiner Küche gefunden. Ich bin dreckig, rieche wie ein Waldbrand und tue so, als sei alles in bester Ordnung.

Na, Tam, *würde ich am liebsten sagen, inzwischen kann man sich auf nichts mehr verlassen, stimmt's? Würdest du mir vielleicht mal sagen, wer du wirklich bist?*

Er braucht einen Moment, bevor er antwortet. »Ich freue mich auch, dich zu sehen.«

»Das ist nicht euer Fluss«, sage ich. »Das ist nicht euer Gold.«

Er tut so, als wüsste er nicht, wovon ich rede und dass dies der Wortlaut der Nachrichten in meiner Kajüte ist. Na gut. Sein Gesicht ist in den letzten Tagen härter geworden. Er ist müde. Wir sind alle müde und überreizt zugleich, und feine Risse ziehen sich durch jeden von uns, durch alle auf diesem Schiff. Wir werden unsere Kräfte verpulvern und zusammenbrechen, in Stücke zerfallen und untergehen.

»Du hast die Nachrichten hinterlassen«, sage ich ihm auf den Kopf zu.

»Ja.«

»Hilf mir mal hier raus.« Ich strecke ihm meine gesunde Hand hin. »Es ist albern, sich so zu unterhalten.«

Seine Augen huschen über mein Gesicht, als er mich rauszieht. Er kann seinen Schrecken nicht rechtzeitig verbergen, als er sieht, wie ich zugerichtet bin. Ich muss noch schlimmer aussehen als bei unserer letzten Begegnung. Mich erstaunt, wie sauber er ist. Sein Haar ist frisch gewaschen und seine Haut schimmert fast. Er scheint nicht derjenige gewesen zu sein, den ich vor der Kapitänskajüte angeschossen habe. Habe ich also Lily erwischt?

»Du hast die Nachrichten in meiner Kajüte hinterlassen«, wiederhole dich. »Du warst es, die ganze Zeit.« Ich weiche vor ihm zurück, so dass er mir das Gewehr auf dem Rücken nicht abnehmen kann. »Aber wie hast du es geschafft, das Fördersystem auszuschalten? Du warst bei mir, als es ausging. Wir haben zusammen die Kajüten durchsucht.«

Tams Lippen straffen sich, als denke er darüber nach, was er sagen soll und wie er es sagen soll.

»Und woher hattest du einen Nachschlüssel für meine Kajüte?«, frage ich. »Wer hat dir die Karten gegeben, auf die du deine Nachrichten geschrieben hast? Eira?« Ich lehne mich gegen die Küchenanrichte in einem Versuch, meine Erschöpfung zu verbergen. Aber ich glaube nicht, dass ich Tam etwas vormachen kann. »Ist sie auch eine Verräterin?«

»Eira hat mir gar nichts gegeben«, erwidert Tam mit leiser Stimme. Er sieht so gesund aus, so aufrichtig. So glaubwürdig. Aber er ist ein Feind, kein Freund, egal, wie vertraut er mir nach den gemeinsamen Tagen auf dem Schiff und in den Wäldern erscheinen mag. Im Moment, glaube ich, bin ich im Vorteil – ich habe eine Waffe und er nicht –, aber wir sind in seiner Küche, und er weiß, wo die Messer liegen. »Ich hatte sie schon, bevor wir den Außenposten verlassen haben.«

»Wer hat sie dir dann gegeben?«, frage ich.

»Jemand, der bei einer früheren Expedition dabei war.«

»Naomi?«

»Nein, Naomi war es nicht«, erwidert er. »Und mehr werde ich dir nicht verraten.« Für einen Augenblick sieht er fast wütend aus.

»Und was ist mit Brig?«, frage ich, weiterhin im Plauderton, während Tams Stirn gerunzelt ist und seine Stimme angespannt klingt. Wir haben die Rollen vertauscht. Jetzt ist er derjenige, der erregt ist, und ich bin cool, locker, lässig. »War er dein Verbündeter?«

»Nein«, antwortet Tam. »Keiner von ihnen war es. Als die Vagabunden dich erwischt haben, beschlossen wir, zum Schiff zurückzukehren.«

Die Vagabunden. Er nennt sie nie »Piraten«, wie wir vom Außenposten zu ihnen sagen. Ich habe ihn schon so lange verdächtigt; fühle ich mich etwa trotzdem betrogen, jetzt, wo ich die Bestätigung bekomme, dass ich recht hatte?

»Befolgen die anderen die Befehle der Piraten?«, frage ich.

»Naomi versucht, die Panzerung zu reparieren.«

Naomi? Ich versuche, mir meine Überraschung nicht anmerken zu lassen. Ich dachte, sie würde länger durchhalten. »Und Brig?«

»Er hat sich geweigert, zu kooperieren, deswegen haben sie ihn vorerst eingesperrt. Er ist ein Admiralsjünger durch und durch.« Tams Mund verzieht sich zu einem fast höhnischen Grinsen. Es passt nicht zu ihm.

Ein Admiralsjünger durch und durch. Ich habe mich auch

schon die ganze Zeit gefragt, ob er das ist. Doch als Tam es ausspricht, werde ich ganz mutlos. Ist Brig nicht deswegen vom Schiff gesprungen, weil er mir als Anführerin vertraut hat, sondern weil der Admiral ihm befohlen hatte, ein Auge auf mich zu haben? »Und was ist mit Eira?«

»Die Vagabunden haben ihr versprochen, dass sie an etwas Neuem arbeiten kann, wenn sie sich ihnen anschließt«, sagt Tam. »Sie hat es satt, die Karten und Wandgemälde für den Admiral zu zeichnen und zu malen. Es hat ihr nicht gefallen, seine Schachfigur zu sein.«

»Das mag niemand«, sage ich.

»Dir scheint es ja nichts auszumachen.« Tam ist jetzt wieder ruhiger, und seine Stimme klingt ernst und traurig.

»Du hast nichts begriffen, wenn du mich so einschätzt.« Meine Fassade bröckelt, und ein Hauch von Zorn schleicht sich in meine Stimme. »Der Admiral ist für mich nur Mittel zum Zweck, um die Piraten zu töten.«

»Willst du nicht mehr als das?«, fragt Tam. Und im Handumdrehen sind wir wieder in unsere alten Rollen geschlüpft: Ich bin gereizt und Tam ernsthaft und darauf aus, mich zu überzeugen.

»Möchtest du denn nichts anderes sein als die Marionette der Piraten?«, kontere ich.

»Das bin ich nicht.« Tam möchte, dass ich ihn verstehe. Er will das zwischen uns in Ordnung bringen, will, dass wir auf derselben Seite stehen. Warum?

»Was für einen Deal hast du mit ihnen ausgehandelt?«, frage ich. »Du hast das Schiff und die Crew den Piraten ausgeliefert. Wofür? Für mehr Gold?«

»Die Vagabunden töten niemanden, solange die Leute

damit einverstanden sind, sich ihnen anzuschließen«, sagt Tam.

Ich lache, ein rostiges Geräusch, so kaputt wie der Bagger. »Hast du das schon vergessen? Ich war auf der Expedition, bei der sie gesagt haben, sie würden uns beim nächsten Mal alle umbringen.«

»Sie haben ihre Meinung geändert.«

»Ach, wirklich?«, frage ich. »Also wurde niemand von unserer Besatzung umgebracht, seitdem die Piraten das Schiff übernommen haben?«

Tam sieht ganz bestürzt aus. Das ist der Unterschied zwischen uns. Er ist einer von den Guten. Ihm tut es leid, wenn seine Feinde sterben. »Wir haben drei Leute verloren«, gibt er zu. »Denjenigen, den Eira und Naomi gefunden haben, und noch zwei weitere. Sie haben versucht, zu flüchten. Deswegen wurden sie erschossen.«

»Warum bist du überhaupt mit uns gekommen?«, frage ich. »Warum bist du vom Schiff gesprungen? Warum hast du geholfen, die Feuer anzuzünden?«

»Weil die Vagabunden dich wollten«, sagt er. »Ich habe angeboten, loszuziehen und dich zurückzuholen.«

»Also bist du nicht durch den Absetzer geflüchtet«, stelle ich fest. »Deine Verletzungen. Die zerbeulte Ausrüstung. Hast du einen Piraten gebeten, dich zu verprügeln? Ich bin sicher, sie haben dir die Bitte gern erfüllt.«

Tam atmet hörbar aus, ein Anflug von Verdruss auf seinem Gesicht. »Es musste glaubwürdig aussehen.«

»Du hast dich mit dem Zurückholen aber nicht beeilt«, bemerke ich. »Du hast uns Essen gebracht und hast dich uns angeschlossen. Wozu das denn?«

»Ich wollte euer Vertrauen gewinnen.« Tam neigt sich nach vorn und sagt mit ernster Stimme: »Ich wollte herausfinden, wer du wirklich bist. Um festzustellen, ob du eventuell die Seiten wechseln würdest. Deswegen habe ich die Nachrichten in deiner Kajüte hinterlassen. Ich habe gehofft, sie würden dich zum Nachdenken bringen.« Er verzieht den Mund. »Ich habe sogar versucht, dir von den gestohlenen Vagabundenkindern zu erzählen. Weißt du noch? Als wir den Komposthaufen im Dorf durchsucht haben? Aber dann ist Brig dazugekommen.«

Das weiß ich noch. Wir haben darüber geredet, ob ich meine Eltern kannte oder nicht. Tam tat so, als lerne er etwas über die Piraten, während wir den Müll durchwühlten. »Warum wolltest du mir von den Kindern erzählen?«

»Ich dachte, wenn du von ihnen wüsstest, würdest du vielleicht deine Meinung ändern.«

Mir geht allmählich die Energie aus, und die Zeit. Ich drücke mich von der Anrichte ab und bete, dass meine Beine mich tragen. Ich mache mich bereit, das Gewehr von meinem Rücken zu nehmen. Ich will ihn nicht erschießen. Aber ich werde keinesfalls zulassen, dass er mich noch einmal fängt.

»Du hast die Piraten gewarnt, dass wir ihr Dorf niederbrennen wollten.«

»Dazu hatte ich gar keine Gelegenheit«, erwidert er. »Du hast mich zu scharf beobachtet. Außerdem wusste ich, dass die Vagabunden weiterziehen wollten. Die meisten von ihnen hatten den Befehl, dieses Lager zu verlassen.«

»Aber ich wusste es nicht«, sage ich. »Ich dachte, dass Leute in den Baumhäusern wären, und ich habe sie trotzdem angezündet.«

Stille.

»Also, was hast du dadurch über mich gelernt?«, frage ich. »Was hast du erfahren, das du den Vagabunden erzählen könntest?«

»Nichts«, antwortet Tam. Ich kann seinen Tonfall nicht richtig einordnen. Ist er verletzt? Traurig? Unsere Augen begegnen sich. »Die Vagabunden wussten schon, dass du gnadenlos bist. Ich hoffte, etwas Neues zu erfahren.«

Wir stecken in einer Sackgasse. Keiner von uns will nachgeben. Das Gewehr auf meinem Rücken fühlt sich schwer an.

»Sag's mir«, fordere ich. »Wer hat den Fördermechanismus abgeschaltet?« Es klingt bittender, als ich beabsichtigt habe, und ich rudere zurück, indem ich schroff hinzufüge: »Es ist mein Schiff. Ich habe ein Recht darauf, es zu erfahren.«

»Es war Owen Fales«, sagt Tam.

Mir kommt der Name bekannt vor, von der jetzigen Reise und von dem Manifest. Natürlich kenne ich ihn. Ich hatte geglaubt, sie alle zu kennen. »Einer der Bergbauspezialisten.«

Tam nickt. »Wir haben eine Koje geteilt. Dadurch habe ich ihn näher kennengelernt, und auch durch meine Arbeit auf dem Förderdeck. Ich habe erkannt, dass er einer ist, der die Seiten wechseln würde. Eines Abends habe ich mit ihm geredet und habe ihm Freiheit bei den Vagabunden versprochen, wenn er mir dabei hilft, dass Fördersystem auszuschalten, sobald wir eine bestimmte Stelle im Fluss erreicht haben.«

»Das war riskant«, sage ich, immer noch gespielt locker. »Er hätte es jemandem erzählen können. Er hätte zu mir kommen können.«

»Hat er aber nicht gemacht«, erwidert Tam. »Ich kann Leute gut einschätzen.«

Ich nicht. Ich weiß das. Wie oft will man mir das noch unter die Nase reiben?

»Deshalb hat er beschlossen, sich den Piraten anzuschließen.«

»Nein«, erwidert Tam. »Es stellte sich heraus, dass er stattdessen Gold haben wollte. Deswegen habe ich ihm geholfen, welches zu stehlen. Mir war nicht klar, dass er es in meiner Hälfte des Zimmers aufbewahrte.« Er verzieht das Gesicht zu einem verbitterten Lächeln. »Schlau. Ich habe ihn wohl nicht so genau durchschaut, wie ich geglaubt hatte.«

»Du hast mich also bestohlen, du hast mich betrogen und du hast mein Schiff außer Gefecht gesetzt.« Jetzt sollte ich mein Gewehr vom Rücken nehmen, es auf ihn richten und dafür sorgen, dass es ihm leidtut, dass er je zum Verräter geworden ist. »Willst noch etwas anderes beichten?«

»Nein«, sagt Tam. »Ich glaube, das war so ziemlich alles.«

Da stehen wir also, allein in der Küche, und das Schiff stirbt unter uns. Habe ich Tam für meinen Freund gehalten? Habe ich diesen Fehler gemacht, ohne es zu merken? Ich habe mir nicht erlaubt, ihm zu vertrauen. Ich habe ihn die ganze Zeit verdächtigt. Aber dennoch habe ich ein flaues Gefühl in der Magengrube und das Herz ist mir schwer. Ich dachte, ich hätte mich gegen so etwas besser gewappnet.

Tam schluckt. Als er spricht, klingt auch er bedrückt. »Schau mal. Hilf uns, die Panzerung zu reparieren und den Motor in Ordnung zu bringen. Wir transportieren das Gold stromaufwärts, dorthin, wo es gebraucht wird. Wenn das erledigt ist, kannst du gehen, wohin du willst. Du musst nicht bei den Vagabunden bleiben.«

»Ich lasse meine Crew nicht im Stich«, erwidere ich. »Die meisten haben Familien zu Hause.«

»Die Crew hat bereits dich im Stich gelassen«, entgegnet Tam. Das ist ein harter Schlag. Ich versuche, nicht mit der Wimper zu zucken, nicht zu zeigen, dass mir das etwas ausmacht, dass ich es gewagt habe, etwas anderes zu denken.

»Sie wissen, dass sie nicht zum Außenposten zurückkehren können«, sagt Tam, sanft, als wolle er den Schlag abmildern. »Die Vagabunden sind in der Überzahl. Und selbst wenn sie wie durch ein Wunder das Schiff zurückerobern könnten, würde der Admiral sie dafür bestrafen, dass sie es nicht ausreichend vor den Piraten verteidigt haben.« Tam hebt die Hand, als wolle er meine berühren, überlegt es sich dann aber anders. »Der Admiral hat gewusst, was er tat, als er die Besatzung auswählte. Keiner auf unserer Expedition hat Familie. Sie haben niemanden, der ihnen wichtig ist, oder der gut zu ihnen war.«

»Doch, Brig schon«, erwidere ich.

»Das hat er uns erzählt«, entgegnet Tam. »Aber wir können nicht sicher sein, dass das stimmt.« Er kneift die Augen zu Schlitzen zusammen. »Für den Geschmack des Admirals wissen wir einfach zu viel.«

»Wir wissen nur von dem Gold«, erwidere ich.

»Genau.«

Dieses verdammte Gold!

»Die Piraten können noch so entsetzt darüber tun, dass wir die Flüsse ruinieren, um Gold zu schürfen«, sage ich. »Aber sie wollen es auch.«

»Nicht aus den gleichen Gründen wie der Admiral«, meint Tam. »Sie brauchen das Gold wirklich.«

»Wofür?«

»Du hast es im Wald doch selbst gesagt«, erwidert Tam. »Man kann es für viele Zwecke nutzen. Als Stromleiter und für Legierungen. Weil es nicht oxidiert. Aus all diesen Gründen.«

Ich schüttle den Kopf. »Vielleicht ist das ein Teil der Wahrheit, aber ich glaube es nicht.« Ich runzele die Stirn. »Die Piraten sind nicht sehr viele. Sie könnten mit ein bisschen Gold lange auskommen.« Ich rate nur, aber irgendetwas an Tams Gesicht, seine Haltung, vermittelt mir den Eindruck, dass er mit den Nerven am Ende ist und dass ich so ziemlich den Nagel auf den Kopf treffe. »Sie müssen also planen, es jemand anderem zu geben.« Aber wem? Und für was?

»Du solltest dir lieber Sorgen darüber machen, was der Admiral damit vorhat.«

»Glaubst du, du weißt das?«, frage ich. »Ich stehe ihm näher als irgendjemand sonst außerhalb des Quorums, und er hat es mir nicht gesagt.«

Aber Tam lässt sich nicht erschüttern. Er hat darauf schon eine Antwort bereit. »Palingenese«, sagt er. »Weißt du, was das ist?« Ein kompliziertes Wort. Ich bin nicht lange genug zur Schule gegangen, um so etwas Exotisches zu lernen. Aber ich bin nicht dumm. Ich weiß, dass Genesis »Anfang« bedeutet.

»Es bedeutet Wiedergeburt«, sagt Tam. »Neuerschaffung.« Er kommt einen Schritt näher, und ich halte meine verbrannte Hand hoch. Zurück!

Ich will, dass er da stehen bleibt, wo er ist. Ich brauche Platz zum Nachdenken. *Was will der Admiral wieder zum Leben erwecken?*

»Sich selbst«, sagt Tam, als hätte ich die Frage laut ausgesprochen. »Früher glaubten die Leute, dass man Gold dazu benutzen könnte, einen Verstorbenen wieder auferstehen zu lassen. Sie glaubten, dass etwas, das zu Asche geworden war, mit Hilfe von Gold als Katalysator wieder zum Leben erweckt werden könne. Das nannten sie Alchemie.«

Auferstanden aus der Asche. Wenn das möglich wäre, könnte man ein Schiff zurückbringen, das verbrannt ist. Eine Person, die getötet worden ist.

»Das ist doch lächerlich«, erwidere ich. »Man kann niemanden von den Toten auferwecken.« *Aber was wäre, wenn,* fragt ein kleiner Vogel Hoffnung in mir. *Was wäre, wenn?*

»Es gibt Gerüchte, dass der Admiral es schon einmal geschafft hat«, fährt Tam fort. »Manche der Vagabunden sagen, dass er schon weit länger lebt als jeder normale Mensch.«

»Das glaube ich nicht.«

»Du musst nicht glauben, dass es möglich ist, aber du solltest glauben, dass der Admiral das Gold haben will, um es zu versuchen«, erklärt Tam.

»Der Admiral ist doch nicht verrückt«, entgegne ich. »Er ist ein vernünftiger Mensch.« Und doch nagt Unsicherheit an mir. Es stimmt, dass er besessen davon ist, die Goldseifen in den Flüssen auszubeuten.

»Ein Spion der Vagabunden hat Papiere auf dem Tisch des Admirals gesehen«, sagt Tam. »Eine Akte, auf der ›Palingenese‹ stand, und darin standen alle Einzelheiten über diese Expedition und auch Geschichten und Legenden über Menschen, die aus dem Tod zurückgekehrt sind.«

Ich kenne den Admiral. Diese Denkweise – mythisch, magisch – ist gar nicht seine Art. Er steht mit beiden Beinen fest auf dem Boden und konzentriert sich auf das wirklich Wichtige, nämlich das Hier und Jetzt. Ihm würde es nicht einfallen, vom Unmöglichen zu träumen.

Mir auch nicht.

»Romy.« Tams Stimme klingt wieder warmherzig. Ich kneife die Augen zusammen, und er korrigiert sich. »Tut mir leid, Captain Blythe. Ich möchte dich etwas über deinen Freund fragen, der gestorben ist.« Ich trete dicht vor ihn hin, packe ihn mit der gesunden Hand am Kragen und ziehe ihn noch näher heran. »Wehe«, zische ich, »du sprichst über ihn!«

Tam hebt die Hände. »Ich meine doch nur ...«

»Lass es!« Unsere Nasen berühren sich fast. Ich rieche seinen sauberen Duft nach Seife, Apfel und Brot.

»Es tut mir leid«, sagt Tam leise. »Es tut mir wirklich leid.«

Ich lasse ihn los und versuche, die Fassung wiederzugewinnen. Ich werfe ihm alles an den Kopf, was mir gerade einfällt, damit er mir keine Fragen stellt oder über Call redet. »Warum, Tam?«, frage ich. »Warum machst du das? Warum verrätst du den Außenposten? Du bist noch so jung. Was weißt du schon über die Piraten? Du bist vorher noch nie auf einer Expedition gewesen.« In dem Moment, als ich es ausgesprochen habe, schnappe ich nach Luft. Natürlich! Das ist doch sonnenklar. »Du bist eines der gestohlenen Kinder, richtig?«

Tam schüttelt den Kopf. »Nein, bin ich nicht«, sagt er. »Aber ich möchte ihnen helfen. Und unserer Besatzung. Ich möchte, dass wir alle mit heiler Haut davonkommen.«

»Und das schließt mich ein?« Ich verstehe ihn nicht. Warum versucht er, mir zu helfen? Warum hat er nicht den

Alarm ausgelöst? Warum bemüht er sich, mich von seinem Standpunkt zu überzeugen?

»Ja.«

»Warum?«

Er zögert. Dann blickt er mir in die Augen, und ich erkenne etwas Neues darin. Oder besser: eine Art Befreiung. Tabula rasa.

»Weil ich mir wünsche, dass du mit uns kommst.« Er schluckt. »Ich bewundere dich.«

So, wie er mich ansieht, erinnert es mich an Call. Aber was ich hineininterpretiere, kann Tam nicht ausdrücken wollen. Call und ich haben uns jahrelang gekannt. Tam kennt mich erst seit ein paar Wochen.

Tam lacht. Die Sanftheit ist wie weggeblasen, und seine Stimme klingt unnachgiebig. »Du bist nicht die Einzige, die Dinge mit ansehen musste, um die du nicht gebeten hast«, sagt er. »Und die du am liebsten vergessen möchtest. Ich bin nicht viel jünger als du.«

Ich sehe ihm in die Augen und weiß, dass er recht hat.

Kapitel 31

»Was hast du denn gesehen?«, frage ich. Ich kann mir denken, dass Tam nicht das meint, was wir gemeinsam erlebt haben – wie die Piraten das Schiff geentert und wir unter den Bäumen Feuer gelegt haben. Es ist etwas, das tiefer geht. Das älter ist.

Und dann passiert es.

Der Motor heult auf.

Ich denke nicht nach.

Dass mich jemand erwischen könnte.

Dass Tam versuchen könnte, mich aufzuhalten.

Dass das total bescheuert ist und verrät, wer und wo ich bin.

Ich renne einfach los.

Zum Förderdeck.

Ich konnte Call nicht retten. Ich bin nicht fähig, irgendjemanden auf der Welt zu retten.

Aber meinem Schiff kann ich helfen.

Mein Schiff kann ich retten.

Mit einem Knall stoße ich die Tür zum Förderdeck auf. »Ihr macht den Motor kaputt!«, rufe ich. »Schaltet ihn ab, sofort!«

Naomi blickt mich mit vor Schreck geweiteten Augen an. Aber ich habe keine Zeit für sie. Sie hätte es besser wissen müssen. Sie hätte den Piraten nicht helfen dürfen. Den Motor nicht derart malträtieren dürfen.

Nicht glauben dürfen, ich würde mein Schiff aufgeben.

»Stoppt den Motor!«, rufe ich. Tam steht an meiner Seite, und von allen Richtungen sind Waffen auf mich gerichtet. Ich blicke auf: Lily steht auf der Plattform »Lily!«, schreie ich. »Ich helfe euch. Aber ihr müsst den Motor abschalten!«

Lily hasst mich. Es ist nicht zu übersehen, als sie auf uns herunterstarrt, das Geländer mit beiden Händen umklammernd. Und dann wird mir alles klar: Ein Verband ist um ihre Schulter gewickelt, dort, wo meine Kugel sie gestreift haben muss. Aber sie ist auf den Beinen. Die Verletzung scheint nicht schwer zu sein.

»Wo ist Porter?«, ruft jemand.

»Es ist keine Zeit, ihn zu holen!«, erwidere ich. Das Schiff scheint mir recht zu geben. Es hat zunehmend Schlagseite. eine der Schrauben muss blockiert haben. Ich fluche innerlich.

»Ihr überhitzt den Motor!« In dem Moment, als ich das sage, fängt der Motor an zu qualmen. Rauch kräuselt sich daraus empor, als koche er vor Wut – dass er immer alles für alle machen muss –, und steigt in glühend heißen, ätzenden Schwaden auf. Es riecht stechend nach Ozon. »Er wird blockieren, und dann sinken wir!«

»Tut es«, befiehlt Lily der Crew. »Schaltet den Motor ab.«

Naomi zögert. Der Pirat neben ihr stößt sie mit dem Gewehr an.

»Sofort!« Lily ist halb die Plattformtreppe hinuntergelaufen, das Gewehr im Anschlag.

Naomi greift mit einer Hand nach dem Hauptschaltpult, von dem nach den improvisierten Reparaturen immer noch lose Drähte hinunterhängen. Sie zieht an einem Hebel. Der Motor macht noch eine Umdrehung, kreischt ohrenbetäubend und bleibt stehen. Der Bagger wird nicht länger vorangetrieben. Wir haben angehalten.

»Bringt mich zu Porter«, verlange ich. »Ich tue es. Ich helfe euch, den Schürfbagger zu reparieren.«

Lily marschiert auf uns zu. In der Stille des erschöpften Schiffs knallen ihre Stiefel laut auf das Metall. »Ich bringe sie hin.« Sie deutet auf das Gewehr auf meinem Rücken, das ich in den letzten Momenten vergessen hatte. »Hände hoch. Mac, nimm ihr die Waffe ab.«

Ich hebe die Hände, und einer der Piraten zieht mir das Gewehr vom Rücken.

»Los.« Lily richtet ihr eigenes Gewehr auf mich.

»Wohin?«, frage ich.

»Ganz rauf«, antwortet Lily.

Natürlich. Ich hätte es wissen müssen. Dort, wo alle Geister sind. Ich habe das schon mal durchgemacht. Ich hätte nicht geglaubt, es noch einmal aushalten zu können.

Das ist nicht euer Fluss, hieß es in der Nachricht. *Das ist nicht euer Gold.*

Kann sein.

Aber das hier ist *mein* Schiff.

Kapitel 32

Die schmale Sichel des zunehmenden Mondes blitzt hier und da zwischen den dicken Wolken hervor, die ein starker Wind über den silbrig dunklen, mit Sternen gesprenkelten Himmel treibt. Die Gerüche von Regen, Nacht und Schiff füllen meine Lungen. Ich hole so tief wie möglich Luft. Ich hatte recht. Es ist noch Nacht.

Die Wirbel und Räder meiner Panzerung reflektieren Licht und Schatten. Sie sehen fast aus wie Ornamente.

Porter dreht sich zu uns um. Er hält eine Laterne in der Hand. Hat er über die Reling geschaut und sich gefragt, wo wir sind und warum wir hier angehalten haben?

Ob ich etwas sagen sollte? Sollte ich um Gnade winseln? Die Hände heben? Ich habe keine Ahnung, wie man sich richtig ergibt.

Deswegen lasse ich es einfach.

»Der Motor ist heiß gelaufen«, erklärt Lily. »Deswegen haben wir ihn abgeschaltet.«

»In Ordnung.« Porters Stimme klingt erschöpft, und ich bin überrascht, dass er sich das sogar vor mir anmerken lässt.

»Und wir haben Romy gefunden«, ergänzt Lily.

»Das sehe ich«, erwidert Porter trocken. »Wo war sie?«

»Sie ist runter ins Förderdeck gekommen«, antwortet Lilly, »und hat gesagt, wir sollten den Motor ausmachen, oder er würde blockieren. Sie behauptet, sie könne den Motor reparieren.«

»Danke«, sagt Porter zu Lily. »Du kannst jetzt wieder runtergehen.« Er schaut mich an. »Wird das lange dauern?«

»Nein«, antworte ich. »Keiner von uns hat Zeit.«

»Ich bin mir nicht sicher, ob das eine gute Idee ist«, sagt Lily. »Wenn ich gehe, seid ihr ganz allein hier oben.«

»Ich habe keine Waffe«, betone ich. Glaubt sie etwa, ich würde ihn mit meiner einen gesunden Hand umbringen?

Könnte ich das?

»Ist schon gut.« Porter nickt Lily zu. »Du wirst auf dem Förderdeck gebraucht. Ich komme gleich nach.«

Lily wendet sich zum Gehen. *Manche Menschen brennen immer.*

»Hier haben wir ihn getötet«, sagt Porter, nachdem sie weg ist. Er wartet.

»Nein.« Ich gehe einen Schritt auf ihn zu. »Er ist nicht auf diesem Schiff gestorben.«

Porter hält die Laterne hoch, so dass sie unsere Gesichter beleuchtet. Die Schatten lassen ihn älter aussehen. Ob es bei mir genauso ist? Aber ich bin ja auch älter, hundert Jahre älter als an jenem Abend, an dem Call gestorben ist.

»Warum habt ihr den anderen Bagger zerstört?«

»Wir haben vorher das Gold ausgeladen«, sagt Porter. »Es wäre Unsinn gewesen, es zu vergeuden. Das Flussbett war ja schon aufgerissen. Aber wir haben das Schiff verbrannt, damit die Siedler es nicht weiter benutzen konnten. Wir wussten nicht, dass ihr einen zweiten Bagger hattet.«

»Ihr hättet wissen müssen, dass der Admiral nicht aufgeben würde«, erwidere ich. »Er ist gnadenlos.«

»Genau wie du«, bemerkt Porter.

Der Admiral. Unser fordernder, heißblütiger, dickköpfiger Anführer, überlebensgroß und dennoch so betont menschlich. Sein raues Gesicht, seine blauen Augen, seine Arbeitsklamotten. Ich kann ihn beinahe hören, wie er uns erzählt, dass er nur die Interessen des Außenpostens im Sinn hat, in Herz und Seele, und dass wir alle seine Kinder sind. Die Union habe uns im Stich gelassen, der erste Admiral habe die Menschen um sich versammelt, und jetzt tue er das Gleiche. Seit jeher haben die Admirale das getan – sie haben gesammelt.

Der heutige Admiral ist schon so lange an der Macht, wie ich denken kann, und scheint dennoch kaum zu altern. Wie schafft er das? Vielleicht tatsächlich durch eine Art Magie? Ich stelle mir vor, wie er wiedergeboren in einem Aschehaufen sitzt, die Zähne vor Blut triefend, umhüllt von einem Goldpanzer. Er lächelt, wischt sich den Mund am Ärmel ab, steht auf und reicht mir die Hand, kameradschaftlich, ja, fast liebevoll.

»Er ist auf dem Weg hierher.« Porters Stimme sinkt in die Dunkelheit hinab. Ein tiefes Grollen wie Donner, ein kalter Hauch, der mich erschauern lässt.

Der Admiral verlässt den Außenposten nur selten. Warum jetzt? Hat er erfahren, dass die Piraten das Schiff geentert haben? Aber wie? Wir haben seit der Flussgabelung keinen Kontakt mehr zum Außenposten gehabt.

Es sei denn, man hat mich in Bezug auf die Kommunikationssysteme und ihre Reichweite belogen.

»Weiß er, dass ich das Schiff verloren habe?«

»Das glaube ich nicht.« Porter nimmt die Laterne in die andere Hand. »Ich glaube, dass er von vornherein geplant hat, den Bagger am Ende seiner Reise zu erwarten, obwohl er das weder dir noch irgendjemand anderem von der Mannschaft verraten hat.«

»Ich verstehe das nicht«, erwidere ich. »Warum sollte er uns erwarten? Der Plan lautete, ihm das Gold zurück in den Außenposten zu bringen.«

»Und wir glauben, dass er an demselben Ort wartet, der auch unser Ziel ist«, erwidert Porter.

Ich erinnere mich an das, was Tam mir gesagt hat. Dass der Admiral unsere Crew sorgfältig ausgewählt habe und sie aus Leuten bestehe, die niemand vermissen würde. Was führt der Admiral im Schilde?

»Unser Scout berichtet, dass der Admiral mit einer großen, bis an die Zähne bewaffneten Truppe unterwegs ist«, sagt Porter. »Wir glauben, dass er das Gold beschützen und den Bagger entlang des Ufers eskortieren will. Aber er wird nicht zögern, das Schiff anzugreifen, wenn er herausfindet, dass wir es geentert haben.«

Sagt Porter die Wahrheit? Wie soll ich mir da sicher sein?

Ich weiß nicht einmal, welches Ergebnis ich mir wünsche. Ich will mein Schiff zurück. Ich will, dass der Admiral uns hilft, gegen die Piraten zu kämpfen. Aber ich will nicht, dass er mir das Schiff wegnimmt. Oder dass er meine Besatzung bestraft.

»Deine Zeit ist um«, sagt Porter. Hinter ihm ziehen die Wolken, und das Licht verändert sich. Irgendwo tief unten am Horizont wartet die Sonne darauf, aufzugehen. »Wir haben dich nicht gejagt, als du gesprungen bist. Wir haben dich bis jetzt am Leben gelassen. Aber du bist zu einem Risikofaktor geworden.«

»Also muss ich die Panzerung reparieren, oder ihr tötet mich«, stelle ich fest. »So wie ihr uns ohnehin alle töten werdet.«

»Ich töte niemanden, solange er kooperiert«, erwidert Porter.

»›Das ist das letzte Mal, dass wir jemanden am Leben lassen‹«, werfe ich ihm an den Kopf.

Stille herrscht auf dem Schiff. Porters Gesicht im Laternenschein sieht abgekämpft aus, und ich meine, ihn seufzen zu hören. »Weißt du noch, was ich vorher gesagt habe?«

»›Sagt eurem Admiral, dass wir es satthaben, von ihm bestohlen zu werden‹«, antworte ich.

»Er hat uns Call genommen.«

»Stimmt nicht!« Die Lüge macht mich rasend. »Das hat er nicht! Ihr habt Call erschossen!«

»Die Soldaten des Admirals haben uns Call gestohlen, als er ein Kind war«, entgegnet Porter. »Wir wussten nicht, wen wir getötet hatten, bis ihr alle weg wart und wir uns die Leiche näher ansehen konnten.« Er schluckt. »Selbst dann waren wir uns nicht ganz sicher. Er hatte sich im Laufe der Jahre verändert. Aber seine Mutter hat ihn sofort wiedererkannt, als wir ihn nach Hause gebracht haben.«

Sonnenschwarzes Haar. Sie ging über ein Feld und hat drei Blumen gepflückt.

»Wo ist sie jetzt?«, frage ich. Meine Hände zittern. Vielleicht kann ich sie treffen. Vielleicht können wir uns unterhalten.

»Sie ist tot«, sagt Porter. »Sie ist ein paar Monate, nachdem wir ihren Sohn nach Hause gebracht hatten, gestorben.«

»Und was ist mit seinem Vater?« Irgendjemand muss noch am Leben sein! Jemand, der ihn gekannt hat. Bitte!

»Er ist schon vor Calls Geburt gestorben.« Porter tritt von einem Bein aufs andere. So lange habe ich ihn noch nie auf einer Stelle stehen sehen. »Es ist kein leichtes Leben da draußen.«

»Hat er Geschwister?«

»Nein.«

»Augenblick«, sage ich, weil mir etwas auffällt, das ich gleich hätte merken müssen, als Porter ihn Call nannte. »Woher weißt du seinen Namen?« Ich habe ihn nie jemandem hier auf dem Schiff verraten. Naomi hat ihn auch nicht ausgesprochen, als sie draußen im Wald den anderen von ihm erzählte. Hat sie ihn gegenüber Porter erwähnt?

»So hat ihn seine Mutter genannt«, erklärt Porter. »Sein Name war das Einzige, was die Siedler ihm ließen.«

Die Siedler haben Call gestohlen. Die Piraten haben ihn erschossen.

Ich würde Porter am liebsten über das Deck schubsen, ihm die Laterne an den Kopf knallen, ihm mit meinen Fingernägeln durch das Gesicht kratzen. Call war einer von ihnen, und sie haben ihn getötet. Und Calls ganze Familie ist ebenfalls tot. Mir wurde sogar die Möglichkeit geraubt, sie kennenzulernen. Ich dachte, ich hätte nicht zugelassen, dass diese Gefühle von mir Besitz ergreifen, aber mein schreiendes Herz beweist mir das Gegenteil. Ich habe zu hoffen gewagt, ein bisschen. Nicht, dass ich Call zurückbekäme. Aber dass ich seine Familie treffen könnte. Andere, die ihn geliebt haben.

Auch das ist dir nicht bestimmt, scheinen die Sterne zu sagen.

Wird diese Wunde jemals verheilen?

»Wirst du uns helfen?«, fragt Porter.

Meine Gedanken überschlagen sich: das Schiff, die Panzerung, der Außenposten in unerreichbarer Ferne, die Baumhäuser, die Leiche eines jungen Mannes auf einem anderen Schiff, Pferdewagen auf dem Weg hierher.

Kann ich Porter glauben, was er über den Admiral gesagt hat? Über Call? Über irgendetwas?

Wem kann ich vertrauen?

Meinem Schiff. Mir selbst?

»Kommt darauf an«, sage ich.

»Auf was?«

»Darauf, wie gierig ihr seid«, erwidere ich.

»Wir sind so gierig wie die Siedler«, entgegnet Porter.

Ich lache. Mein Lachen hallt durch die Nacht, und ich verschränke die Arme. »Wenn das wahr ist, werden wir uns gut verstehen. Die Lösung ist nämlich ganz einfach.«

»Wie lautet sie?«

»Wenn ihr schneller seid als der Admiral«, sage ich, »werdet ihr nicht gegen ihn kämpfen müssen. Die Soldaten, die Waffen, das spielt alles keine Rolle. Eilt so schnell ihr könnt zu eurem Ziel und versteckt euch.«

»Wir können unmöglich schneller sein als er.«

»Lasst das Gold zurück«, schlage ich vor. »Lasst auch das Schiff zurück. Steigt in eure kleinen Boote und flieht.«

Ein kurzes Schweigen tritt ein. »Das können wir nicht machen«, antwortet Porter schließlich. »Wir brauchen das ganze Gold, und das Schiff ist die einzige Möglichkeit, so viel zu transportieren.«

Ich lasse die Worte und ihre Bedeutung zwischen uns in der Luft hängen. *Ihr seid genauso gierig wie wir.*

»Verstehe«, sage ich schließlich. »Dann seid ihr tot.«

»Repariere die Panzerung«, wiederholt Porter. »Wenn du das schaffst, haben wir eine bessere Chance, uns gegen sie zu verteidigen.«

»Das dauert zu lange. Er wird uns einholen, bevor ich sie reparieren kann.«

»Du wirst uns also nicht helfen«, sagt er. Er trägt ein Gewehr auf dem Rücken. Er könnte mich jetzt erledigen.

»Doch«, entgegne ich. »Es gibt noch eine Möglichkeit. Eine letzte Sache, die ihr tun könnt, um den Wettlauf mit dem Admiral zu gewinnen und zugleich das Gold zu behalten.«

»Und die wäre?«

»Was könntet ihr außer dem Gold an Gewicht über Bord werfen?«, frage ich. Ich fordere Porter heraus, indem ich meiner Stimme einen dringlichen Unterton gebe. »Ich habe es dir schon gesagt«, erwidert er. »Wir werden nicht alle töten. Die meisten Siedler haben kooperiert.«

»Das habe ich nicht gemeint«, erwidere ich. Außerdem hat er keine Ahnung, wenn er glaubt, dass es helfen würde, Leichen von Bord zu werfen. Menschen wiegen nichts im Vergleich zu Gold. »Soll ich es dir sagen?«

»Bitte«, sagt Porter.

»Die Panzerung.« Ich deute auf die klingenbewehrten Zahnräder, die im Mondlicht schimmern, die Metallzähne, die hungrig nach mehr sind. Dieses Ding, das ich gemacht habe. »Die müsst ihr loswerden.«

Kapitel 33

»Wie bitte? Was erlaubst du ihr?«, fragt Lily ganz außer sich.

Porter reicht mir einen Schweißbrenner. Ich unterdrücke den Impuls, ihn sofort zu zünden, auflodern zu lassen und sie beide zu blenden.

»Mac passt auf sie auf«, sagt Porter. »Er hat den Befehl zu schießen, wenn nötig.«

»Ich könnte sie bewachen«, schlägt Lily vor. »Oder ich könnte es selbst machen. Es gibt keinen Grund, ihr eine Waffe in die Hand zu geben.«

Porter ignoriert ihren Einwand. »Sie weiß besser als jeder andere, wie die Panzerung sich zusammensetzt«, erwidert er. »Sie kann sie schneller abbauen.« Er reicht auch Naomi einen Schweißbrenner. Wir kennen uns am besten mit der Technik aus, aber ganz sicher ist Lily nicht die Einzige, der unbehaglich dabei zumute ist, dass wir solches Werkzeug in die Hände bekommen. Die versammelten Piraten und die Besatzungsmitglieder, die Porter hinauf aufs Deck gerufen hat, um bei der Demontage zu helfen, sehen alle misstrauisch aus. Uns zusammenarbeiten zu lassen ist wie der Versuch, Öl und Wasser zu vermischen.

»Wenn wir die Panzerung demontieren, sind wir viel zu

verletzlich.« Lily ballt wütend die Fäuste. »Ich weiß, dass sie sie reparieren kann!«

»Du hast recht«, bestätige ich. »Aber wenn der Admiral schon unterwegs ist, haben wir nicht genügend Zeit.« Ich lächle Lily an. »Und wie ich inzwischen weiß, seid ihr nicht bereit, auf das Gold zu verzichten. Damit ist das unsere letzte Möglichkeit.«

Naomi betrachtet mich mit einem skeptischen, abschätzigen Gesichtsausdruck. Als könne sie nicht glauben, was ich da tue. Als verrate ich meine eigene Schöpfung.

»Lass uns anfangen. Werden wir sie los«, sage ich zu ihr. »So schnell und sauber wir können.« Wir haben drei Schweißbrenner an Bord. Eigentlich zum Reparieren, nicht zum Demontieren. Doch jetzt werden sie genau dafür eingesetzt.

»Wir haben keinen Grund, ihr zu trauen«, schäumt Lily.

»Das reicht!«, schneidet Porter ihr das Wort ab. »Wir vergeuden unsere Zeit.«

»Das ist die einzige Chance, die wir haben.« Ich war im Bad, habe mir die Haare gewaschen und den ganzen Dreck aus dem Wald abgespült und trage die Wechselkleidung aus meiner Kajüte. Ich habe etwas Vernünftiges gefrühstückt, Medikamente genommen und eine Stunde geschlafen.

Ich fühle mich ... nicht glücklich. Das nicht.

Seitdem ich Porter das mit der Panzerung gesagt habe, bin ich von einer Art Wagemut erfüllt. Etwas, das sich wild und frei, erschreckend, aufregend und wütend anfühlt.

Der Admiral will, dass ich die Piraten töte und ihm Gold verschaffe. Porter will, dass ich die Panzerung repariere und den Admiral aufhalte.

Diese Anführer. Diese Männer. Sie drängen und fordern – sie schubsen mich in eine Ecke, folgen mir, blockieren mir den Weg und verlangen das Unmögliche. Aber ich werde ihnen durch die grapschenden Hände schlüpfen und sie mit nichts zurücklassen.

Beide waren daran beteiligt, Call umzubringen, also werden beide dafür bezahlen.

Lily versucht es ein letztes Mal bei Porter. »Sie hat es absichtlich hinausgeschoben, die Panzerung zu reparieren. Woher weißt du, dass sie das nicht schon die ganze Zeit geplant hat? Vielleicht war sie in Wirklichkeit gar nicht überrascht, als du ihr erzählt hast, dass der Admiral kommt. Vielleicht hat sie nur Zeit geschunden, damit er uns erwischt. Und vielleicht macht sie das auch jetzt!«

Die Tür zum Deck wird geöffnet.

Da ist er.

Derjenige, um den ich gebeten habe.

Zwei Wachen schleifen Brig hinaus auf Deck. Er muss sich unter dem Türrahmen hindurchducken, genau wie ich, genau wie es Call tun musste. Die Piraten gehen nicht gerade sanft mit ihm um und schubsen ihn auf Porter zu, aber Brig stolpert nicht. Seine Augen treffen meine; sie sind klar, aber müde. Der Schnitt quer über die Nase ist zu einem sauberen roten Strich verheilt. Sie haben ihm nicht erlaubt, sich zu rasieren, so dass er einen Bartschatten hat, und sein Haar ist so ungekämmt, wie ich es noch nie gesehen habe. Seine Wangen sehen hohl aus, als hätte ihm der Hunger bereits zugesetzt. Und dennoch kommen mir keine solchen Begriffe wie »niedergeschlagen«, »erschöpft« oder »gebrochen« in den Sinn, als ich ihn sehe. Sondern »gefasst«. Er ruht in sich. »Er ist ein Admiralsjünger durch und durch«, hat Tam gesagt.

Ist er das wirklich?

»Stimmt das?«, fragt Brig mit seiner vertrauten tiefen Stimme. »Du hilfst den Piraten dabei, das Schiff auseinanderzureißen?«

»Wir entfernen nur die Panzerung.« Ich halte meinen Schweißbrenner hoch. »Die Piraten haben keinerlei Erfahrung damit. Weißt du, wie man so einen benutzt?« Brig hat nicht auf dem Schrottplatz gearbeitet, so wie ich. Und er ist immer noch der wahrscheinlichste Kandidat dafür, der Wachhund des Admirals zu sein. Aber ich möchte sehen, wie er reagiert. Was er sagen wird.

Wird er mir helfen?

Ich schwöre, dass ich den Anflug eines Lächelns und ein Aufblitzen in seinen Augen sehe.

»Ja«, sagt er.

Minuten später hängen Brig, Naomi und ich mit Seilen gesichert an der Bordwand herunter. Mac und zwei andere Piraten bewachen uns mit den Gewehren im Anschlag. Ein weiterer Pirat hält Brig, Lily sichert Naomi, und Porter lässt mich herunter. Er befürchtet wohl, dass ein anderer mich in den schäumenden Fluss unter uns fallen lassen würde.

Und wenn sie uns alle drei fallen lassen? Das könnten sie tun. Es wäre eine saubere Art, die ehemalige Kapitänin und den Ersten und Zweiten Offizier auf einmal loszuwerden. Da meine eine Hand immer noch verbunden ist, bin ich nicht so schnell und geschickt, wie ich es gern wäre. Sie könnten mich leicht ausschalten.

Brig und Naomi arbeiten mit den Schweißbrennern, die mit Acetylen und Sauerstoff in Flaschen funktionieren und giftige Funken sprühen. Ich halte einen Fettstift in der Hand, mit dem ich für die anderen die besten Stellen für die Schnitte markiere. Sobald ich mit dem Markieren fertig bin, werde ich auch mit einem Brenner arbeiten. Überall auf dem Bagger hängt meine restliche Crew an Seilen und sägt, hämmert und dengelt meine Panzerung zu Tode, so schnell sie kann, wobei sie alles benutzen, was sie finden können. Brecheisen. Schraubenschlüssel. Sie lösen Schrauben und heben Teile aus den Angeln; sie plagen sich mit dem Puzzle, das ich vor Jahren in der Sicherheit des Außenpostens entworfen habe.

Aber meine Panzerung ist stark. Solide. Sie gibt nicht so leicht nach.

Ich höre frustriertes Grummeln und unterdrückte Flüche und schiebe den Fettstift in meine Brusttasche.

»Brig«, sage ich. »Gib mir mal für eine Minute deinen Brenner.«

Seine Ärmel sind hochgerollt, und ich sehe Verbrennungen auf seinen Armen, als er zu mir herüberkommt. Er bewegt sich über die Bordwand, indem er sich mit den Stiefeln abdrückt. »Was machst du da?«, ruft Mac hinunter.

»Ich will es auch mal versuchen«, sage ich und hole die Lederhandschuhe aus meinem Rucksack, um meine Hände zu schützen. Brig reicht mir vorsichtig die Gasflasche und den Brenner rüber.

Ich setze die Flamme an der Markierung auf dem Metall an. Schweiß läuft mir den Rücken herunter, als ich mich auf den Schnitt konzentriere, während ich die Stiefel gegen die stachelige, zerklüftete Wand meines Schiffs stemme. Der

Brenner zischt und spuckt; ringsum schlägt die Mannschaft auf die Panzerung ein, und wir sind vereint in unseren Bemühungen, in unseren Entscheidungen, die wir und andere getroffen haben.

Und da! Ein Nachgeben. Ein Ächzen?

Ich stoße mich gerade noch rechtzeitig ab.

Die Panzerung fällt. Die Bewegung erscheint mir irgendwie verlangsamt und mir ist, als sinke ich mit hinunter. Der schwere, unaufhaltsame Fall zieht etwas in mir mit sich. Ich verstärke meinen Griff. *Nicht hinterherstürzen!*

Und dann trifft das Stück Panzerung die Wasseroberfläche wie ein übergroßer Stein, den ein Kind geworfen hat.

Helfe ich den Piraten, schneller zu sein? Oder ermögliche ich es dem Admiral, mir dabei zu helfen, sie fertigzumachen? Vielleicht kann ich sie beide ins Verderben stürzen, Porter und den Admiral, die Männer, die Call getötet haben. Ich werde sie zusammenbringen, sie sich gegenseitig töten lassen, und ich werde durch die Zwischenräume davonschlüpfen.

Wird es funktionieren? Werde ich endlich davonlaufen können?

Ich habe keine Ahnung, was die Leute auf dem Schiff zu ihrem Handeln treibt. Ich weiß nicht mal, warum ich das tue, was ich tue.

Was werde ich hiervon haben? Werde ich dadurch das bekommen, was ich will?

Oder das Einzige zerstören, was mir noch geblieben ist?

Kapitel 34

Meine Arme zittern, meine Schultern schmerzen und mein Gesicht ist schmutzig und erhitzt. Kleine Verbrennungen bedecken meine Unterarme, wo sich Funken durch die Ärmel meines Hemds gebrannt haben. Meine verletzte Hand pocht, obwohl ich versucht habe, sie zu schonen. Wir haben den ganzen Tag daran gearbeitet, die Panzerung abzubauen, von morgens bis abends. Die Haut auf meiner Nase und im Nacken ist heiß und juckt vor Sonnenbrand.

Andere haben die Nachtschicht übernommen, während sich Brig, Naomi und ich für ein paar Stunden hinlegen. Das Hämmern und Demontieren der Panzerung geht überall auf dem Schiff weiter, ein dissonantes Lied der Zerstörung und Abtrennung.

Tam und die Küchenmannschaft bringen zum Abendessen Suppe und Brot hinauf auf Deck. Ich bleibe in der Nähe der Reling stehen und möchte, dass zuerst Brig und die anderen essen, aber Tam bringt mir meine Ration persönlich. Er blickt über den Rand des Schiffes und pfeift zwischen den Zähnen hindurch. Der Bagger sieht aus wie einer der wilden Hunde, die durch die engen Seitengassen des Außenpostens streunen. Sie sind räudig und fleckig, mit kahlen Stellen und teilweise herunterhängenden Fellfetzen. »Warum hast du dich dazu entschlossen?«, fragt er. »Du liebst das Schiff. Du hasst die Vagabunden.«

»Warum hast du dich dazu entschieden?«, erwidere ich. »Warum hast du dich gegen dein eigenes Volk gewandt?«

Er blickt mich ungewöhnlich ernst an. »Geht es dir nicht auch auf die Nerven, dass dir immer dieselbe alte Geschichte verkauft wird?«

»Welche Geschichte?«

»Die vom Außenposten.« Er hat immer noch das Tablett in der Hand, scheint es aber ganz vergessen zu haben; er hält es schief, eine Schüssel gerät ins Rutschen. Ich nehme ihm das Tablett ab und balanciere es auf meiner gesunden Hand, während ich ihm zuhöre. Tams Stimme klingt sehr emotional. »Wie der Rest der Welt uns im Stich gelassen hat, und der erste Admiral uns eingesammelt hat, so dass wir jetzt am Rande des Territoriums mühsam unser Leben fristen müssen?«

Doch. Mir geht es genauso wie ihm. Ich habe diese Geschichte so satt – von der Union, die uns verlassen hat, von den Admiralen, die uns seitdem beschützen –, dass ich laut schreien könnte. Deswegen wollten Call und ich weglaufen. Wir wollten fortgehen, gemeinsam. Es war Zeit für etwas Neues, noch Ungeschriebenes. Ich habe einen Kloß im Hals, und Tränen brennen mir in den Augen. »Natürlich habe ich das alles satt«, sage ich. »Aber es gibt keine andere Geschichte.«

»Ich frage mich allmählich, ob sie wirklich wahr ist«, fährt Tam fort. »Angenommen, dass die Leute, die außerhalb des Außenpostens lebten, gar nicht dorthin zurückwollten? Angenommen, sie sind aus gutem Grund weggegangen?«

Das Schiff neigt sich zur Seite. Irgendwo weiter unten haben wir Panzerung eingebüßt, und die Bewegung lässt das Tablett kippen, so dass die Schüsseln mit Essen gegeneinanderstoßen. Tam und ich greifen danach: Er erwischt die Suppenschüssel, ich das Brot. Das Wasser kippt um, läuft aus, auf das Deck, ist verloren.

»Als ich herausgefunden habe, was wir getan haben, dass wir die Piratenkinder gestohlen haben, wusste ich, dass ich etwas tun muss«, sagt Tam. »Kannst du dir vorstellen, wie es sein muss, von allen weggerissen zu werden, die du kennst? Von dort, wo du hingehörst?«

»Ich weiß, wie es ist, seine Eltern zu verlieren«, sage ich. »Und sein Zuhause. Ich bin in einem der Waisenhäuser aufgewachsen.«

Tam schaut mich entsetzt an. Er muss es vergessen haben.

Und die Wahrheit ist, dass ich mir vorstellen kann, wie es wäre, entführt zu werden. Und zwar nur allzu gut. Dass im Dunkel der Nacht jemand kommt und dich mitnimmt. Dich in eine andere Nacht bringt mit schrecklich falschen Sternen und Lichtern und ganz vielen Gebäuden und Menschen, und dass irgendjemand schließlich sagt: Das hier ist jetzt dein Zuhause, und man weiß, dass das nicht stimmt, und ruft um Hilfe.

Aber niemand kommt. Man muss für immer dableiben. Man kann nicht zurück nach Hause.

Und wenn du es versuchst, können die anderen in der Dunkelheit dein Gesicht nicht sehen, erkennen deine Gestalt nicht wieder, und dann muss jemand anderer deine Geschichte zu Ende bringen.

Kapitel 35

Am Ende des nächsten Tages wird deutlich, dass wir große Fortschritte gemacht haben. Funken tanzen um Brigs Hände und Gesicht, als er durch das Metall schneidet. Ein weiteres Stück Panzerung fällt mit lautem Klatschen ins Wasser unter uns, und das Schiff scheint vor Erleichterung zu seufzen. Ich teile Porter mit, dass wir den Motor bald ausprobieren können, da wir viel Masse verloren haben.

Es ist schwer für mich, die Zahnräder und Mechanismen, die ich entworfen habe, in den Fluss fallen zu sehen, zu beobachten, wie dem Schiff seine Verteidigungsmöglichkeiten genommen werden. Die Panzerung ist alles, was ich je zustande gebracht habe. Das Einzige, was ich je erschaffen habe.

Ich wappne mich gegen das vage Gefühl des Verlusts, das in meinem Inneren lauert. Das hier war meine Idee. Ich habe etwas erschaffen. Alle anderen wollen es sich nehmen. Alle benutzen es.

Aber ich sage entschieden: *Schluss damit.*

Ich habe das gemacht.

Es ist nicht eures.

Wenn ich es nicht haben kann, zerstöre ich es.

Ohne Vorwarnung gibt es einen scharfen Ruck an dem Seil, an dem ich hänge. Ich werfe einen Blick hinauf zu Mac, der mich wieder sichert.

Wird er mich loslassen?

Nein, er zieht mich hoch, Hand über Hand, und ruft: »Beeil' dich!« Ich stütze mich mit den Stiefeln an der Bordwand des Schiffes ab, um ihn zu unterstützen. Ich greife das Seil mit beiden Handschuhen. Den Brenner habe ich mir über den Rücken gehängt. Brig und Naomi klettern neben mir hinauf, Brig schnell, Naomi nicht weit hinter ihm, trotz der Verletzung. Als ich über die Reling geklettert bin, frage ich Mac atemlos: »Was ist denn passiert?«

»Da kommt jemand!«, sagt er. »Am Ufer!« Überall rings um mich klettern Besatzungsmitglieder und Piraten, die an meiner Panzerung geschnitten, gesägt und gehämmert haben, über die Reling.

»Duckt euch!«, sagt jemand. »Sie könnten bewaffnet sein!«

»Sind es die Siedler?«, frage ich und lasse mich neben Mac in die Hocke sinken.

»Nein, es ist nur einer.« Er deutet unter der untersten Sprosse der Reling hindurch. Ein Reiter trabt schnell am Ufer des Flusses entlang, dort wo Gras und Sand glatt und weich genug für ein einzelnes Pferd sind. Er zieht eine Staubwolke hinter sich her.

»Sie haben einen Unterhändler geschickt«, stellt Brig fest.

»Der Admiral verhandelt nicht«, erwidere ich. Wenn man mit dem Admiral zu tun hat, wird man immer nur bezahlen, bezahlen und bezahlen.

Die Gruppe, die Porter in der Kantine versammelt, besteht größtenteils aus der Originalcrew und dazu einer Handvoll von Porters Frauen und Männern, die bewaffnet sind. Er hat ein paar von den Piraten draußen auf dem Deck zurückgelassen, um Wache zu halten. Er will, dass ich neben ihm stehe, zu seiner Linken. Das hatten wir doch schon mal.

Als ich den Blick über meine Crew schweifen lasse, wiederhole ich im Kopf ihre Namen. Eira Clyde, Kartographin und eine der wenigen, die mit mir vom Schiff gesprungen sind. Ophelia Hill, Steuerfrau. Laura Seng, Ärztin. Corwin Revis, Chefmaschinist. Owen Fales, Bergbauingenieur und Verräter. Aber der Priester ist weg, und noch zwei andere fehlen, vielleicht noch mehr.

Glauben sie, dass ich sie verraten habe? Sie enttäuscht habe? Ich sagte ihnen, sie sollten vom Schiff springen und mit mir wegrennen. Sie sind mir nicht gefolgt. Dann bin ich zurückgekommen, habe den Motor ausgeschaltet und sie dazu gebracht, dass sie auf die Panzerung einhacken.

»Der Admiral hat einen Unterhändler geschickt«, teilt Porter uns mit. »Ich bin von Bord gegangen, um mich mit ihm zu treffen. Er wartet am Ufer auf unsere Antwort.«

Ich beobachte Porter und versuche herauszufinden, was für eine Art Anführer er ist. Ein guter? Er hat den Unterhändler nicht aufs Schiff gelassen. Er ist hinausgegangen und hat die Gefahr allein auf sich genommen. Das scheinen tapfere Entschlüsse zu sein. Aber sind es nicht auch dumme?

»Bring den Unterhändler um«, rät Lily. »Auf der Stelle. Solange es noch geht. Das ist eine Botschaft, die der Admiral verstehen wird.«

»Der Unterhändler hat uns im Namen des Admirals einen

Handel vorgeschlagen«, erklärt Porter. Die Piraten im Raum murren, und die Besatzungsmitglieder rutschen nervös auf ihren Stühlen hin und her.

»Er sagt, wenn wir das Gold und Captain Blythe herausgeben, wird er uns nicht angreifen.«

Wie bitte?

Alle Augen im Raum sind auf mich gerichtet. Warum will der Admiral mich? Wenn der Unterhändler zurückkehrt, wird er dem Admiral erzählen, was er gesehen hat. Und was wird der Admiral tun, wenn er erfährt, was ich mit dem Schiff gemacht habe?

»Tötet den Unterhändler«, wiederholt Lily. Ich merke, dass sie denselben Gedankengang verfolgt wie ich. »Er wird dem Admiral sagen, dass wir die Panzerung demontieren. Dass wir schutzlos sind. Sie werden so schnell hier sein, wie sie können. Und wir müssen hilflos abwarten.«

Porter und ich wechseln einen Blick. »Das solltet ihr tun«, bestätige ich. »Das würden die Siedler machen. Sie stehlen Gold und sie töten.« Was ich nicht hinzufüge: *Genau wie ihr.* Aber es liegt sowieso unausgesprochen in der Luft.

»Ihn zu töten würde uns nicht viel mehr Zeit verschaffen«, erwidert Porter. »Wenn er nicht bald zu ihrem Lager zurückkehrt, werden sie uns sowieso angreifen.«

»Wir könnten dem Admiral die Hälfte von dem geben, was er will«, schlägt Mac vor. »Schicken wir den Captain mit dem Unterhändler zurück, dann werden wir ja sehen, was passiert.«

»Warum hat der Admiral nach mir verlangt?«

Mir fällt nur ein Grund ein. Irgendwoher weiß er, dass ich versagt habe. Er will mich bestrafen.

»Ist das alles, was der Admiral will?«, fragt Tam.

»Alles, was er will?«, fragt Lily kühl zurück. »Hältst du etwa seine Forderung nach Gold für angemessen?«

Porter hebt die Hand, und alle schweigen.

»Wir sind an einem Wendepunkt«, sagt Porter. »Jeder, der zur ursprünglichen Besatzung des Schiffes gehört, muss sich jetzt entscheiden: Entweder ihr kämpft mit uns, wenn der Admiral angreift, oder ihr werdet erschossen. Ich habe meinen Leuten die Erlaubnis dazu erteilt.«

»Woher weißt du, dass deine Piraten uns nicht sowieso bei nächster Gelegenheit abknallen?«, fragt Brig.

»Weil wir ohne euch nicht genügend Leute haben«, gibt Porter unumwunden zu. »Wenn ihr an unserer Seite kämpft, lassen wir euch leben.«

»Was ist mit den anderen von euch?«, fragt Naomi. »Es sind doch noch jede Menge da draußen.«

»Aber sie werden nicht kämpfen«, sagt Porter.

»Warum nicht?«, fragt Brig.

»Wir sollen für euch sterben, aber ihr kämpft nicht gemeinsam für eure Sache?« Schon während ich die Worte ausspreche, kommt mir das Bild von den Piraten in ihren Booten in den Sinn. Und da weiß ich Bescheid. Sie werden uns nicht zur Seite stehen, weil sie nicht hier sind. Weder auf dem Schiff noch am Ufer oder im Wald versteckt.

»Sie sind schon weitergezogen«, sage ich. »In den Booten.« Deswegen war das Dorf beinahe verlassen, als wir es anzündeten, deswegen waren nur noch so wenige Häuser in den Bäumen zurückgeblieben. Weil sie schon mit der Verlegung des Dorfes begonnen hatten. Selbst wenn Porter und seine Crew getötet werden und der Admiral sich das Gold nimmt, haben die übrigen Dorfbewohner eine Chance zu kämpfen und einen Vorsprung. Sie hätten schon etwas von dem Gold mit den Booten transportieren können, aber das war nie der Plan. Der Plan war von Anfang an gewesen, so viele Leute wie möglich zu schützen, während diese kleine Mannschaft das große Risiko auf sich nahm, den Bagger und seinen Schatz zu erobern.

»Die Leute auf dem Schiff sind alles, was wir jetzt haben«, sagt Porter.

»Und alle hier werden kämpfen. Erbittert.«

»Was ist mit der da?«, fragt Lily und deutet mit dem Ellbogen in meine Richtung. »Wir sollten sie mit dem Unterhändler zurückschicken, wie Mac gesagt hat. Vielleicht können wir etwas Zeit schinden, wenn wir schon einmal die Hälfte seiner Forderungen erfüllen.«

Porter mustert mich. Was sieht er? Eine hochgewachsene junge Frau mit geflochtenen Zöpfen und Schmieröl unter den Fingernägeln? Eine Brandstifterin, die versucht hat, sein Dorf anzuzünden? Spielt es eine Rolle, dass ich einmal einen von seinesgleichen geliebt habe und von ihm geliebt wurde?

»Ich überlasse es dir«, sagt er zu mir. »Du kannst mit dem Unterhändler gehen oder auf dem Schiff bleiben.«

Lily schnaubt verächtlich, hält aber die Klappe, als Porter ihr einen strengen Blick zuwirft.

Alle starren mich an. Tams Miene verrät Zwiegespaltenheit – sein Blick bohrt sich in meinen, sein Mund verzieht sich abwehrend. Er steht auf der Seite der Piraten, aber ihm scheint dennoch die Vorstellung nicht zu gefallen, mich zurückzuschicken und dem Zorn des Admirals auszuliefern.

Die meisten von meiner Besatzung machen den Eindruck, als wollten sie, dass ich mich freiwillig melde. *Warum nicht?*, sehe ich sie denken. *Es könnte uns Zeit verschaffen, und ein toller Captain war sie sowieso nie. Ich würde sie nicht vermissen, wenn sie weg wäre.*

Aber Brig schüttelt kaum merklich den Kopf. Er will nicht, dass ich gehe. Warum? Wenn er wirklich die Schachfigur des Admirals wäre, würde er dann nicht wollen, dass ich zu seinem Chef zurückkehre und ihm die Pläne der Piraten verrate, so dass er sie besser überwältigen kann?

Ich weiß nicht, warum, aber in diesem Moment gilt Brig mein größtes Vertrauen. Weil er mir als Erster vom Schiff gefolgt ist? Weil er sich im Wald niemals gegen mich gewandt hat, nicht ein Mal?

Aber er hätte ja auch nur so tun können. Er könnte mir auch jetzt etwas vorspielen.

Vielleicht mache ich mir etwas vor.

»Wir haben keine Zeit mehr«, sagt Porter, verschränkt die Arme und sieht mich aus seinen braunen Augen intensiv an. Augen, die Call als Kind gesehen haben, die sahen, wie der Admiral ihn gestohlen hat.

Ich will bei meinem Schiff bleiben.

Ich will dem Admiral nicht in die Arme laufen, um Zeit für Leute zu schinden, die ich gar nicht kenne. Aber ich kann den Bagger reparieren. »Ich bleibe«, sage ich. »Ihr braucht mich, um den Motor in Gang zu bringen.«

Es ist nicht mehr dein Schiff, verhöhnt mich eine leise Stimme in meinem Kopf. *Du hast ihnen gesagt, sie sollen die Panzerung abreißen, die du konstruiert hast.*

Also, warum hänge ich dann noch daran?

Das Schiff hat Gold geraubt. Menschen getötet. Den Fluss zerstört.

Das Schiff verdient es, zu sterben. Man sollte es aufgeben.

Aber ich bin dafür verantwortlich.

Und ich kann es nicht im Stich lassen.

Kapitel 36

»Er funktioniert nicht«, stellt Lily fest.

»Merke ich selber«, erwidere ich gereizt. Ich wische mir die schmutzigen Hände an den Hosen ab und hebe den Blick zu Porter, der runter zum Förderdeck gekommen ist, um sich nach unseren Fortschritten zu erkundigen. »Ich schwöre, dass ich alles getan habe, um ihn wieder zum Laufen zu bringen.«

Ich habe das Metallgehäuse um den Motor abgeschraubt, um besser dranzukommen. Der Motor ist in keinem guten Zustand. Sie haben ihn überdreht. Aber wir müssen nicht mehr weit kommen. Wir müssen nicht mehr das ganze Stück bis zum Außenposten fahren. Wir müssen nur so schnell wie möglich zum Treffpunkt der Piraten gelangen.

Ich versuche nicht nur, den Motor zu reparieren. Ich kopple auch alle Nebenantriebe ab, die wir nicht brauchen, damit ich mehr Leistung herausholen kann. Dadurch können wir schneller fahren als je zuvor. Schneller als mit der Geschwindigkeit, für die das Schiff gebaut wurde.

»Wie viel Zeit haben wir noch?«, fragt Lily. Sie versucht auszurechnen, wie schnell uns die Siedler erreichen werden. Porter hat den Unterhändler mit der Nachricht zurückgeschickt, dass sie sich auf keinen Handel einlassen werden.

»Der Admiral reist nicht oft«, sage ich. »Und wenn, dann mit Pferdewagen und Reitern. Die Reiter sind schnell, aber die Wagen nicht.«

»Wie schnell können sie vorankommen?«, fragt Lily.

»Ich weiß es nicht genau«, sage ich. »Ich habe nie auf einem Wagen gearbeitet.« Sie bestehen aus Metall und sind aus alten Lastern von vor dem großen Auszug gemacht, deren Kabinendächer abgesägt wurden, um Luft hereinzulassen. Manche haben noch funktionierende Motoren, aber sie brauchen Benzin, und das ist eine kostbare Seltenheit im Außenposten. Andere werden von starken Pferden gezogen.

Es ist nicht leicht, stromaufwärts zu fahren, weder mit einem motorbetriebenen Fahrzeug noch mit einem von Pferden gezogenen.

Motoren und Pferde: Beide brauchen Futter.

Warum hat der Admiral die Solartechnologie des Baggers nicht auf die Wagen angewendet?, frage ich mich. *Bestimmt hätte irgendjemand herausgefunden, wie man das bewerkstelligen kann.*

Na schön. Er hat mich nie darum gebeten, und es ist jetzt nicht mein Problem

»Ich glaube, wir haben noch ein paar Tage«, sage ich. »Für einen Unterhändler ist es leicht, schnell den Fluss entlangzureiten. Aber es gibt keine Straße für die Kutschen in der Nähe des Ufers. Sie werden sich einen Weg bahnen müssen.«

Ich hoffe, dass wir noch mehrere Tage haben. Meine Schätzung basiert auf dem, was ich über die Kutschen weiß und was Eira, Porter und ich mit Hilfe einer Kombination der Siedler- und Piratenkarten ausgerechnet haben.

Ich bedeute Porter, mit mir zusammen hinauf auf das kleinere Deck zu gehen, so dass wir ungestört reden können.

Lily folgt uns natürlich. Wir steigen die Metalltreppe hinauf, und obwohl es nicht viele Stufen sind, ist mir schwindelig, als wir oben ankommen. Ich schlafe nicht genug, und die Wunde an meiner Hand ist immer noch entzündet. Gespielt lässig lehne ich mich gegen die Wand, um meine Erschöpfung zu verbergen, die Handfläche neben den eingravierten Signalen: drei kurze Klingeltöne bei einem Notfall. Das Metall unter meiner Hand fühlt sich kühl und rau an.

»Ich glaube, dass jemand meine Arbeit sabotiert«, beginne ich.

Lily imitiert meine Haltung und stützt sarkastisch einen Arm gegen die Wand. Sie ist mir auf dem Förderdeck auf Schritt und Tritt gefolgt, seitdem Porter mir die Erlaubnis erteilt hat, den Motor zu reparieren. »Also ist jemand anderer schuld, dass du es nicht schaffst?«

Ich ignoriere Lily und wende mich an Porter, der mit den Fingern gegen sein Bein trommelt. Sein Gesicht verrät niemals Panik oder Furcht, nicht einmal jetzt, wo uns die Zeit immer schneller durch die Finger rinnt. »Ich will, dass alle das Förderdeck verlassen«, fahre ich fort. »Ich brauche Ruhe. Ich muss nachdenken. Das kann ich nicht, wenn mir ständig jemand über die Schulter schaut.«

Porter schüttelt den Kopf. »Das kann ich nicht zulassen.«

»Aber ich komme einfach nicht weiter«, erwidere ich zähneknirschend. »Obwohl ich weiß, dass ich es könnte. Du könntest bei mir bleiben. Das wäre in Ordnung.« Aber er hat nicht die Zeit dazu. Er hat zu viel anderes zu tun.

»Ich muss jemanden unten bei dir lassen«, stellt Porter fest.

»Dann lass Lily bleiben«, schlage ich vor.

»Wen?«, fragt Porter.

Lily kann ihre Überraschung nicht verbergen. »Wie bitte?«

»Falls mir irgendetwas passiert, falls uns der Admiral einholt, brauchst du jemanden, der weiß, was ich gemacht habe«, argumentiere ich. »Und es sollte möglichst niemand von meiner Besatzung sein.« Es schmerzt mich, das ihnen gegenüber zugeben zu müssen. Aber ich glaube nicht, dass es ein Pirat ist, der meinen Versuch untergräbt, das Schiff zu reparieren. Welchen Grund hätte irgendjemand von ihnen, das zu tun? Ich deute auf Lily. »Aber sie kann bleiben. Solange sie mir nicht im Weg rumsteht.«

»In Ordnung«, stimmt Porter zu. »Ich befehle den anderen, euch allein zu lassen. Aber ich kann dir nicht lange Zeit geben.«

»Das bedeutet, dass du genau zusehen musst, was ich tue«, sage ich zu Lily, »und dass du auf mich hören musst.«

Lily verdreht die Augen.

Porter verzieht die Lippen zu etwas Ähnlichem wie einem Grinsen.

»Wo kommst du eigentlich her?«, frage ich Lily, während ich arbeite. Ihr Akzent, ihre Stiefel, ihr Verhalten manchmal – alles weist darauf hin, dass sie weder Piratin noch Siedlerin ist. Am meisten fasziniert mich, dass sie immer noch sie selbst ist, immer noch anders, und trotzdem eine Heimat gefunden hat. Porter respektiert sie, und die Piraten betrachten sie als Teil ihrer Gruppe.

»Was geht dich das an?«

Ich möchte wissen, wie du das machst. Stattdessen sage ich:

»Ich möchte wissen, was es sonst noch dort draußen gibt.« Ich drücke den Schalter, um den Motor zu starten, und er erwacht brummend zum Leben. Wunderbar! Ich verschränke beide Hände hinter dem Kopf, recke mich zufrieden und brumme ein Weilchen mit.

Lilys Gesicht hellt sich auf. »Du hast es geschafft!« Ein paar Minuten lang stehen wir da und hören beide zu, wie der Motor läuft, der sich besser und besser anhört, bis ... ich ihn abschalte.

»Was machst du denn da?«

Ich bedeute ihr, still zu sein, und lausche genau auf die Geräusche des auslaufenden Motors. Ich fasse vorsichtig in den Motorraum. Es ist eng da drin.

»Was machst du denn da?«, fragt Lily erneut. Diesmal mit einer Prise Neugier.

Ich wische mir die Hand an einem schmutzigen Lappen ab und bedeute ihr, genau hinzuhören. »Pass gut auf. Das solltest du dir merken. Ich habe das Kontrollinstrument am Motor entfernt, das verhindert hat, dass die Schiffsschrauben mit maximaler Geschwindigkeit laufen.«

»Was bedeutet das?«, fragt Lily.

»Der Kontrollmechanismus verhindert, dass sich der Motor zu sehr erhitzt und blockiert«, erkläre ich. »Die Schiffsschrauben wurden so entworfen, dass sie niemals im Verhältnis eins zu eins zum Motor laufen.« Lily hat die Hände auf die Hüften gestemmt und hört mit gerunzelter Stirn aufmerksam zu. Ich versuche, es ihr so einfach wie möglich zu erklären. »Ich habe den Schalter herausgenommen und einige Teile des Fördersystems so eingebaut, dass wir jetzt mit voller Eins-zu-eins-Kraft laufen können.« Als ich das sage, blitzen ihre blauen Augen auf, und ich sehe, dass sie mich verstanden hat. Ich werde den Motor überhitzen und zerstören. Ich opfere seine ganze Kraft dafür, dass er die Schiffsschrauben antreibt. Und wir genügend Geschwindigkeit machen.

»Er braucht nicht ewig zu halten«, erkläre ich. »Nur lange genug, um uns bis ans Ziel zu bringen. Und wir müssen einfach schneller vorankommen.«

»Meinst du wirklich, du schaffst es, uns so schnell zu machen, dass wir den Siedlern entkommen?«, fragt Lily.

»Hoffen wir's.« Ich betrachte den Motor. Ich habe nichts Ungewöhnliches gespürt. Er klingt auch gut, nur fahren wir einfach nicht schneller. Das aber sollte jetzt passieren, bedingt durch meine Veränderungen. Also, was drosselt ihn?

»Halt das mal kurz«, sage ich und drücke Lily eine Werkzeugkiste in die Hand. Ich rutsche unter den Motor; den Rücken unbequem gegen den Metallboden des Schiffs gepresst.

»Der Ort, wo ich herkomme«, sagt Lily nach ein paar Augenblicken. »War gut und schlecht. Beides.«

»Willst du wieder dahin zurück?«

»Nein«, antwortet sie.

»Warum nicht?« Man kann nicht erwarten, dass es irgendwo nur gut ist. Ein Ort, der sowohl gut als auch schlecht ist, klingt doch ganz vernünftig.

»Ich lebe gern bei den Vagabunden«, sagt sie. »Es kostet sie ihre ganze Kraft, für Nahrung und Wohnung zu sorgen. Aber irgendwie sind sie dadurch nicht hart geworden.«

Ich ziehe die Augenbrauen hoch, während ich weiterarbeite. Sie muss ahnen, was ich denke, obwohl sie mich nicht sehen kann, denn sie sagt: »Es ist wahr. Sie können gnadenlos sein, wenn sie es müssen. Aber sie sind nicht grausam.«

Da habe ich es! Jemand hat einen Magnetregler am Motor angebracht, um die Energie zu reduzieren, die der Motor eigentlich durch die Solarzellen beziehen müsste.

»Ich brauche den Hahnenfußschlüssel«, sage ich zu Lily.

Lily reicht ihn mir. »Porter und ich arbeiten gut zusammen«, sagt sie. »Er respektiert mich.«

»Ja, das tut er.« Das ist mir auch aufgefallen. Und ich bin ein bisschen neidisch. Ich wünschte, es gäbe jemanden, der mich als gleichberechtigt ansehen würde. Nicht weniger. Nicht mehr.

»Er weiß, dass ich seine Situation verstehe«, fährt sie fort. »Dass ich akzeptiere, dass es immer gefährlich ist, wenn man für die Sicherheit anderer sorgen muss.«

Sie klingt nicht, als wolle sie angeben, aber man hört durchaus, dass sie stolz darauf ist. Ich wünschte, ich wäre so wie sie. Ja, so will ich auch sein. Ich möchte die Gewissheit haben, dass man mir vertraut und mich respektiert und dass ich das auch so sagen kann.

»Wie bist du so geworden?«

»Ich bin schon einmal gestorben«, antwortet sie.

Ich ziehe die Nase kraus, so absurd erscheint mir diese Behauptung. »Du willst mir doch nicht etwa erzählen, dass du an Wiedergeburt glaubst, so wie der Admiral?«

»Nein«, erwidert Lily. Sie klingt jetzt ganz nüchtern. »Ich hatte einen Unfall. Ich wäre beinahe verbrannt. Ich hätte alles verlieren können. An den Punkt möchte ich wirklich nicht noch einmal kommen. Aber wenn es sein muss, gehe ich das Risiko ein.«

Ihr Gesicht erscheint unter dem Motor; das Haar hängt ihr in die Augen. Sie schiebt es beiseite. »Sollte ich nicht lernen, wie du das machst?«

»Dann schau zu«, sage ich. »Und keine Angst. Du musst nicht wissen, wie alles genau funktioniert. Es reicht, wenn du weißt, was du im Notfall zu tun hast, und es später einem der Maschinisten sagen kannst.«

»Wir sollten also zumindest einen Maschinisten am Leben lassen«, bemerkt Lily trocken.

»Und dann hoffen, dass es nicht einer von denen ist, die versuchen, das Schiff zu sabotieren.«

»Meinst du wirklich, das ist passiert?«, fragt sie.

»Das ist sehr wahrscheinlich«, gebe ich zu.

Ich habe den Magnetregler abmontiert, rutsche unter dem Motor hervor und schließe die Stromzufuhr für die Schiffsschrauben an.

Ich schaue Lily an, mein Gesicht schmutzig und verschwitzt, und grinse dann so breit, dass ich die Lachfältchen spüre. Das Schiff vibriert vor neuem Schwung.

Ich habe ihm die Zügel schießen lassen.

Schneller! Schneller! Wir sind unterwegs, und wir leben noch. Das ist doch schon mal etwas. »Spürst du das?«, frage ich Lily.

Das tut sie.

Die nächsten anderthalb Tage hält der Motor durch, aber alle bleiben auf der Hut. Mit Hämmern und Schweißbrennern entfernt eine Mannschaft die restliche Panzerung oben auf dem Deck, genauso, wie wir es schon an den Bordwänden getan haben.

Wir kommen gut voran, aber uns bleibt trotzdem nur noch wenig Zeit.

Ich halte Wache auf dem Förderdeck, um den Motor zu beschützen, abgelöst von Lily, Porter oder Mac. Ich schlafe nachts ein paar Stunden, und Tam bringt mir etwas zu essen herunter, wenn er kann. Ich vermisse Brig.

»Die Leute hassen dich nicht mehr so sehr«, bemerkt Tam.

»Vielen herzlichen Dank.«

»Nein, wirklich«, sagt er. »Viele von ihnen glauben, dass du die richtige Entscheidung getroffen hast. Und manche meinen, dass uns die Panzerung sowieso nicht ausreichend gegen die Siedler geschützt hätte.«

»Meine Panzerung hat einwandfrei funktioniert.« Ich bin beleidigt.

»Sie meinen, dass wir uns zwar hinter der Panzerung hätten verschanzen und weiterfahren können, die Siedler uns aber irgendwann eingeholt hätten«, sagt Tam. »Sie hätten nicht mal versuchen müssen, das Schiff zu entern. Sie hätten uns einfach nur aushungern müssen.«

Porter kommt für ein paar Momente runter, stellt sich neben den Motor und lauscht. »Läuft mit voller Kraft«, stellt er fest.

»Und zwar, ohne zu mucken.«

»Ist nicht mehr weit.« Er schaut mir in die Augen. Ich nicke ihm zu und sammle das Werkzeug ein, das ich herausgeholt habe, um dies und das zu justieren. Während ich es in ein Öltuch einwickle und wieder in den Kasten lege, höre ich Porter sagen: »Wir könnten es schaffen.«

Er klingt überrascht.

Ich brauche etwas frische Luft nach der Hitze und dem Lärm auf dem Förderdeck. Während ich die Treppen hinauf ganz nach oben gehe, denke ich über das nach, was Porter gesagt hat. Hat er die ganze Zeit geglaubt, dass unser Versuch, den Siedlern zu entkommen, von vornherein zum Scheitern verurteilt war?

Ich kann verstehen, warum er ihn trotzdem gewagt hat. Nur eines ist schlimmer, als nach dem Unmöglichen zu streben: Gar nichts zu tun. Auf diese Art und Weise wird man von seinen Dämonen eingeholt. Und mit sich selbst konfrontiert.

Brig ist unter den Wachhabenden. Er lächelt mich an, und ich überquere das Oberdeck, das voller Dellen und Kratzer ist, dort wo die Panzerung war.

»Es ist ein ganz anderes Schiff«, sagt er. »So ohne Panzerung. Und wir machen richtig Fahrt!« Er streckt die Hand nach einer Strähne aus, die aus meinem Zopf entwischt ist. »Schau mal«, sagt er, denn mein Haar flattert im Fahrtwind. Wir sind noch nie so schnell gefahren, dass das passieren konnte.

Das Baggerschiff badet im Licht; orangefarben, rosa und golden, aber es ist nichts im Vergleich zu dem, was die Sonnenstrahlen und die Farben mit dem Himmel, den Bäumen und dem Wasser anstellen.

»Ist ja furchtbar hier draußen«, sage ich, und Brig lacht.

Wolken fliegen in der Ferne vorbei, und die Bäume am Ufer tanzen im Sonnenuntergang. Trotz der Brise ist es schwül und heiß. Erleichterung erwartet uns erst, wenn die Wolken aufbrechen und es regnet. Ich wäre gern hier oben, um das zu erleben, den kühlenden Hauch nach der Hitze, die Erlösung.

»Warum habt ihr eigentlich aufgegeben?«, frage ich. »Warum seid ihr zurück zum Schiff gekommen, nachdem die Piraten mich gefangen hatten? Ihr hättet doch da draußen bleiben können. Ihr hättet weglaufen können.« Ich will es wissen. Wer bist du, tief im Inneren?

»Naomis Verletzung musste behandelt werden«, erklärt Brig. »Und Tam meinte, wir könnten dir besser helfen, wenn wir zurück an Bord gingen. Eira war derselben Meinung.« Er schüttelt den Kopf. »Natürlich war das, bevor wir wussten, dass Tam mit den Piraten unter einer Decke steckt.«

»Und du?«, frage ich. »Was ist mit dir?«

»Ich habe beschlossen, mit ihnen zurückzugehen.« Brig schaut mir tief in die Augen. »Er hat dich geliebt.« Brig schluckt. »Der, von dem Naomi uns erzählt hat. Der, für den du gebrannt hast.« Brig weiß, dass ich an Call denke. Es ist unmöglich für mich, das hier oben auf dem Deck nicht zu tun.

»Ja«, sage ich. »Das hat er getan.«

»Ich wünschte ...«, beginnt Brig.

Was wünschte er?

Aber mehr bringt er nicht heraus. Ich höre, dass seine Kehle wie zugeschnürt ist. Ich sehe Sehnsucht in seinen Augen und in seinen zusammengepressten Lippen. Der Wind fährt ihm durch die Haare; es hat immer noch nicht abgekühlt.

Ich weiß, wie es sich anfühlt, jemanden zu lieben, den man nicht haben kann. Jemanden, von dem man weiß, dass man ihn nie haben wird. Du wirst nie sein Gesicht berühren, die Hand an seine Wange legen, und der andere wird niemals dich berühren.

Niemals.

Und mir wird noch etwas klar.

Ich glaube, Brig weiß, wie sehr ich mir wünsche, er wäre Call.

Brig und ich stehen nebeneinander, ohne zu reden oder uns zu berühren, während die Sonne hinter den Bäumen verschwindet. Mein Schmerz ist so immens wie das Universum und so klar umrissen wie jeder einzelne Stern.

Kapitel 37

Tief in meinem Traum weiß ich, dass irgendetwas nicht stimmt. Mein Bewusstsein kämpft sich hinauf an die Oberfläche, die reale Welt. Weg von Call und dort, wo er mich in der Dunkelheit getroffen hat, an dem letzten Ort, wo ich ihn noch finden kann, tief verborgen und geheim, wenn ich im Schlaf gefangen bin.

Das Schiff hat angehalten.

Ich fahre hoch und greife nach meinen Stiefeln. Warum läuft es nicht? Was ist passiert?

»Romy!«, ruft Lily draußen vor meiner Tür. »Beeil' dich! Die Siedler haben uns eingeholt!«

Ich ziehe die Stiefel an und reiße die Tür auf. »Warum hast du nicht den Hauptalarm ausgelöst?«, rufe ich und nehme das Gewehr und die Munition von ihr an, die sie mir reicht. Wir rennen den Gang hinunter zur Treppe.

»Er funktioniert nicht«, antwortet Lily grimmig. »Jemand hat ihn zerstört.«

»Wer ist jetzt unten auf dem Förderdeck?«, frage ich. Lily hatte eigentlich die Nachtschicht. »Warum hat das Schiff angehalten?« Mein Herz rast. Habe ich wieder einen Fehler gemacht? Hat sich der Motor festgefressen, weil ich ihn überlastet habe? Ich hatte geglaubt, er würde länger laufen.

»Porter hat befohlen, ihn abzuschalten, als er die Siedler kommen sah«, sagt Lily.

»Aber warum denn?«, frage ich ungläubig.

»Jetzt komm schon!«, sagt Lily ungeduldig und ignoriert meine Frage. »Wir brauchen alle auf dem Oberdeck, die schießen können. Die Siedler belagern uns auf beiden Seiten des Flusses!«

Ich bleibe stehen. Ich gehe nicht mit hinauf, bevor sie es mir erklärt. »Warum hat er befohlen, das Schiff zu stoppen?«

Frustriert brüllt Lily mich an: »Weil er die Siedler nicht zum Rest unserer Gruppe führen will!«

Ich fluche. Wir werden noch alle umgebracht, nur um sie zu retten.

»Wer ist jetzt unten beim Motor?«, frage ich.

»Du wirst ihn nicht einschalten!«, erwidert Lily. »Das ist gegen Porters Befehle!«

Sie kapiert es nicht. Klar würde ich das Schiff gern wieder starten und vermeiden, dass sich wieder irgendjemand am Motor zu schaffen macht, aber es gibt noch ein anderes Problem. »Wer bewacht den Absetzer?«

»Verdammt!«, ruft Lily. »Daran habe ich gar nicht gedacht!«

»Daran hast du nicht gedacht?«, frage ich. »So seid ihr doch reingekommen!«

»Wir hatten Gleiter.«

»Vielleicht haben die Siedler auch etwas erfunden.«

Wir haben die Treppe erreicht. »Ich gehe runter«, sagt sie. »Du gehst rauf. Porter hat nach dir gefragt.«

Ich drücke die Tür auf und klettere an Deck, hinüber zur Westseite des Schiffs, wo die anderen stehen. Ich schabe mit dem Knie über ein scharfkantiges Metallstück, wo die Panzerung gesessen hat, und spüre den Schnitt in der Haut. Die Piraten und meine Mannschaft hocken geduckt hinter der Reling. Als ich einen Blick auf das Ufer werfe, sehe ich die Siedler auf ihren Metallwagen und auf ihren Pferden, bereit zum Angriff. Sie haben sich entlang des Ufers und auf den Sandbänken postiert.

Sie haben uns in die Zange genommen.

»Bleibt unten!«, ruft Porter. »Wir warten, bis sie den ersten Schuss abfeuern.«

Ich überprüfe mein Gewehr. Alles bereit. Währenddessen höre ich eine vertraute Stimme rechts von mir.

»Wir haben es fast geschafft«, seufzt Tam.

»Wir können es immer noch schaffen.« Verzweiflung schleicht sich in meine Stimme, aber ich versuche, sie zu unterdrücken und genauso ruhig zu bleiben wie Porter. »Wir nehmen sie uns vor, einen nach dem anderen, bis wir sie los sind.«

»Hast du schon einmal so gekämpft?«, fragt Tam. »Während deiner ersten Expedition?« Er klingt entschlossen und furchtsam zugleich. Seine nussbraunen Augen sind fest auf das Flussufer gerichtet.

Bevor ich antworten kann, eröffnen die Siedler das Feuer.

Die ersten Schüsse treffen den Schiffsrumpf unterhalb der Reling, und mein Herz klopft so laut in meiner Brust, dass ich die Hand darüberlege. *Romy. Romy. Romy.* In dem Moment weiß ich genau, was ich will. Ich weiß, auf wessen Seite ich stehe.

»Wenn ihr sie genau ins Visier kriegt«, ruft Porter, »schießt, was das Zeug hält!«

Lilys Worte gehen mir nicht aus dem Kopf. Jemand hat den Hauptalarm zerstört. Noch immer sabotiert uns jemand. Ist derjenige hier oben an Deck? Wird mich jemand in den Rücken schießen, so wie sie es mit Call gemacht haben?

Ein Schuss von unserem Schiff. Ich kann nicht erkennen, wer ihn abgefeuert hat.

Dann eine ganze Salve, von unserer und von ihrer Seite, Rückschläge, Gewehrfeuer, einschlagende Kugeln.

Am südlichen Ende des Schiffs sinkt jemand zu Boden.

Mund, trocken. Hände, kalt. *Tu es! Beeil' dich!*

Ich ziele mit zusammengekniffenen Augen. Da! Ein Siedler, er hockt neben einem Busch, die Waffe in der Hand. Ich schieße. Ist er gefallen? Ich weiß es nicht.

Und wieder.

Knall. Klick. Echo.

So klingt ein Gewehr. Mein Gewehr.

Knall. Klick. Echo.

Wieder und wieder, bei allen rechts und links von mir, überall auf dem Deck.

Knallklickknallklickknallklickecho.

Die Siedler sind so viele. Die Piraten haben unsere Mannschaft überwältigt, weil sie in der Überzahl waren. Diesen Vorteil haben sie jetzt nicht mehr, da die meisten von ihnen flussaufwärts in Sicherheit geflüchtet sind, zu ihrem Treffpunkt. Die Siedler sind uns zahlenmäßig und von der Bewaffnung her überlegen. Und sie haben Heckenschützen, die in Bäume klettern und oben auf den Wagen sitzen. Ich blicke nicht hinüber auf die Ostseite des Flusses, um zu sehen, was dort passiert. Wir haben hier genug zu tun.

Knall. Klick. Echo.

Einer unserer Leute stürzt über die Reling in den Fluss.

Es ist überraschend, wie intim das ist. Wie ich trotz des breiten Flusses und der Größe des Schiffs die Gesichter der Siedler erkennen kann, die zu uns aufblicken, ihre Gewehre, ihre Arme, die sie anheben, um zu töten.

Mir wäre es lieber, sie nicht sterben sehen zu müssen.

Tam erwischt einen Heckenschützen, der leblos von einem Baum fällt und hart auf dem Boden auftrifft.

»Wann hast du gelernt, so zu schießen?«, frage ich Tam.

»Ich bin in der Nähe des Milizausbildungslagers groß geworden«, erklärt er. Blitzschnell lädt er sein Gewehr neu, und ich bin nicht viel langsamer. Jeder Moment zählt, jeder Knall bedeutet, dass eine Kugel auf uns zufliegt. »Wir müssen diese Heckenschützen erledigen, denn wir wollen, dass die Vagabunden eine Chance haben.«

Wenn Tam von den Vagabunden spricht, sagt er aber niemals »wir«. Nicht, dass er sich ausgrenzen will – er spricht sehr respektvoll von ihnen. Es ist eher so, als wüsste er nicht genau, ob er wirklich zu ihnen gehört.

»Du wurdest nicht als Kind aus dem Kreis der Vagabunden gestohlen«, erwidere ich. »Und trotzdem hast du ihnen geholfen. Warum?«

»Weil sie mehr von der Welt kennen als wir«, antwortet Tam und legt sein Gewehr an. »Du magst sie doch auch.«

»Stimmt«, sage ich. Tam lächelt mir zu. Wir stützen unsere Gewehrläufe auf die Reling und nehmen einen Heckenschützen ins Visier, der auf uns zureitet.

»Eins«, zählt Tam, »zwei«, aber dann hat er ihn perfekt im Visier und schießt, ohne bis drei zu warten. Ich feuere eine Sekunde später, der Reiter ist getroffen, schleudert in seinem Sattel herum, die Waffe fällt ihm aus den Händen. Das war Tams Schuss. Meiner war weit daneben, hat das Ziel verfehlt und zerfetzt nur die Blätter eines Baumes in der Nähe.

»Was für ein Schuss«, sage ich zu Tam, und aus dem Augenwinkel heraus sehe ich ihn grinsen, und dann

und dann
spritzt Blut,
aus seiner Brust,
und er fällt.

»Nein, nein, nein!«, rufe ich, presse die Hand auf die Wunde und versuche, die Blutung zu stoppen. Blut und Fleisch kleben an meinen Fingern, Tams Haut ist noch warm. »Er wurde getroffen!«, rufe ich der Ärztin zu, Laura, die so schnell sie kann geduckt über das Deck kriecht.

Aber es hat keinen Zweck.

Tam ist tot.

Diesmal habe ich es miterlebt.

Kapitel 38

Tams Blut bedeckt meine Hände. Seine Leiche liegt auf dem Deck neben mir.

Ein Déjà-vu.

Ich weiß nicht, was ich machen soll.

Ich kann nur an eines denken.

Geduckt renne ich über das Deck zur Treppe. Mitten im Lärm der Schüsse ruft jemand mir etwas zu, ich glaube, ich höre »Feigling« –, aber ich habe keine Zeit, mich darum zu kümmern. Ich kann nur an eines denken, und das werde ich tun.

Ich bin zu schnell. Ich falle halb die Treppe runter, aber mir passiert nichts, in einer Sekunde bin ich wieder auf den Beinen. Ich renne den Gang runter, reiße die Tür zu meiner Kajüte auf und finde das, was ich suche, auf meinem Schreibtisch.

Meinen Kapitänshut.

Werden die Siedler ihn aus der Ferne erkennen?

Wird es etwas nützen?

Ich reiße den Bezug von meinem Kissen und renne die Treppe wieder hoch. Auf halbem Wege remple ich von hinten Eira an. Sie hat die Arme voller Munition aus dem Waffenschrank.

Als wir uns wieder aufrappeln, hebt sie meinen Hut und den Kissenbezug auf. »Was hast du vor?«

»Tam ist tot«, sage ich, und sie zuckt zurück wie vom Rückschlag eines Gewehrs getroffen. Von oben hören wir Schreie und das gedämpfte Knallen von Schüssen.

Ich dränge mich an Eira vorbei und renne weiter die Stufen hinauf.

Hoffentlich tue ich das Richtige!

Hoffentlich bewirkt es etwas, irgendetwas!

Jemand hat Tams Leiche beiseitegezogen und auf einen Haufen mit mehreren anderen geworfen. Wir haben sieben Leute verloren. Mehr können wir uns nicht leisten.

Ich will den toten Tam nicht ansehen, doch mein Blick wird wie magisch von ihm angezogen.

Tut mir leid tut mir leid tut mir leid!

Seine Augen, sein Mund, diese furchtbare, klaffende Wunde in seiner Brust, wo die Kugel ausgetreten ist ...

Moment mal.

Die Kugel ist zur Brust rausgekommen? Wir standen den Siedlern gegenüber. Sie hätte in seine Brust eindringen müssen, nicht umgekehrt.

Jemand auf unserem Schiff hat ihn erschossen.

Ich zittere vor Wut am ganzen Körper. Ganz ruhig! Ich hocke mich hin und blicke mich überall auf dem Deck um. Da! Eine Bewegung, seltsam und präzise, mitten in dem Tumult. Jemand dreht sich um, ganz vorsichtig. Jemand wartet, bis das Gewehrfeuer so ohrenbetäubend laut ist, dass es niemandem auffällt, und feuert dann, quer über das Schiff, in unsere eigenen Leute hinein. Ein Vagabund fällt.

Eine kleine, grauhaarige Gestalt, gefasst, kühl, gnadenlos.

Es ist Naomi!

Wie konnte sie nur – warum?, schießt es mir durch den Kopf, und der Mut verlässt mich. Ich will das nicht glauben, aber ich habe genug gesehen, um Bescheid zu wissen. Sie hat geschossen. Einer der Unseren ist gefallen.

Wo ist Brig?

Da. An der westlichen Reling, ein paar Plätze neben der Stelle, an der Tam und ich gestanden haben. Ich sprinte über das Deck – Augen und Gewehr auf Naomi gerichtet – und dränge mich neben ihn.

»Brig!«, keuche ich, »Naomi schießt auf uns!«

Er hält den Blick auf die Siedler gerichtet, ich behalte Naomi im Auge.

»Bist du sicher?«, fragt er, und in dem Moment ...

Sie dreht sich um, sieht mich an, und ihre Miene verändert sich, verhärtet sich zu einem Ausdruck der Befriedigung.

Als hätte sie mich die ganze Zeit schon so angesehen.

Sie will mich erschießen.

Warum jetzt?, frage ich mich. *Warum hat sie mich nicht schon früher umgebracht?*

Doch dann lässt Naomi ihr Gewehr leicht sinken. Sie will mich ausschalten, aber nicht töten.

Warum?

Irgendetwas an meinem Schweigen warnt Brig. Ich spüre, wie er sich umdreht, und bevor Naomi feuern kann, sinkt sie zu Boden, hält sich den Arm und Brig ist schon unterwegs über das Deck. »Sag Porter Bescheid!«, ruft er. »Ich sperre sie unten ein.«

»Naomi hat oben auf dem Deck unsere eigenen Leute erschossen«, berichte ich Porter. »Brig hat sie außer Gefecht gesetzt.«

Porter nickt, legt sein Gewehr an und lässt den Blick nicht von den Siedlern am Ufer.

»Sie ist nicht tot«, erkläre ich. »Nur verletzt.«

»Wir bringen das in Ordnung«, sagt er, und ich spüre, wie mir der Mageninhalt hochkommt.

»Tam ist auch tot«, füge ich hinzu, denn es ist wichtig, ich habe das Gefühl, als sollten die Leute es wissen, und diesmal verändert sich Porters Gesicht, und ein Muskel zuckt zur Antwort oder vor Kummer. Aber wir haben jetzt keine Zeit für so etwas.

»Warum hast du das Schiff angehalten?«, frage ich. »Wir hätten es schaffen können.«

»Ich führe die Siedler nicht zum Rest meiner Gruppe.«

»Du schützt deine Leute auf Kosten meiner«, stelle ich fest.

»Es geht nicht nur um meine Leute«, erwidert Porter. »Da draußen sind noch andere.« Er ruft: »Sie drehen nach Norden ab!« und befiehlt mir: »Zurück auf deinen Posten!«

»Wir werden nicht für Gold sterben!«, erwidere ich ihm. »Damit ist Schluss!«

Zurück auf meiner Position, wo Tams Tod eine Lücke in der Reihe und Blutspuren an der Reling hinterlassen hat, stehe ich auf. Ich ziehe meine Zöpfe über die Schultern und setze mir den Kapitänshut auf. Wenn die Siedler Feldstecher benutzen, werden sie sehen, dass ich es bin. Ich hebe den weißen Kissenbezug und schwenkte ihn wie eine Flagge.

Werde ich es spüren? Wie sehr wird es schmerzen?

Bitte nicht in den Rücken, so wie Call.

So wie Tam.

Trefft mich, wo ich es sehen kann. Wo ich das Blut austreten sehe, während ich sterbe, so dass ich weiß, für einen Moment wenigstens, dass ich gelebt habe und jetzt gehe.

Kapitel 39

Viele Hände zerren an mir, wollen, dass ich mich wieder ducke: »Was machst du denn da?!«

»Was soll das?«

Ich halte mich mit einer Hand an der Reling fest und schwenkte mit der anderen meine improvisierte Flagge.

Eine Kugel prallt von der Reling ab.

»Romy!«

Das ist Brig.

Erneut sinkt einer von uns auf dem Deck zu Boden, nur ein paar Meter von uns entfernt. Die Siedler am Ufer scheinen unbesiegbar zu sein. Zwar liegen auch bei ihnen Leichen am Boden, aber die meisten stehen noch aufrecht.

Es sind so viele! Und da! Hinter den anderen, halb im Gebüsch verborgen, außerhalb der Schusslinie.

Der Admiral.

Ich würde am liebsten die Flagge fallen lassen, mein Gewehr heben und auf ihn schießen, egal, wie weit er weg ist. Auch wenn er dafür gesorgt hat, außer Reichweite zu sein.

»Schießt nicht auf Captain Blythe!«, höre ich Porter rufen. Wie viele von den Vagabunden und der Mannschaft hatten schon auf meinen Rücken gezielt? Ich drehe mich nicht um, um es herauszufinden. »Nicht schießen!«

»Du rettest so viele von deinen Leuten, wie du kannst«, rufe ich ihm zu, in der fast vollständigen Stille und durch den Rauch unserer Schüsse hindurch, in der Pause, die nicht anhalten wird. »Ich muss dasselbe für meine Leute tun!«

»Romy!«, stößt Brig verzweifelt hervor. »Was machst du denn da?«

»Ich ergebe mich«, antworte ich.

Kapitel 40

Die Siedler sperren uns in der Kantine ein.

Ich hatte gehofft, sie würden das Vorderdeck wählen.

Ein paar von meiner Mannschaft werfen mir tödliche Blicke zu. Die Vagabunden versuchen, mich anzuspucken, und verfluchen mich. Lilys Augen sind voller Wut, woran ich gewöhnt bin, und voller Enttäuschung wegen meines Verrats. Das ist neu. Sie hat noch nie etwas von mir erwartet, so dass ich sie bisher nicht enttäuschen konnte.

Tut mir leid, Lily.

Porter hat schließlich den Motor abgeschaltet, als uns die Siedler einholten. Er ist derjenige, der eine Feuerpause befohlen hat, als ich die weiße Flagge geschwenkt habe. Auf ihn haben sie gehört. Nicht auf mich.

Porter ist nicht hier bei uns. Ich habe keine Ahnung, wo er ist oder was die Siedler mit ihm machen.

Tams Blut klebt an mir. Ich sehe immer noch den Blick in seinen Augen. Er ist noch nicht lange tot.

Doch er ist für immer fort. Er wird niemals zurückkehren.

»Ruhe«, sagt eine Stimme, die mir bekannt vorkommt. Sie gehört einer aus dem Quorum, Schwester Haring. Sie trägt Stiefel und eine Milizuniform und hat ihr Haar zu einem

Knoten aufgesteckt. Ihre Hände sind gepflegt und sauber, die Nägel poliert und glatt. Das fällt mir auf, weil sie die Hände in die Hüften stützt, die Finger gespreizt wie zupackende Klauen.

Als klar wurde, dass die Siedler unser Zeichen dafür gesehen hatten, dass wir uns ergaben, ist Porter rausgegangen, um mit ihnen die Bedingungen auszuhandeln. Es hat nicht lange gedauert. Ich kann mir nicht vorstellen, dass die Siedler irgendwelche Zugeständnisse gemacht haben, außer uns nicht umzubringen, im Moment jedenfalls. Als Porter vom Ufer aus das Signal gab, ließen wir die Gangway herunter, und die Siedler sind an Bord gekommen. Sie haben uns die Waffen abgenommen und uns vom Deck in die Kantine getrieben.

Es sind so viele! Obwohl die meisten am Ufer geblieben sind, hat man das Gefühl, dass sie jeden Zentimeter des Schiffs in Besitz genommen haben.

Ich glaube, uns ist allen klar, dass der Admiral nicht allein gekommen ist, um das Gold zurück zum Außenposten zu transportieren. Irgendetwas anderes ist im Gange.

»Zu gegebener Zeit beschäftige ich mich mit euch allen«, sagt Schwester Haring. »Im Moment brauche ich nur Captain Blythe und ihren Ersten und Zweiten Offizier. Mitkommen!«

Werden wir sofort exekutiert werden? Vor den Augen aller?

Ein Teil meines Verstandes registriert: Sie hat nicht nach Eira gefragt. Das ist gut.

Ein anderer Teil sagt mir: Sie wird uns nicht jetzt umbringen. Der Admiral ist nicht hier, um zuzusehen.

Ich trete nach vorn. Brig folgt mir. In dem Gedränge und dem Durcheinander, als die Siedler uns hinuntergetrieben haben, ist er vorn in der Cafeteria gelandet. Er dreht sich nach mir um, und unsere Augen begegnen sich quer durch den Raum. Er ist schmutzig. Seine Schulter ist voller Blut. Naomi ist nirgends zu sehen. Und dann fällt es mir wieder ein. Naomi hat sich gegen uns gewendet. Brig hat sie eingesperrt.

»Wo ist der Zweite Offizier, Naomi Moran?«, fragt Schwester Haring.

Naomi. Die das Gewehr angelegt und Tam erschossen hat. Die mich auch erschießen wollte. Wut verdunkelt meinen Blick, und mein Herz setzt einen Schlag aus.

Ich werde nicht sagen, wo sie ist. Soll sie doch verrotten, allein in einer fensterlosen Kajüte.

Doch sie werden sie finden. Sie werden jeden Zentimeter des Schiffs durchsuchen.

Ich wusste die ganze Zeit, dass der Admiral jemanden mitgeschickt hatte, der uns alle im Auge behalten sollte. Ich frage mich, ob Naomi den Befehl hatte, jeden zu töten, der ihn verriet. Das würde erklären, warum sie Tam erschossen hat und auf mich zielte. Wir hatten beschlossen, auf der Seite der Vagabunden zu kämpfen. Wir waren Verräter.

Was hat der Admiral ihr dafür versprochen?

Ist sie diejenige, die den Magnetregler angebracht hat? Die versucht hat, uns aufzuhalten?

Es kann nicht anders sein.

»Wo ist der Zweite Offizier Naomi Moran?«, fragt Schwester Haring erneut. Ich antworte nicht. Brig ebenfalls nicht.

»Wir werden herausfinden, was mit ihr passiert ist«, sagt Schwester Haring und bohrt ihren Blick in meinen. Sie fährt mit ihrem Appell fort, geht die Namensliste durch. Dann kommt sie zu seinem.

»Wo ist Tam Wallace?«, fragt sie.

Brig senkt den Kopf. Ich hebe das Kinn und starre Schwester Haring in die Augen.

Schweigen.

Die Leute mochten Tam. Vagabunden wie Siedler. Sie reagierten auf sein Lächeln, seine offene Freundlichkeit, seine Kochkunst und die Art, wie er sich um alle kümmerte.

Wie viele von ihnen wissen, dass er tot ist? Und wissen sie auch, wer ihn umgebracht hat?

»Wo ist Tam Wallace?«, fragt sie erneut.

Niemand antwortet.

Sie kommt zu mir herüber und bedeutet einer Wache, mir die Hände zu fesseln. »Captain Blythe!«, schnauzt sie mich an. »Sagen Sie mir, wo Tam Wallace ist!«

Ich öffne den Mund, um die Worte »Er ist tot« hervorzustoßen.

Aber ...

Ich kann es nicht.

Sie sperren Brig und mich in eine der kleinen Mannschaftskajüten ein.

»Es tut mir leid«, sage ich.

»Es ist noch nicht vorbei«, antwortet er.

Ich lege den Kopf an die Wand hinter mir. »Für Tam ist es vorbei.« Mir stehen die Tränen in den Augen, aber ich muss sie unterdrücken. Ich will nicht, dass der Admiral sieht, dass ich geweint habe. Ich blinzele, schaue hinauf zur Decke und senke dann wieder das Kinn und lege die Hände auf die Knie.

»Vorher musste ich nicht mit ansehen, wie die Leute starben«, sage ich.

»Das macht es schlimmer«, stimmt mir Brig zu.

»Ich wünschte, wir müssten jedes Mal die anderen dabei ansehen und die anderen uns.« Meine Stimme versagt. »Wir müssten uns dabei in die Augen schauen.«

Die Vagabunden haben Call in der Dunkelheit getötet.

Wenn sie ihn hätten sehen können, hätten sie ihn erkannt.

Aber Tam wurde am helllichten Tag ermordet. Naomi wusste, was sie tat. Sie kannte Tam, und sie hat ihn trotzdem getötet.

»Porter hätte nicht zugelassen, dass du die weiße Fahne schwenkst, wenn er nicht damit einverstanden gewesen wäre«, bemerkt Brig. »Wir waren da draußen im Begriff, abgeschlachtet zu werden.«

»Wir werden hier drin abgeschlachtet werden.« Warum ist mir nichts anderes eingefallen? Ich habe die Sache nicht ganz zu Ende gedacht. Ich habe Tam sterben sehen und wollte nur noch, dass es aufhört.

»Es muss einen Grund dafür geben, dass sie uns bisher noch nicht getötet haben«, sagt Brig. Er hebt die gefesselten Hände und reibt sich über das Gesicht – seine Wangenknochen, die Stirn. Blutspritzer sprenkeln seine Brust und seinen Hemdkragen, aber ich glaube nicht, dass es sein Blut ist.

»Hat Naomi gesagt, warum sie Tam erschossen hat?«

»Nein«, erwidert Brig. »Und ich habe auch nicht nachgefragt. Ich wollte so schnell wie möglich wieder zurück an Deck.«

»Aber du hast sie eingesperrt«, sage ich. »Obwohl du nicht gesehen hast, wie sie ihn getötet hat.«

Er nickt. »Aber du warst dir ja sicher.«

»Warum traust du mir?«, frage ich.

Brig lehnt den Kopf zurück gegen die Wand, hält die Augen aber auf mich gerichtet. Ich sehe den Puls in seiner Kehle schlagen. In der Vertiefung unten zwischen den Schlüsselbeinen. »Weil du vieles richtig machst«, sagt er schließlich.

Wenn ich lachen könnte, würde ich es tun. »Zum Beispiel eine Panzerung bauen, die Leute zerfetzt? Zum Beispiel versuchen, ein Dorf anzuzünden?«

»Du hast dein Bestes getan, um die Mannschaft wohlbehalten vom Schiff zu bringen, als die Vagabunden angegriffen haben«, sagt er. »Und du hast im Wald dafür gesorgt, dass wir zusammenhielten.«

»Das hatte nur praktische Gründe«, erwidere ich. »Ich wollte euch alle in meiner Nähe haben, so dass ich euch im Auge behalten konnte. Damit ihr mir helfen konntet, das Schiff zurückzugewinnen.«

»Du hast die Fähigkeit, dich zu ändern«, sagt er. »Du kannst den Kurs wechseln.«

So habe ich es noch nie betrachtet. Aber das kann nicht stimmen. Ich war immer getrieben, wie ein Pfeil, fixiert auf einen einzigen Zweck, nur ein Ziel auf einmal. *Mit Call wegzulaufen. Die Piraten zu töten.*

»Du hast versucht, den Vagabunden bei der Flucht zu helfen«, sagt er. »Du hast an ihrer Seite gekämpft.«

»Du hältst mich für besser, als ich in Wirklichkeit bin«, sage ich zu Brig.

»Romy.« Brig rutscht näher. Die Handschellen schaben an seinen Knöcheln. Seine Finger sind schmutzig und braun, und aus der Nähe kann ich ihn mir genauer ansehen, die

Bartstoppeln auf seinen Wangen, den Schwung seiner Oberlippe. »Ich glaube nicht ...«

Die Tür wird geöffnet. Schwester Haring. »Romy Blythe«, blafft sie, schneidend kalt. »Der Admiral will dich sehen.«

Kapitel 41

Der Admiral lässt mich zu seiner Kajüte bringen.

Die natürlich meine Kajüte ist. Die Kapitänskajüte. Er hat sie für sich beansprucht.

Die Laterne leuchtet auf dem Tisch. Meine Tasche steht immer noch auf der Kommode. Der Admiral sitzt auf meiner Koje, zurückgelehnt, die Arme verschränkt, die Stiefel übereinandergeschlagen. Ich sehe das Weiß seiner Zähne.

Ich bin überrascht. Ganz blass und tief unter der Angst verborgen, unter dem Wissen, dass Tam tot ist, dämmert es mir: *Der Admiral braucht mich tatsächlich für irgendetwas. Er will nicht nur meinen Tod.*

Was könnte es sein?

»Nun«, sagt der Admiral. »*Captain* Blythe. Würdest du mir erklären, was passiert ist?«

»Ich habe die Seiten gewechselt«, sage ich.

»Natürlich hast du das«, sagt er. »Du hast geglaubt, es wäre zu deinem Vorteil.« Er lächelt mich an, hebt die Laterne und stellt sie auf das Bett neben sich. Jetzt ist das ganze Licht auf seiner Seite des Raumes. »Naomi hat mir alles erzählt.«

»So, hat sie das«, sage ich. »Was bekommt sie dafür?«

»Sie bleibt am Leben.«

»Und ich?«

»Kommt darauf an«, antwortet er. »Darauf, wie nützlich du uns bist.«

»Sie wollen, dass ich das Schiff repariere.«

Er winkt ab. »Naomi kann den Motor reparieren. Sie arbeitet schon daran. Aber nicht jeder kann solche Waffen entwickeln wie du.« Er lehnt sich nach vorn, legt die Hände auf die Knie, und ich sehe die Haare auf seinen Armen bernsteinfarben im Licht leuchten. »Wobei ich sagen muss, dass ich nicht erfreut darüber bin, dass du die Panzerung ruiniert hast. Naomi hat gesagt, dass das deine Idee war.« Er neigt den Kopf zur Seite, schaut mir in die Augen und senkt die Stimme. »Warum hast du das getan?«

»Ich habe sie erschaffen«, sage ich. »Also war es meine Sache, sie zu zerstören.«

»Keineswegs«, erwidert er. »Du hast sie entworfen, aber nicht für sie bezahlt. Aber das ist schon in Ordnung. Du wirst bezahlen.«

Ein Brummen, leise und tief. Ein Grollen von mechanischem Donner. Mein Schiff. Es erwacht wieder zum Leben. Ich spüre die Vibration durch meine Fußsohlen hindurch bis in meinen Herzschlag hinein.

»Aha.« Der Admiral ist erfreut. »Es klingt, als hätte Naomi den Motor wieder zum Laufen gebracht. Wir werden fahren, so schnell es geht und so weit es geht. Dann werden wir das Schiff auf Grund setzen. Anschließend legen wir mit den Wagen den restlichen Weg zurück.« Er stößt einen langen, zufriedenen Seufzer aus. »Alles wunderbar.«

Er erhebt sich, füllt den Raum mit seinen breiten Schultern aus, und seine Stimme klingt freundlich, wie eine Einladung, sich ihm wieder anzuschließen. »Wir haben das Gold zurück. Letztendlich ist nichts verloren.«

Nichts. Nur Tam. Und ein paar andere Menschen. »Sie sind ein Narr«, sage ich.

Der Admiral spannt die Kiefermuskeln an.

»Glauben Sie wirklich, Sie könnten von den Toten auferstehen?«, frage ich. »Das kann niemand.« Da bin ich mir ganz sicher, und ich weiß, dass er es in meiner Stimme hört. Ich habe den Tod gesehen, erst vor wenigen Stunden. Ich habe gesehen, wie die Augen der Toten aussehen.

Wenn sie sterben, stirbt zugleich etwas in einem selbst.

Das ist die Magie, die Alchemie: Das primitive, tiefsitzende Element in einem, dieser Teil, der im Leben die Persönlichkeit eines Menschen ausmacht – der verflüchtigt sich im Moment des Sterbens. Man kann ihn nicht zurückbekommen. Man kann ihn nicht kaufen. Egal, wie viele Tränen man weint, man kann ihn nie mehr herbeirufen.

»Wovon redest du?«, fragt der Admiral. »Ich bin nicht tot.«

»Das Palingenese-Projekt«, sage ich. »Tam hat mir davon erzählt.«

»Ah«, sagt der Admiral. »Tam.«

Weiß er, dass Tam tot ist? Müsste er inzwischen.

»Tam hat einen Fehler gemacht.« Der Admiral schüttelt den Kopf. »Er hat die falsche Seite im Kampf gegen die Piraten gewählt. Und ich will keineswegs ewig leben.« Er lacht. Das joviale, volltönende Geräusch scheint das Zimmer zu verkleinern, die Luft aus dem Raum über dem Bett, dem Tisch, dem Stuhl zwischen uns zu saugen. »Captain Blythe. Gerade du müsstest mich doch besser kennen. Ich bin ein praktisch veranlagter Mann.«

In mancher Hinsicht ist er das, in anderer Hinsicht wiederum nicht.

»Das Palingenese-Projekt war vielleicht ein alberner Name«, sagt er, »aber es ist ein rationales Unternehmen.«

Da haben wir des Rätsels Lösung. Tam hatte recht. Für dieses Projekt will der Admiral das Gold. Also, was genau ist es? »Was haben Sie vor?«, frage ich. »Was wollen Sie?«

»Ruhm«, sagt er.

Er hat mir geantwortet. Mit einem einzigen Wort, kurz und knapp. Ich glaube ihm. Wird er meine anderen Fragen mit derselben Ehrlichkeit beantworten?

»Und was passiert jetzt?«, frage ich. »Töten Sie uns alle sofort, oder sollen wir Ihnen zuerst mit dem Gold weiterhelfen? Oder wollen Sie die Piraten foltern, um herauszufinden, was sie geplant haben?«

»Oh, wir wissen, wohin sie gehen«, erwidert er. »Die Piraten hätten vorsichtiger sein sollen, mit wem sie Handel treiben. Dieselben Leute haben auch mit uns einen Handel geschlossen.« Er lächelt. »Wer auch immer ihnen das Gold zuerst bringt, gewinnt.«

»Gewinnt was?«

»Ich kann dir nicht alles verraten, Captain Blythe.« Spöttisch spricht er mich mit meinem Rang an, als wolle er das Fiasko betonen, das mein Kommando war, vom Anfang bis zum Ende. »Nun gut. Jetzt erzähl du mir mal etwas. Ich weiß von Naomi, dass du vom Bagger aus auf uns geschossen hast. Aber du hast die Piraten die Panzerung entfernen lassen. Und du hast unser Schiff frisiert, damit es schneller wurde. Wolltest du, dass die Piraten Erfolg haben, oder wolltest du uns helfen?«

Ich könnte lügen.

Ich sollte lügen.

»Ich weiß nicht genau«, sage ich.

Er schlägt so schnell zu, dass ich es erst im letzten Moment kommen sehe. Er verpasst mir mit dem Handrücken eine Ohrfeige, die sich anfühlt, als würden meine Knochen und Zähne durch mein Fleisch und mein Gehirn getrieben. Ich taumele rückwärts gegen den Tisch und strecke meine gefesselten Hände vor mir aus, in einem vergeblichen Versuch, das Gleichgewicht zu bewahren, aber der Stoß gegen den Tisch lässt mich vornüberstürzen. Ich knalle mit den Knien auf den Boden.

Ich knie vor ihm.

»Ich musste ein Zeichen setzen, das man deutlich sieht«, bemerkt er. »Weißt du, warum?«

Ich antworte nicht. Mein Mund ist voller Blut und ich glaube, ich muss kotzen, wenn ich es herunterschlucke, weil es mich an Tams und an Calls Blut erinnert und natürlich an das Blut all der anderen.

»Manche im Quorum glauben, dass ich zu nachsichtig mit dir bin«, sagt er. »Sie fragen sich, ob ich irgendeine Beziehung zu dir habe. Ob du vielleicht eine Verwandte bist. Ich weiß nicht genau, warum. Wir ähneln uns nicht. Verhalten wir uns ähnlich? Liegt es daran?«

Ich drehe den Kopf und spucke das Blut aus, quer über sein Kissen, sein Bett, seine Decke, die Dinge, die früher mir gehörten.

Der Admiral stößt ein angewidertes Geräusch aus. »Wie ein Hund, der sein Revier markiert«, bemerkt er. »Na schön. Du kannst darin schlafen.«

Er verlässt den Raum und schließt die Tür hinter sich. Ich höre ihn draußen mit der Wache sprechen, kann aber nichts verstehen.

Etwas Kleines, Hartes drückt mich, als ich mich ins Bett lege. Und ich habe ein Loch hinten im Mund. Der Admiral hat mir einen Zahn ausgeschlagen.

Ich glaube nicht, dass er mir ein bisschen Gold für einen neuen gibt.

Kapitel 42

Am nächsten Morgen bringen sie mich vor das Quorum.

Zwei Wachen zerren mich aus meiner Kajüte zur Kantine. Das Quorum blickt von seinen Stühlen zu mir auf. Ich entnehme ihrem Gesichtsausdruck, dass der Bluterguss auf meinem Gesicht die Wirkung erzielt, die der Admiral beabsichtigt hat. Sie stellen sich Fragen.

»Setzen«, sagt eine der Wachen. Der Stuhl steht so weit wie möglich vom Admiral entfernt. Er beobachtet das ganze vom Kopfende des Tisches aus.

Ich sitze nicht mehr zu seiner Linken, sondern zu seinen Füßen.

Ich nehme meine Position ein und blicke das Quorum an. Sie sind alle hier. Niemand ist im Außenposten zurückgeblieben, um in Abwesenheit des Admirals zu regieren.

Warum?

Schwester Haring lächelt zwar nicht, aber in ihren Augen liegt ein zufriedener Ausdruck, als sie meinen Bluterguss, meine gefesselten Hände und das getrocknete Blut auf meinem Hemd und in meinen Haaren begutachtet. Bischof Weaver, der mich nie besonders mochte, verzieht betrübt den Mund beim Anblick meiner Verletzung, und auf einmal spiegelt sich Mitleid in seinem Blick.

Zu spät. Wenn ihr mich gebrochen und zerschlagen sehen müsst, um mich zu mögen, dann werde ich euch niemals leiden können. Wenn ihr mich nur akzeptiert, sobald ich am Boden liege, werde ich aufstehen und die Freundlichkeit aus euren Gesichtern prügeln.

Schön wär's. Aber ich sitze gefesselt auf meinem gekaperten Schiff.

»Wir haben noch einen Platz frei«, sagt der Admiral. »Wir müssen überlegen, wer ihn einnehmen soll.«

Einen Platz? Wo?

»Halten Sie es für richtig, dass die Kandidaten dabei sind, während wir abstimmen?«, fragt Schwester Haring.

»Ich glaube, es wäre aufschlussreich«, antwortet der Admiral.

»Ich bin immer noch für Brig Tanner«, sagt General Dale.

Als habe er Brig heraufbeschworen, in dem er seinen Namen aussprach, wird die Tür geöffnet und zwei Wachen eskortieren Brig herein. Auch er ist geschlagen worden – seine Nase ist geschwollen, der Schnitt wieder aufgeplatzt und seine Lippe blutig. Unsere Blicke treffen sich, als die Wachen ihn hereinbringen und neben mich setzen. Ich wünschte, ich könnte den Arm ausstrecken und seine Hand berühren. Ich wünschte, ich könnte sagen: *Mir geht es gut. Und dir?*

»Von der Schiffscrew nehmen wir Corwin Revis, Joseph Andrade und Ophelia Hill«, sagt General Foster. »Sie sind am nützlichsten wegen ihres Wissens über Technik und Navigation.«

»Der letzte Platz geht an Naomi Moran«, sagt Bischof Weaver. »Das haben wir bereits beschlossen. Wir haben es ihr versprochen.«

»Ich glaube, dass es mehr Gründe gibt, die für Captain Blythe sprechen«, wendet General Foster ein.

»Wir haben alle Argumente gehört«, sagt der Admiral. »Jeder hat noch eine Chance.«

Die Tür wird geöffnet, und Wachen bringen Naomi herein. Sie trägt keine Handschellen, so wie Brig und ich, muss sich aber neben uns setzen. Ich habe Lust, sie zu töten, weil sie Tam umgebracht hat. Aber zugleich will ich niemals mehr jemanden töten. Ich will beides gleichermaßen.

Ich wende den Blick von ihr ab und sehe Brig an. Ich kenne ihn nicht so gut, wie ich es mir wünschen würde, und ich bin schon öfter betrogen worden, aber ich glaube, eines weiß ich über ihn. Ich glaube, er ist mein Freund.

Aber ich könnte mich auch täuschen.

»Exzellent«, sagt der Admiral. »Jetzt können wir anfangen.«

»Was ist hier los?«, fragt Naomi. Ihr Gesicht ist sauber und unverletzt. Sie scheint keine Angst zu haben, aber sie wirkt misstrauisch.

»Ich weiß, dass wir gesagt haben, wir würden dich wahrscheinlich mitnehmen«, verkündet der Admiral, »aber General Dale bevorzugt den Ersten Offizier Tanner, und es hat sich herausgestellt, dass General Foster den Platz an Captain Blythe vergeben will.« Er sieht Naomi freundlich an, als wolle er sagen: Wie du siehst, sind mir die Hände gebunden.

»Wie bitte?« Naomi starrt Brig und mich an. »Nach allem, was passiert ist? Warum?«

»Der Erste Offizier Tanner hat viele Talente«, sagt General Dale. »Und er steht loyal zu seinen Vorgesetzten. Fast übertrieben.«

»Er hat nicht getan, was ich getan habe.« Naomis Stimme klingt ruhig und selbstsicher. Das ist die Naomi, wie ich sie kenne, bei der ich während meiner ersten Expedition in die Lehre gegangen bin. »Ich habe alles getan, was Sie verlangt haben. Warum sollten Sie sie mitnehmen?«

»Captain Blythe hat sich als erfindungsreich erwiesen, was Tötungsmethoden angeht«, sagt der Admiral. Er ist makellos höflich, die Hände auf dem Tisch, nichts zu verbergen. Klebt da Blut von meiner Lippe an seinem Türkisring? Oder waren diese dunklen Flecken schon immer auf dem Stein?

»Unter Umständen brauchen wir eine solche Begabung.« General Foster raschelt mit den Papieren, die vor ihm liegen, und ich erkenne, was es ist: Es sind die Pläne für meine Panzerung. »Wer weiß, welche Waffen wir in Zukunft brauchen werden. Jemanden dabeizuhaben, der sie entwickeln kann, könnte sehr nützlich sein.«

»Ich entwerfe keine Waffen«, erwidere ich.

»O doch, das tust du«, entgegnet der Admiral. »Und wenn wir dich mit auf die *Palingenese* nehmen, wird das deine Aufgabe sein.«

Wenn sie mich mit auf die *Palingenese* nehmen? Ist das ein Ort?

Was immer die Palingenese ist – ich will da nicht hin.

»Egal, wohin Sie gehen«, sage ich, »ich will nicht mitkommen.«

»Ich befürchte, es ist nicht deine Entscheidung.« Der Admiral zückt das kleine, ledergebundene Notizbuch, das er in der Hemdentasche trägt. »Wir vergeuden unsere Zeit. Ich notiere mir die Argumente. Wer möchte beginnen?«

»Ich enthalte mich der Stimme«, sagt Schwester Haring. »Sie haben uns alle enttäuscht. Wir sollten den Platz besser jemand anderem geben.« Sie kneift die Lippen zu einem dünnen Strich zusammen. Wird der Admiral ihr diese kleine Aufmüpfigkeit verzeihen? Er macht sich eine Notiz und fährt fort.

»Wer ist dafür, dass wir Brig Tanner mitnehmen?« Eine Stimme. Von General Dale.

»Wer ist für Naomi Moran?« Eine Stimme. Bischof Weaver.

»Für Romy Blythe.« Eine Stimme. General Foster.

»Wie ich sehe, gibt meine Stimme den Ausschlag«, sagt der Admiral.

»Zu wem Sie neigen, wissen wir alle«, wirft Naomi verbittert ein. »Sie hat das Schiff ruiniert und uns alle betrogen, aber es scheint Ihnen nichts auszumachen.«

Es wird still im Raum. Meine Kehle schnürt sich zusammen. Ich hege keinerlei Sympathien mehr für Naomi, nach dem, was sie Tam angetan hat, aber ich will sie nicht sterben sehen. Warum fordert sie den Admiral derartig heraus? Niemand bewegt sich. Alle Augen sind auf den Admiral gerichtet, auf sein wettergegerbtes, herrisches Gesicht. Er zuckt nicht mit der Wimper.

Und dann lächelt er. Er lächelt Naomi an. »Ich gebe meine Stimme Captain Blythe.«

Die Luft entweicht mir aus den Lungen. Nein!

Ich weiß, dass der Admiral bemerkt, wie panisch und verzweifelt ich Brig tief in die Augen schaue, aber ich kann mich nicht zurückhalten.

»Ich brauche jemanden mit einem innovativen Verstand mehr als einen Jungen, der gut Befehle befolgen kann, oder eine alte Frau«, sagt der Admiral. Brig verzieht keine Miene, aber Naomi schnappt entsetzt nach Luft.

»Sie haben es mir versprochen!«, schleudert sie dem Admiral entgegen.

»Du bist noch am Leben«, erwidert er. »Ansonsten habe ich nichts versprochen. Du solltest froh sein. Du kannst zum Außenposten zurückkehren.«

»Aber dann werde ich sie niemals sehen«, sagt sie. »Die *Palingenese*!« Zum ersten Mal höre ich, dass sie den Tränen nahe ist. Sie will unbedingt dieses Ding sehen, was auch immer es ist, so sehr, wie Call und ich die Sterne sehen wollten. »Hast du's nicht satt, immer wieder dieselbe alte Geschichte zu hören?«, hat Tam mich gefragt, und ich erinnere mich an das Märchenbuch, das wir in Naomis Kajüte gefunden haben.

Nein. Naomi wird mich nicht erweichen. Sie hat recht. Ich habe ihr vertraut. Sie hat dieses Vertrauen missbraucht. Mein Herz verhärtet sich spürbar.

Zwei Wachen zerren mich auf die Beine und schleifen mich zur Tür. Ich mache es ihnen nicht leicht; ich stelle mir vor, dass ich ein Sack Gold wäre und lasse mich mit meinem ganzen Gewicht hängen.

»Du hast Tam erschossen!«, fauche ich Naomi an, als sie mich an ihr vorbeidrängen.

Schwester Haring zuckt zusammen, und Bischof Weaver presst die Hände aneinander wie zum Gebet. Wussten sie nicht, dass Tam tot ist? Und wer ihn getötet hat? Hat sich irgendjemand vom Quorum die Mühe gemacht, sich die Leichen anzusehen?

»Tam hat uns verraten«, erwidert Naomi.

Ich koche vor Zorn. Versucht sie, diesen kaltblütigen Mord

zu rechtfertigen, diesen gezielten Schuss, mit dem sie Tam niedergestreckt hat? »Tam hat dich vor dem Verhungern bewahrt«, fahre ich Naomi an. »Er hat auf dich aufgepasst. Das haben wir alle getan. Ich habe dir mehr vertraut als irgendjemandem sonst.«

»Natürlich hast du das«, erwidert Naomi. »Ich war schließlich bei der letzten Expedition an deiner Seite. Mit Call.« Sie schaut mir in die Augen. »Aber wenigstens habe ich nicht vergessen, wer ihn getötet hat.«

Kapitel 43

Die Wachen fesseln mich mit den Handschellen an die Reling hinten auf dem Schiff. Ich habe keine Ahnung, warum sie mich oben an Deck fesseln und nicht in einer der Kajüten. Hofft der Admiral, dass es mich erweichen wird, wenn ich den Elementen ausgesetzt bin? Möglicherweise hat er dadurch, dass er mich gewählt hat, eine gewisse Schwäche gezeigt und will den Fehler wiedergutmachen.

Einer von den Siedlern bewacht mich.

Das Deck sieht aus wie eine vernarbte Landschaft, zerschlagen überall dort, wo wir die Panzerung abgerissen haben, und voller Blutflecken durch die Schlacht. Der Admiral kommt mich nicht besuchen, die Wache redet nicht mit mir und beantwortet keine meiner Fragen.

Die Sonne geht auf und wandert über den Himmel. Das Schiff tuckert weiter.

Mittags bringt mir eine Wache Tabletten und etwas zu essen – Zwieback und Wasser –, und ich versuche, mehr zu erfahren. »Porter?«, flüstere ich. »Lily?« Zu spät fällt mir ein, dass das nicht ihr richtiger Name ist. Nach ihrem richtigen kann ich sie jetzt nicht mehr fragen. »Brig? Eira? Was ist mit ihnen passiert?«

Die Wache schaut durch mich hindurch, als wäre ich ein

Geist. Die Handschellen scheuern über die Verbrennung an meiner Hand, die nicht richtig verheilt. Zwar ist sie nicht mehr entzündet, aber die neue Haut, die sich bildet, ist blasig und uneben.

Egal, sage ich mir. *Ich kann meine Hand benutzen. Ich bin am Leben.*

Wer ist sonst noch am Leben auf dem Schiff?

Als ich über die Reling schaue, sehe ich, dass jetzt alle Wagen am östlichen Ufer zu sein scheinen und auf gleicher Höhe mit uns dahinziehen. Wie haben sie sie über den Fluss geschafft?

Von den Vagabunden, die vorausgefahren sind, ist weit und breit nichts zu sehen.

Die Sonne brennt auf mich nieder. Ich ziehe den Kopf ein, damit mein Gesicht nicht zu schlimm verbrennt. Ich fühle die Hitze oben auf dem Kopf und auf den Schultern. Meine Lippen sind aufgesprungen und schälen sich, meine Nasenspitze ist knallrot. Wie lange will mich der Admiral noch hier oben lassen? Will er, dass ich das alles sehe – die Unentrinnbarkeit vor den Fahrzeugen und die große Überzahl der Siedler? Glaubt er, dass mich das dazu bringen wird, mit ihm zu gehen, wo auch immer sich dieser Ort namens Palingenese befindet?

Am Ende des Tages, in der Abenddämmerung, kommt der Admiral herauf aufs Deck.

Zwei Wachen folgen ihm durch die Klappe. Sie ziehen einen Vagabunden hinter sich her. Porter. Er sieht entsetzlich aus. Sie haben ihn kurz und klein geschlagen. Blutergüsse um die Augen, aufgeplatzte Lippen, blutige Fingerknöchel.

Zunächst erkennt er mich nicht. Dann dämmert ihm allmählich, wer da vor ihm steht, und er lächelt.

Er lächelt mich an. Nach allem, was geschehen ist!

»Ist das nicht wunderbar, Captain Blythe?«, fragt der Admiral. »Wir tun genau das, was du gewollt hast. Wir vernichten die Piraten.«

Ich schließe die Augen. Ich kann nicht hinsehen. Ich fühle das Stampfen meines Schiffes und höre, wie sich das Geräusch verändert. *Wie lange noch?*, scheint es zu fragen. Aber bisher fleht es mich noch nicht an. Ich rieche Flusswasser, süßlich, metallisch.

Ich muss hinsehen. Ich kann Porter nicht im Stich lassen.

Ich öffne die Augen und schaue ihn an. »Es tut mir leid«, sage ich. »Das habe ich nicht gewusst.«

»Was hast du nicht gewusst?«, fragt der Admiral.

»Das alles«, sage ich zu Porter, und Tränen fließen mir über die Wangen und das Kinn, ich habe gar nicht gemerkt, dass ich angefangen habe zu weinen. »Ich hatte keine Ahnung.«

Auch in Porters Augen stehen Tränen.

»Und was weißt du jetzt?«, fragt der Admiral. Er löst das Seidentuch, das lässig um seinen Hals gebunden ist, wischt sich damit die Stirn ab und steckt es in seine Tasche.

Mit der Zunge befühle ich das Loch hinten im Mund, wo der Zahn gesessen hat. »Dass ihr die Kinder der Vagabunden gestohlen habt.«

»Wir haben ihnen ein gutes Leben ermöglicht«, erwidert der Admiral. »Bei uns haben sie eine höhere Lebenserwartung, als sie sie dort draußen gehabt hätten.«

»Das wissen Sie doch gar nicht«, erwidere ich.

»Doch, das weiß ich durchaus.« Der Admiral dreht sich

so, dass ich sein Profil sehe und sein Gesicht von der untergehenden Sonne beleuchtet wird. »Denk nur mal daran, wie früh Call gestorben ist, nachdem er hinaus auf den Fluss gefahren war.« Er streckt die Arme hoch über den Kopf, eine Demonstration der Lässigkeit, der Macht. »Oder hatte Naomi recht? Hast du vergessen, wer ihn erschossen hat?«

Natürlich nicht. Das werde ich nie vergessen. »Sie wussten nicht, wer er war.«

»Aber du hast es gewusst«, sagt der Admiral. »Und deswegen wolltest du sie unbedingt alle töten. Du warst auch sehr erfolgreich mit deinem Vorhaben, und deine Erfindungen haben unser Gold geschützt. Zu dumm, dass du das Schiff verloren hast, aber du kannst es wiedergutmachen. Du kannst jetzt alles wiedergutmachen.«

Er winkt den Wachen zu, dass sie Porter näher bringen sollen, und ich schmecke Galle im Mund. Was wird der Admiral von mir verlangen?

Ich glaube, ich weiß es, und mir zittern die Knie. Meine Handschellen klappern gegen die Reling. Ich versuche, meine Hände ruhig zu halten.

Der Admiral nickt der Wache neben mir zu, und sie drückt mir eine Waffe in die zusammengebundenen Hände. Es ist ein Revolver, eine alte, schwere Handfeuerwaffe, die, wie ich glaube, dem Admiral persönlich gehört. Sie fühlt sich solide und verlässlich an. Mit so einer habe ich noch nie geschossen.

»Lass ihn nicht fallen«, warnt der Admiral. »Er ist geladen, und wir wollen doch nicht, dass er losgeht. Es wäre am besten, wenn du dich gar nicht mehr bewegst.« Zwei der Wachen haben ihre Gewehre auf mich gerichtet.

Ich versuche, die Waffe ruhig zu halten. Ich habe nur eine einzige Chance, den Admiral zu erschießen. In einer schnellen Bewegung.

»Ich möchte, dass du Porter erledigst«, sagt der Admiral. »Es sollte schnell gehen. Bist du eine gute Schützin?«

Das bin ich, auf weite Entfernungen. Doch aus der Nähe sehe ich das Braun von Porters Augen, die Beschaffenheit seiner Haut, den Kummer in jeder Furche seines Gesichts.

»Wenn du versuchst, stattdessen mich zu erschießen«, fährt der Admiral in belehrendem Ton fort, »oder eine der Wachen, erschießen wir dich, bevor du noch jemanden töten kannst. Und wir werden den Ersten Offizier Tanner und Eira Clyde töten. Naomi hat erzählt, dass dir an beiden etwas liegt.« Der Admiral lächelt. »Ach ja, und auch wenn du Porter nicht erschießt, werden wir Brig und Eira eliminieren. Vielleicht hilft dir das, deine Aufgabe gewissenhaft zu erledigen.«

»Ist schon in Ordnung«, sagt Porter. »Besser so als anders.« Er holt tief und scharf Luft. »Denk dir einfach, dass das hier für Call ist.«

»Das könnte niemals für ihn sein«, erwidere ich. »Er hätte das nicht gewollt.« Meine Hände hören einfach nicht auf zu zittern.

Tränen laufen über Porters schmutziges, zerschlagenes Gesicht. Der Admiral würde es nie zulassen, dass jemand ihn weinen sieht, denke ich. Aber Porter hat nicht den gleichen Führungsstil wie der Admiral.

»Ich habe Call erschossen«, gesteht Porter. »Ich konnte sein Gesicht nicht sehen. Aber er war unbewaffnet. Ob er zu uns gehörte oder nicht, ich hätte das nicht tun dürfen.«

Mein Herz setzt einen Schlag aus. Er hat es ausgesprochen.

Jetzt habe ich Gewissheit. Ich schaue in Porters gequälte, lebendige Augen.

Dies ist der Mann, der Call getötet hat, der ihn zu nichts gemacht hat. Tief im Inneren will etwas Dunkles von mir, dass ich ihn erschieße.

»Die Wachen müssen aber beiseitegehen«, sage ich. »Ich will niemanden aus Versehen erschießen.«

»Vielleicht hast du recht«, sagt der Admiral. »In Ordnung«, sagt er zu den Wachen. »Tretet einen Schritt zurück. Ich glaube, Porter kann sowieso nicht mehr rennen.« Sie lehnen ihn gegen die Reling. Porter war immer in Bewegung. Er konnte nicht stillsitzen. Doch jetzt sieht er mir reglos in die Augen. Wir stehen einander genau gegenüber. Ich weiß, wer er ist. Was er getan hat.

Ich werde ihn mit einem Schuss töten.

Aber bevor ich dazu komme, bevor ich den Admiral niederstrecken kann und die Kugeln der Wachen in mir spüre, dreht sich Porter um. Er scheint in einer fließenden Bewegung vom Boden abzuheben, in einer erstaunlichen Kurve, aber in Wirklichkeit ist es nur ein Sprung, eine letzte Bewegung, ein endgültiger, entscheidender Akt.

Er wirft sich über Bord.

»Porter!« Ich zerre an meinen Handschellen und ziehe sie so weit es geht an der Reling entlang. Hoffentlich ist Porter nicht an den hervorstehenden Resten meiner Panzerung hängen geblieben! Es wäre ein entsetzlicher, blutiger Tod. Hoffentlich nicht! *Bitte! Bitte! Bitte!*

Mit wem rede ich?

Mit dem Schiff?

Bitte!

Da ist er. Unten im Fluss. Dann ist der weg. Die Heckwelle des Schiffs ist stark genug, um einen Menschen unter Wasser zu drücken und herumzuwirbeln, so dass er nicht mehr an die Oberfläche kommen kann, sich seine Lungen mit Wasser füllen und er gegen die unbarmherzigen Steine im Flussbett geschleudert wird.

Er taucht nicht wieder auf.

Kapitel 44

Sie lassen mich die ganze Nacht oben auf dem Deck. Als Bestrafung dafür, dass ich Porter nicht umgebracht habe? Oder weil sie nicht wissen, wo sie mich sonst hinstecken sollen?

Die Nachtwache hat Mitleid mit mir und schließt meine Handschellen an der untersten Strebe der Reling an, damit ich mich wenigstens hinlegen kann. Ich zittere vor Kälte, ziehe die Knie ganz eng an die Brust, liege schlaflos da und denke an Porters Sprung ins Wasser. Wusste er, dass ich ihn nicht erschießen würde? Was hat er in meinen Augen gelesen? Ich werde es nie erfahren. Man wird nie herausfinden, was in solchen letzten Momenten geschieht.

Als die Sonne aufgeht, befiehlt mir die Wache, aufzustehen, und schließt meine Handschellen wieder an den obersten Holm an.

Gerade rechtzeitig. Ich höre Stiefel auf der Treppe. Der Admiral betritt das Deck. »Und, wie war deine letzte Nacht auf dem Schiff?«

»Lang«, erwidere ich, und er wirft den Kopf zurück und lacht.

»Es gibt etwas, das du wissen musst.« Er bedeutet der Wache, meine Handschellen aufzuschließen. Die Erleichterung darüber, mich wieder bewegen und strecken zu können, wird gedämpft von der Kälte, der Wut und meiner Trauer über den Verlust.

Was kannst du mir schon zeigen?, hätte ich ihn am liebsten angeschrien. *Was sonst kann es noch geben?* Wird er alle heraufbringen und ermorden, einen nach dem anderen? Wird er mich zwingen, sie zu töten?

»Keine Sorge«, sagt er, als könne er meine Gedanken lesen. »Diesmal ist es etwas Schönes.« Der Admiral stützt die Ellbogen in einer fast kameradschaftlichen, kumpelhaften Art auf die östliche Reling. »Erstaunlich, was dieser Bagger mit dem Fluss angestellt hat. Wir haben es die ganze Zeit gesehen, als wir stromaufwärts gezogen sind und euch gesucht haben. Die Zerstörung. Die Steine.« Er dreht sich zu mir und sieht mich an, aber ich halte die Augen auf das Wasser unter uns gerichtet. »Aber dieses Schiff ist nichts im Vergleich zu dem, was du gleich sehen wirst.«

Er will, dass ich frage, was es ist. Ich schweige.

»Sieh hinauf zum Himmel«, fordert er mich auf. »Ganz in der Nähe, in Richtung Nordosten.«

Ich nehme mir fest vor, nicht hinzuschauen, aber dann taucht ein gleißend heller Schein am Himmel auf, ein so plötzliches, helles Licht, dass ich nicht anders kann. Hinter den Wäldern steigt etwas Riesiges, golden im Morgenlicht Schimmerndes auf.

Was ist das?

Der Admiral hatte recht.

Es ist wunderschön.

»Was ist das?«, frage ich jetzt doch. Ich habe so etwas noch nie gesehen. Es ist ungefähr so groß wie ein Schürfbagger, aber so viel stromlinienförmiger, so elegant. Es schwebt in der Luft. Und es bewegt sich. Es ist riesig, aber geschmeidig. Und schnell.

Es rast über uns hinweg, und unwillkürlich recke ich die Arme, versuche es zu berühren, es vom Himmel zu holen. Mit den Fingern verfolge ich seine Flugbahn. Als es hinter dem westlichen Horizont verschwindet, spüre ich den Verlust tief im Bauch, im Herzen. *Mach, dass es wieder zurückkommt*, würde ich den Admiral am liebsten bitten. Ich muss es unbedingt noch einmal sehen!

»Das ist die *Palingenese*«, erklärt der Admiral. »Großartig, oder?«

Das ist es.

Ein Schiff. Ein goldenes Schiff am Himmel.

»Wo ist sie hin?«, frage ich am Kloß in meinem Hals vorbei.

Der Admiral lacht. »Das mag ich an dir, Captain Blythe«, sagt er. »Du bist praktisch veranlagt. Du bist am Boden zerstört vor Schuldgefühlen, weil jemand gestorben ist, den du mochtest, und im nächsten Moment siehst du etwas Glänzendes und möchtest damit spielen.«

Ich sollte beschämt den Kopf sinken lassen. Ich sollte meinen Blick vom Himmel wegreißen. Aber ich kann nicht. »Kommt es noch einmal zurück?«

»Ja«, sagte Admiral. »Das ist ein Testflug. Wenn sie das nächste Mal abhebt, werden wir in ihrem Inneren sein.«

»Wir werden in ihrem Inneren sein.« Mein Herz macht einen Sprung. Ich werde auf diesem Schiff sein, am Himmel? Hat das der Admiral für mich vorgesehen?

»Wohin fliegen wir?«, frage ich.

»An einen Ort, wo wir einen neuen Außenposten gründen«, sagt der Admiral. »Zu einem fernen Ort, einem, der seit Generationen unbewohnt ist. Es ist ein langer Flug. Bis ans andere Ende der Welt. Und wir kehren nicht zurück.«

Wieder lacht er über meinen Gesichtsausdruck. Dieses warmherzige, wohltönende Lachen, das sein Volk schon so lange bezaubert, wie ich denken kann. Mein ganzes Leben lang hat er uns die Geschichte des Außenpostens erzählt, wie wir verlassen und dann versammelt worden sind. Und jetzt verlässt uns der Admiral?

»Die ganze Zeit dachtest du, du würdest am wichtigsten Schiff arbeiten«, sagt er. »Dabei war der Schürfbagger nur ein Mittel zum Zweck, um alles zu beenden. Das hier ist das Ende. Dafür haben wir das alles getan.«

Er hat recht. Der Schürfbagger ist nichts gegen das, was ich gerade gesehen habe.

»Ist sie aus Gold gemacht?«

Der Admiral neigt sich näher zu mir. Er riecht nach Seife und Menthol, sauber. Ich würde gern zurückweichen, um Distanz zwischen uns zu bringen, aber ich muss alles erfahren, was es über die fliegende *Palingenese* zu wissen gibt. »Nein«, sagt er. »Das war nur die Sonne, die sich auf der Oberfläche des Schiffs gespiegelt hat. Aber das Gold war sehr nützlich dabei, einige der Komponenten des Schiffs zu bauen, und es hat auch unsere Reise bezahlt. Wir werden auch welches mitnehmen.« Er lächelt. »Es ist eine Währung, die sich seit ewigen Zeiten und über die Kulturen hinweg als durchaus begehrt erwiesen hat.«

»Sie verlassen den Außenposten«, stelle ich fest.

»Der Außenposten«, sagt der Admiral mit angewidertem Gesicht. »Die verfallenen Gebäude, die Schrottreste, die wir benutzen müssen, wenn wir irgendetwas bauen wollen. Wo alle müde, abgestumpft und schmutzig sind.« Er drückt sich von der Reling ab und stützt sich mit den Armen dagegen. »Es ist Zeit für einen Neuanfang.«

»Sie tun das Gegenteil von dem, was die anderen Admiräle getan haben.«

»Nein.« Er verschränkt die Arme. »Ich tue genau das, was sie immer getan haben, nur in größerem Maßstab. Ich habe die Piratenkinder gesammelt. Und als ich von diesem Schiff erfahren habe, habe ich die besten Leute des Außenpostens versammelt, um sie mitzunehmen.«

Da wird mir alles klar. Er will etwas erschaffen, für das er die Lorbeeren einheimsen kann. Er will als Gründer von etwas Neuem und Herrlichem unsterblich werden, anstatt nur der Beschützer von etwas Altem, Heruntergekommenem zu sein.

»Wer hat die *Palingenese* gebaut?«, frage ich. »Und warum nehmen sie uns darin mit?«

Wenn das Schiff mir gehören würde, würde ich keinen reinlassen. Ich würde ganz allein damit weit wegfliegen, so schnell es ginge.

»Leute aus einer Gesellschaft jenseits unserer Karten«, erklärt der Admiral. »Wir haben dafür bezahlt, dass sie es reparierten. Wir haben für unsere Reise bezahlt. Und wir bezahlen ihnen noch etwas von dem Gold aus dieser Expedition.«

»Sie könnten uns zurücklassen.« Ich blicke hinauf zum Himmel. »Vielleicht haben sie Sie schon zurückgelassen. Vielleicht kommt das Schiff nicht zurück.« Wieder dieser Stich in meinem Herzen. Dieses seltsame Gefühl des Verlusts.

Was ist denn los mit mir? Das ist ein Schiff, kein Mensch.

»Das werden sie nicht tun«, sagt er. »Sie wollen nicht nur das Gold von uns. Es geht um mehr.«

»Um was?«

»Um uns«, antwortet er. »Um unser Wissen. Es ist schon lange her, dass sie so leben mussten wie wir.« Er lächelt. »Und wir bringen neue Gene, um sie mit ihren zu mischen. Das kann nicht schaden.«

»Sie werden Ihnen nicht die Herrschaft überlassen«, sage ich. »Die haben garantiert ihr eigenes Oberhaupt.«

»Das werden wir schon sehen.« Der Admiral hält die Hand schützend über die Augen gegen die Sonne. »Wir nehmen die Besten der Besten mit. Unsere besten Maschinisten, Soldaten, Ärzte, Baumeister. Und das Quorum natürlich.«

Wollen sie auch mich noch immer mitnehmen? Obwohl ich Porter nicht getötet habe?

»Los«, sagt der Admiral. »Frag schon.«

Er wird es schaffen, mich dazu zu bringen. Ich schlucke meinen Stolz, meine Furcht, meinen Ärger, meinen Verlust herunter. Meine Kehle ist rau. »Komme ich auch mit?«

»Ja.«

Dass er so prompt antwortet, wundert mich, genau wie die Tatsache, dass er nicht mit mir spielt. Er teilt es mir in klaren Worten mit. »Warum?«

»Wie schon gesagt«, erwidert der Admiral. »Du hast dich als sehr erfinderisch erwiesen, was Todesarten angeht. Du hast die beste Massenvernichtungswaffe in der neueren Geschichte erbaut. Das ist schon was.«

Das habe ich also getan. Das macht mich unverzichtbar. Meine Begeisterung ebbt ab. Ich habe ihre Gesichter nicht gesehen. Aber sie sind gestorben. Ich habe das getan. Für Call.

Nein.

Für mich. Weil mich die Aussicht auf Rache am Leben erhalten hat.

Was bin ich nur für ein Mensch? Der Admiral glaubt, es zu wissen. Was er gesagt hat, ist eine Tatsache. Ich kann es weder leugnen noch beschönigen.

»Wen müssen Sie denn töten?«, frage ich. »Sie haben doch gesagt, der Ort, an den wir gehen, sei verlassen.«

»Das ist er auch im Moment«, sagt er. »Aber trotzdem werden andere kommen und ihn uns streitig machen.« Ein Goldzahn schimmert hinten in seinem Mund. Ich denke an meinen fehlenden Zahn und daran, wie der Admiral mich in der Kapitänskajüte geschlagen hat.

Ich denke daran, wie ich in dieser Kajüte mit Tam gekämpft habe.

Tam.

Tam war mutig. Er wollte alles über jeden wissen. Er kannte alle unsere Namen. Er hat dafür gesorgt, dass wir gut aßen, damit es uns gutging. Er ist mit uns in die Wälder gegangen. Er hat neben uns gekämpft. Auf diesem Deck.

Ich habe ihn sterben sehen.

»Ich brauche eine Waffe. Eine, die nicht kaputt ist.« Der Blick des Admirals streift mich. »Bist du kaputt?«

Ich starre zum Horizont jenseits des Flusses, wo das goldene Schiff verschwunden ist. Alles hier ist verdorben und ruiniert. Dort hinten ist etwas Helles und Schönes, das uns in eine andere Welt bringen kann. Zwei Möglichkeiten, zwei Seiten einer Medaille, geprägt aus Gold und Blut.

Und da ist noch etwas in der Ferne, ganz hinten am Horizont. Etwas, was der Admiral möglicherweise übersehen hat.

»Nein«, sage ich. Ich deute hinauf zum Himmel, wo das Schiff, die goldene *Palingenese*, zurückkehrt. »Ich wurde neu geboren.«

Kapitel 45

»Es wird Zeit, Abschied von der *Lily* zu nehmen«, sagt der Admiral. »Sie hat uns gute Dienste geleistet.«

Er hat alle zusammengetrommelt, Vagabunden und Piraten, und steht jetzt oben auf der Plattform des Förderdecks, um zu uns zu sprechen.

Es ist vorbei. Wir sind am Ende unserer Reise angekommen. Der Motor schweigt jetzt, abgeschaltet von den Maschinisten auf Befehl des Admirals. Er hat lange genug gehalten. Mir ist danach, sein Gehäuse zu tätscheln und zu flüstern: *gut gemacht.* Obwohl er natürlich nicht lebendig ist. Obwohl er uns an einen Ort gebracht hat, von dem es womöglich keine Wiederkehr gibt. Das Schiff hat getan, was wir von ihm verlangten.

Alle wissen jetzt von dem anderen Schiff, der *Palingenese.* Aber nur der Admiral weiß genau, wer mitkommt, wenn es abhebt, um nie mehr zurückzukehren.

Wer wird sterben? Wer wird leben? Wer wird ausgewählt werden, fortzugehen und anderswo neu anzufangen?

»Es ist Zeit, den Bagger ans Ufer zu bringen«, sagt der Admiral. »Danach werden wir das Gold über den Absetzer auf die Wagen verladen.«

»Wenn wir das Schiff auf Grund setzen, zerstören wir es.«

Schon in dem Moment, wo ich die Worte ausspreche, verfluche ich mich. Ich sollte dem Admiral schmeicheln, um nicht meinen Platz auf der *Palingenese* zu verspielen.

»Aber es ist die schnellste und einfachste Art, die Wagen zu beladen.« Der Admiral stellt seinen Fuß auf einen Sack voller Gold und stützt sich auf sein Knie. »Und wir brauchen die *Lily* nicht mehr. Sie hat ihren Zweck erfüllt.«

»Es wird aber gefährlich für die, die noch an Bord sind«, wendet Corwin ein. »Es wird eine heftige Erschütterung geben.« Ich starre meinen Chefmaschinisten an, der es gewagt hat, für diejenigen zu sprechen, die die gefährliche Aufgabe ausführen müssen, die *Lily* zu zerstören. Das Quorum hat ihn ausgewählt, mitzukommen. Weiß er das? Und wenn, freut er sich? Sein Gesicht ist undurchdringlich.

»Ja, es ist gefährlich«, gibt der Admiral zu. »Aber wir haben jemanden, der das Schiff in- und auswendig kennt und dem ich die verantwortungsvolle Aufgabe übertrage.«

Mein Magen fühlt sich an, als läge ein Stein darin. Der Admiral richtet sich wieder auf und deutet mit einer schwungvollen Geste in meine Richtung. Ich stehe bei den anderen. Nicht mehr zu seiner Linken.

»Captain Blythe wird das erledigen.« Der Admiral lächelt mich an, seine Augen und Zähne leuchten durch die ganze Länge des Raumes. »Sie kennt den Bagger. Sie wird ihn auf Grund setzen. Wir anderen erwarten sie am Ufer.«

Natürlich. Er wird mich nicht mit auf die *Palingenese* nehmen, bis ich mich bewährt habe. Ich bin beim Test mit Porter durchgefallen, deswegen muss ich noch einen absolvieren. Der Admiral will, dass ich das zuerst tue.

Die Zerstörung meines Schiffs zu überleben.

Der Admiral nimmt mich mit hinauf auf die Brücke. Zu meiner Überraschung und auch der der Wachen entlässt er sie an der Tür und trägt ihnen auf, draußen zu warten. Als sie weg sind, zieht der Admiral eine Handfeuerwaffe aus der Jackentasche und legt sie in den kleinen Metallsafe, der in die Wand eingebaut ist. Er verschließt ihn und reicht mir den Schlüssel.

»Für dich«, sagt er.

»Warum?«

»Du wirst schon sehen.« Der Admiral beobachtet mich. Er trägt heute Morgen ein sauberes Hemd und eine Weste, kein Arbeitshemd. Es ist ein besonderer Anlass. »Ich hoffe, du überlebst den Aufprall«, sagt er. »Ich glaube, das wirst du. Und wenn du mit dem fertig bist, was du auf dem Schiff zu erledigen hast, kannst du mit uns auf das nächste kommen.«

Er braucht jemanden, der genau weiß, wie man den Schürfbagger auf Grund setzt. Und auf den er gegebenenfalls verzichten kann. Nämlich mich.

Ich bin sein Spielball, und ich habe die Nase voll davon.

Dieses eine Mal noch.

Ich werde tun, was immer ich muss, noch dieses eine Mal, um zu bekommen, was ich will.

Nachdem unser Gespräch beendet ist, werden der Admiral und seine Wachen die kleinen leichten Boote der Vagabunden besteigen, um das Schiff zu verlassen. Sobald der Admiral in Sicherheit ist, soll ich den Motor starten und im Rückwärtsgang auf eine lange Sandbank zufahren, die in den Fluss hineinreicht. Dort werde ich den Bagger auf Grund setzen, so dass der Absetzer über Land anstatt über Wasser ragt.

Anschließend werden die Siedler an Bord kommen und das Gold über den Absetzer direkt auf die Wagen verladen.

»Du musst nichts weiter tun, als das Schiff ans Ufer zu bringen und sicherzustellen, dass der Absetzer dabei nicht beschädigt wird«, sagt der Admiral. »Alle anderen Schäden spielen keine Rolle.«

»Ich verstehe.« Und das tue ich. Wenn ich überlebe, bin ich nützlich für ihn. Wenn nicht, habe ich wenigstens noch diese Aufgabe erfüllt, für die er mich brauchte.

»Gut.« Der Admiral krempelt die Ärmel auf, jeden um zwei Schläge, sehr sorgfältig und gleichmäßig. »Wir sehen uns an Land.« Er schiebt die Brückentür auf und wirft einen Blick zurück zu mir. »Versuche, dich nicht selbst zu töten. Ich würde dich gern auf dem anderen Schiff begrüßen.«

Er lässt die Tür hinter sich offen. Ich lausche seinen Schritten, als er den Gang hinunter zur Treppe geht, höre die Wachen sich zu ihm gesellen, wie sie die Stufen hinunter zu den Booten gehen, die sie sicher von hier fortbringen werden. Als ich sie nicht mehr hören kann, blicke ich hinaus zum Fenster. Ein paar der Metallzähne, die es einmal umgeben haben, sind geblieben, bereit, jeden zu zerreißen, der versucht, ein- oder auszusteigen. Doch ansonsten ist die Panzerung größtenteils verschwunden. Die Fördereimer und andere Teile der Anlage liegen irgendwo hinter uns auf dem Grund des Flusses. Wir haben eine Spur hinterlassen, die man wahrscheinlich vom neuen Schiff am Himmel aus sehen kann.

Wir sind vernarbt, zerschlagen, verletzt. Beinahe am Ende.

Ein Siedler am Ufer feuert zwei Schüsse in die Luft. Das ist das Signal: Der Admiral ist eingetroffen.

Zeit für mich, meine Aufgabe zu erledigen. Ich verlasse die Brücke und gehe die Treppe zum Förderdeck hinunter. Ich fahre mit einer Hand am Geländer entlang, bemerke die Nieten am Boden. Ich schwöre, dass ich das Echo der Stimmen meiner Mannschaft unten im Maschinenraum höre. Ihre Freude darüber, auf Gold zu stoßen. Ein paar Tage lang waren wir eine richtige Crew. Ich schlucke.

Die Tür zum Förderdeck steht offen. Die Stimmen in meinem Kopf werden lauter, und ich schüttle den Kopf, um sie loszuwerden, frustriert über meine eigene Einbildungskraft.

Und dann stehe ich in der Tür, neben dem Hauptkontrollschaltpult und blicke hinauf.

Ich sehe Gesichter. Von Leuten, die mit Handschellen an das Geländer der Förderdeck-Plattform gekettet sind.

Lily. Brig.

Und drei Vagabunden.

Aber es sollte keiner außer mir mehr auf dem Schiff sein!

»Was macht ihr denn hier?«, frage ich.

»Was glaubst du denn?«, faucht mich Lily an. »Der Admiral hat uns hier angekettet. Er hat gesagt, dass du Porter getötet hast.« Ihre Stimme drückt mehr aus als Hass, mehr als Verachtung. »Und jetzt wirst du dasselbe mit uns tun.«

Natürlich. Deswegen hat der Admiral mir die Waffe oben hinterlassen. Deswegen hat er gesagt: Du wirst schon sehen. Bei dem Test geht es nicht nur darum, ob ich in der Lage bin, mein Schiff zu zerstören und den Aufprall zu überleben. Er will auch feststellen, ob ich meine Freunde und die Vagabunden töten kann. Auge in Auge. Ich muss diese Aufgaben erfüllen, sonst wird er mich nicht an Bord dieses wunderschönen goldenen Schiffs lassen.

Ich habe seine Spiele so satt. Und wie er mich benutzt.

Diese Männer. Die ein Spiel von Ruhm und Gold spielen und denen es egal ist, wer dabei auf der Strecke bleibt, solange sie nehmen, nehmen, nehmen können. Die andere Menschen als ihren Besitz, ihre Schachfiguren betrachten.

Wenn sie sie überhaupt zur Kenntnis nehmen.

Als dieses Schiff über den Himmel gesaust ist und ich zum Horizont nahe des Flusses geblickt habe, wusste ich, was ich zu tun hatte. Nichts wird mich aufhalten.

Nichts.

Und niemand.

»Porter ist gesprungen«, sage ich.

Lily lacht. »Und das soll ich dir glauben?«

»Wo sind die Schlüssel zu den Handschellen?«, frage ich.

Brig antwortet mit sanften Augen und fester Stimme: »Der Admiral hat sie mitgenommen.«

Natürlich hat er das. Ich gehe hinüber zu einem der Schränke an der Wand. Hoffentlich haben die Siedler etwas von dem Werkzeug hiergelassen.

Haben sie.

Ich zerre eine Werkzeugkiste heraus und suche mir ein paar der kleineren, spezielleren Werkzeuge aus. Einen winzigen Schraubendreher, ein skalpellartiges Messer mit schmalem Ende. »Geht so weit wie möglich vom Geländer weg«, sage ich zu Lily und den anderen. »Wir müssen uns beeilen. Der Admiral wird wissen, dass etwas nicht stimmt, wenn ich das Schiff nicht bald in Gang setze.«

Ich knacke das Schloss an Lilys Handschellen, dann an

Brigs. Lily weicht von mir weg, als könne sie meine Nähe nicht ertragen. Brig bleibt neben mir stehen, die Schultern gestrafft.

»Mich als Nächster«, sagt einer der Vagabunden. »Damit ich dich erwürgen kann!« Er öffnet und schließt die Finger.

»Aber sie hilft uns!«, entgegnet Brig.

»Ich muss den Motor starten«, sage ich. »Ich soll das Schiff auf Grund setzen. Sie warten darauf.« Der nächste Vagabund ist befreit. Zwei fehlen noch. Ich lasse den, der mich bedroht hat, am längsten warten.

»Sie werden uns töten, sobald wir an Land gehen«, sagt Lily. »Du hast uns nicht wesentlich mehr Aufschub verschafft.«

»Ihr kommt nicht mit mir«, sage ich. Der nächste Vagabund ist frei. Ich hocke mich neben den letzten und vermeide es, ihm in die Augen zu schauen.

»Was meinst du damit?« Lilys Gesicht wird blass. Hat sie wirklich geglaubt, dass ich sie erschießen würde? Nach allem, was wir durchgemacht haben?

»Ich habe einen Plan«, sage ich. »Aber zuerst müsst ihr schnell die Gleiter holen. Ein paar von ihnen sind im Lagerraum neben der Brücke.«

Lily ist schon losgerannt, bevor ich den Satz ganz zu Ende gesprochen habe. »Kommt schon!«, ruft sie über die Schulter den anderen Vagabunden zu. Sie folgen ihr hinaus.

Brig bleibt zurück.

»Wo ist Eira?«, frage ich.

»Sie ist bei den Siedlern«, antwortet Brig. »Sie möchte mit auf das fliegende Schiff.« Sein Lächeln wird schwächer, verschwindet aber nicht ganz. »Warum auch nicht? Sie wird eine ganz neue Welt kartographieren können. Und sehen können.«

»Das verändert alles«, sage ich.

Brig nickt und lehnt sich gegen die Wand neben uns, den Rücken an den Signalzeichen. Ich wünschte, er würde mich berühren. Der Gedanke ist eine Überraschung. Aber es ist so lange her, seitdem irgendjemand mich so berührt hat wie Call. Zwei Jahre. Zwei Jahre ohne richtigen Kontakt.

Ich höre. Die Stille des Zusammenseins mit Brig. Ruhig wie Call.

Ich stelle mir vor. Brigs Lippen auf meinem Hals.

Ich brauche keinen, der mich stützt. Ich brauche jemanden auf Augenhöhe, so wie Call, so dass Bedürftigkeit auf Bedürftigkeit trifft, Stärke auf Stärke. Ich glaube, mit Brig könnte das klappen.

Aber ich weiß immer noch nicht, wie ich jemand anderen lieben soll.

Doch ich erinnere mich daran, wie es ist, sich danach zu sehnen.

Füße dröhnen auf der Metalltreppe. Lily und die anderen kommen hereingerannt. Ich schöpfe Hoffnung beim Anblick der Gleiter auf ihren Schultern. Lily bringt zwei mit.

»Oben sind noch mehr«, sagt sie. »Aber wir sind uns nicht sicher, ob wir dir genügend trauen können, um dich mitzunehmen.« In ihrer Stimme liegt eine Warnung, eine große Bestimmtheit.

»Keine Sorge«, erwidere ich. »Ich komme nicht mit euch.«

»Romy«, sagt Brig.

»Ich weiß immer noch nicht, wie das funktionieren soll.« Leichter Zweifel unterminiert die Hoffnung in Lilys Stimme.

»Ihr springt vom oberen Deck, nach vorne raus.«

»Die werden uns abschießen.«

»Nicht, wenn ihr in dem Moment springt, wo ich das Schiff auf Grund setze«, erwidere ich. »Sie werden ihre Augen auf die Rückseite gerichtet halten, weil ich mit dem Heck zuerst auf die Sandbank auffahren soll. Deswegen könnt ihr auch nicht über den Absetzer raus. Damit würdet ihr ihnen genau in die Hände fallen.« Ich schweige für einen Moment. »Aber ich glaube, jemand anderer wird euch erwarten.«

»Wovon redest du?« Lilys Gesichtsausdruck ist misstrauisch.

»Ich habe einige von euren Booten gesehen«, sage ich.

Das war der Moment meiner Wiedergeburt. Ich sah das goldene Schiff am Himmel, und es betörte mich und es betörte den Admiral. Für einen Augenblick hatten wir keine Augen für irgendetwas anderes, aber dann bemerkte ich etwas auf der Erde und im Wasser anstatt am Himmel. Boote, winzig klein, weit in der Ferne, viel weiter weg als das wundervolle glänzende Schiff. Die Menschen kehren zu denen zurück, die sie lieben.

»Ich habe sie stromaufwärts am westlichen Ufer gesehen. Ich glaube, dass eure Leute gekommen sind, um euch zu holen. Ihnen muss klargeworden sein, dass irgendetwas nicht stimmt.«

»Bist du dir sicher?«, fragt einer der Vagabunden.

»Nein«, sage ich. Es hätte auch eine Lichtspiegelung sein können, eine Reflexion der Sonnenstrahlen auf dem Wasser, Felsen entlang der Küste. Es hätte vieles sein können. Aber für mich hat es wie Boote ausgesehen.

»Sie werden dich töten, wenn du uns gehen lässt«, bemerkt Lily.

»Ich weiß«, sage ich. »Und jetzt geht rauf an Deck. Duckt euch tief. Wenn ihr spürt, wie wir auf Grund laufen, springt!«

Lilys Gesicht wird weicher, als sie mich ansieht, und es kommt so unerwartet, dass mein Herz einen Schlag aussetzt. Bedeutet das, dass sie mich nicht hasst? Nach alledem?

»Mich haben einmal in meinem Leben alle für tot gehalten«, sagt Lily. »Aber ich war es nicht.« Für einen Moment klingt ihre Stimme weit weg. Dann strafft sie die Schultern. »Du kannst es schaffen«, sagt sie und drückt Brig einen Gleiter in die Hand.

Er nimmt ihn nicht an. »Ich komme nicht mit«, sagt er. »Ich werde das Schiff auf Grund setzen. Romy soll mit euch gehen.« Er hat einen Blick in den Augen und einen Zug um den Mund, den ich noch nie zuvor gesehen habe; ein Ausdruck absolut fester Entschlossenheit.

Doch ich werde nicht nachgeben. »Nein«, erwidere ich. »Das mache ich nicht.«

»Warum nicht?« Seine Stimme klingt grob vor Frustration, und die Uhr tickt, mit jeder Sekunde wird die Zeit knapper. Wie lange wird es dauern, bevor der Admiral ein Boot zurück zum Bagger schickt, um nachzusehen, was los ist? Um herauszufinden, dass ich die Leute unten auf dem Förderdeck nicht getötet und auch den Motor nicht gestartet habe?

»Jemand muss das Schiff auf Grund setzen, damit ihr anderen fliehen könnt«, sage ich. »Es ist meine Aufgabe, das zu Ende zu bringen.«

»Es ist nicht deine Schuld, dass Call sterben musste«, sagt Brig. »Der Admiral hatte Schuld, weil er ihn gestohlen hat, und die Vagabunden hatten Schuld, weil sie ihn erschossen haben. Und Naomi hat Tam umgebracht. Nicht du.«

»Ich habe die vielen Vagabunden durch meine Panzerung getötet«, erwidere ich. »Heute kann ich wenigstens ein paar von ihnen retten.«

Er legt die Hand auf meine Schulter, sanft und fest. Sein Kinn drückt Entschlossenheit aus, und seine Stimme klingt bestimmt. Ich spüre die Wärme seiner Haut durch mein Hemd hindurch.

»Brig«, sage ich. »Geh.«

»Du brauchst nicht zu versuchen, eine Heldin zu sein.« Seine Stimme klingt rau und tief.

»Ich versuche es nicht«, erwidere ich. »Ich bin eine.«

Kapitel 46

Es ist an der Zeit, mein Schiff endgültig zu zerstören.

Der Motor brummt. Ich ergreife das Ruder und werfe noch einen Blick zurück auf den Safe mit der Waffe darin.

Brig hält mich für besser, als ich bin.

Der Admiral hält mich für schlechter.

Call hat mich genau richtig eingeschätzt.

Das kann mir keiner mehr nehmen.

Mein Leben war nicht umsonst. Für mich hat es alles bedeutet.

Ob die Vagabunden oben auf dem Deck bereit sind? Steht Brig neben Lily? Wird jemand zu ihrer Rettung kommen, wenn sie springen?

Ich gebe Vollgas.

Und wenn ich mich mit den Booten getäuscht habe? Ich habe mich schon so oft geirrt.

Aber ich möchte glauben, dass es wahr ist. Ich möchte glauben, dass die Leute denen zuliebe zurückkehren, die ihnen etwas bedeuten.

Fast geschafft. Ich halte das Schiff auf Kurs. »Tut mir leid, Lily«, flüsterte ich dem Schiff zu. Der Motor dreht sich und tief im Inneren des Rumpfs höre ich ein Schaben, ein langes, gequältes Ächzen.

Als der Schürfbagger und der Grund des Flusses sich ineinanderbohren, als die Welt endet, schließe ich die Augen.

Wie wäre es, wenn jemand mir zuliebe zurückkäme?

Call konnte es nicht. Es ist nicht seine Schuld, dass er es nicht tat.

Und ...

Es ist auch nicht meine Schuld.

Kapitel 47

Ich setze mich auf. Meine gesunde Hand hängt merkwürdig schief herunter, aber ich glaube nicht, dass sie gebrochen ist, nur verrenkt und gequetscht, denn ich kann die Finger bewegen. Dafür tut mein Kopf höllisch weh, an der Schläfe und am Hinterkopf.

Ich lebe!

Das Schiff stöhnt und setzt sich. Draußen vor der Brücke höre ich Rufe, und ich höre den Absetzer laufen. Die Siedler sind bereits an Bord und laden das Gold aus.

Der Admiral steht in der Tür der Brücke.

Sein Gesicht ist sonnenverbrannt und sonnengebräunt, den Hut hat er zurückgeschoben. Er sieht nicht mehr so adrett aus wie zuvor. Seine Krawatte hängt schief und an seiner Weste ist ein Schmutzstreifen.

»Ich habe es getan«, sage ich. »Ich habe das Schiff am Ufer auf Grund gesetzt. Wie Sie es verlangt haben.«

Blut läuft mir ins Auge. Wie schwer ich wohl verletzt bin?

»Die Piraten sind weg«, sagt er. »Wo sind sie?«

Ich hätte beinahe aufgelacht.

Der Admiral hat mich auf diese Expedition geschickt, mir aufgetragen, Porter zu töten, und die Waffe für mich auf der

Brücke deponiert. Er glaubt, dass ich seine Prüfungen bestehen muss, um mich zu beweisen.

Sogar die Vagabunden haben bestimmte Dinge von mir verlangt.

Doch diese Aufgaben und Prüfungen bedeuten nichts. Es sind nicht meine.

Ich bin die, die ich bin.

Ich bin Romy Blythe.

»Sie kriegen auch nie genug«, sage ich zum Admiral. Ich habe ihn durchschaut. Denn auch für mich würde es niemals genug sein. Ich könnte töten und töten und töten, aber es würde nie ausreichen, um Call zurückzubekommen.

Ich könnte aber auch einfach damit aufhören.

Ich könnte einfach aufhören.

»Runter von meinem Schiff!«, sage ich zum Admiral.

»Wie bitte?« Und hier ist sie, endlich und urplötzlich. Die Wut. Der Ärger. Der Mann in seinem Inneren. Der wahre Admiral. Mit gebleckten Zähnen und aggressivem Blick. Er richtet sein Gewehr auf mich.

»Ich habe dir so viele Chancen gegeben«, sagt er. »Aber du bist ein Tier. Also kannst du auch wie ein Tier verhungern. Du kannst dich selbst in Streifen schneiden, indem du versuchst, zum Fenster hinauszuklettern. Du kannst mit dem Kopf gegen die Wand schlagen, bis dein Gehirn rausläuft. Du kannst auf diesem Schiff sterben. Wir fliegen weg, und du wirst nie wieder irgendetwas außerhalb dieses Raumes sehen.«

»Ich bin kein Tier«, erwidere ich. »Und ich bin nicht deine Waffe. Ich bin nichts, was dir gehört.«

Der Admiral lässt das Gewehr sinken. Mit der freien Hand greift er in die Tasche und zieht einen Schlüssel heraus.

»Du hast recht«, sagt er. »Du bist nichts.« Er zieht die Tür zur Brücke zu und schließt sie hinter sich ab.

Kapitel 48

Call und ich hätten weglaufen sollen, als wir die Möglichkeit dazu hatten. Wir hätten in der sternengesprenkelten Dunkelheit wegschlüpfen können. Uns an den Händen halten, lachen können, ängstlich, aber am Leben.

Doch wir haben zu lange gewartet.

Ich hätte weglaufen sollen, als ich die Chance dazu hatte. Als ich in den Wäldern war, mit Brig, Tam und den anderen, hätte ich mich wegschleichen sollen, ohne je zurückzublicken.

Aber ich konnte nicht loslassen. Das, was die Vagabunden Call angetan hatten, das Schiff – das alles hielt mich zurück.

Alles, was mich einst in Bewegung gehalten hat, was mich am Leben erhalten hat, ist jetzt das, was mir den Untergang bringt. Was mich töten wird.

Ich weiß nicht, warum ich weine. Weil der Admiral eine Art Vaterersatz war, obwohl ich ihn nicht als Vater wollte? Weil ich Call niemals kennengelernt hätte, wenn er das Entsetzliche nicht getan und die Kinder der Vagabunden entführt hätte?

Weil der Admiral mich abgewiesen hat? Weil diese Art von Person die einzige war, die jemals zurückgekehrt ist, um mich zu holen?

Ich habe Hunger und Durst und Schmerzen am ganzen Körper. Durch das Fenster sehe ich, wie der Tag zur Nacht wird und ein neuer Tag anbricht. Die Siedler haben ihre Wagen beladen, und die meisten von ihnen sind fort. Auf den Zehenspitzen spähe ich durchs Fenster, in dem Versuch, zu sehen, wie viele noch da sind.

Ich kratze an der Tür, wie es der Admiral prophezeit hat. Ich versuche mit allem, was ich finden kann, das Schloss zu knacken. Es gelingt mir, den Safe aus der Wand zu reißen und ihn dazu zu benutzen, das Fenster einzuwerfen. Die Brise und der Geruch des Flusses begrüßen mich.

Ich grüble darüber nach, wie schlimm es sein könnte, durchs Fenster zu klettern. Vielleicht würden mich die Reste der Panzerung nicht ganz zerreißen und ich könnte mich ins Wasser fallen lassen und ans Ufer schwimmen.

Ich erinnere mich an Calls Tod, als ich in seine toten, starren Augen und sein wunderschönes Gesicht blickte, auf seine so reglosen Hände.

Ich dachte: *Ich werde niemals wieder jemanden lieben können.*

Ich dachte: *Ich werde die Menschen töten, die dir das angetan haben.*

Und ich dachte: *Ich werde alles tun, um am Leben zu bleiben.*

Ich drehte mich von seinem toten Körper weg und beschloss, dass ich alles daransetzen würde, um weiterzuleben.

Ich will nicht sterben.

Ich werde nicht sterben.

Wenn ich versuche, durchs Fenster zu klettern, werde ich zumindest bei dem Versuch sterben, zu überleben. Ich rapple mich auf und schaue hindurch, sorgsam darauf bedacht, nicht die Metallkanten zu berühren. Ich kann den Fluss sehen, wenn ich den Kopf neige, und den Himmel, wenn ich ihn in den Nacken lege.

Oh!

Ein goldener Blitz schießt am Fenster vorbei. Ohne nachzudenken, dränge ich mich näher heran. Das Metall schneidet mir in die Handkante und ich hebe die Hand zum Mund. Ich schmecke bitteres Blut.

Das Schiff!

Es fliegt weg!

Als es am Himmel vor der Sonne entlangfliegt, erstrahlt es plötzlich grellweiß leuchtend. Ich nehme die Hand vom Mund und schütze meine Augen. Blut tropft mir auf die Wimpern.

Brennt die *Palingenese*?

Oder war es nur eine Spiegelung der Sonne?

Wie dem auch sei, das Schiff ist weg.

Kapitel 49

Ich werde nie einen Fuß auf dieses goldene Schiff setzen. Ich werde nie erblicken, was darin ist, oder die Welt unter mir verschwinden sehen.

Ich lasse mich auf die Knie sinken und lehne meine Wange gegen das kühle Metall der Tür. Sie riecht genauso, wie mein Blut schmeckt. »Jetzt sind wir allein, du und ich, Lily«, sage ich zu meinem Schiff.

»So heiße ich doch gar nicht«, erwidert sie.

Moment mal. Spricht das Schiff etwa? Mit mir? Nachdem ich es ans Ufer gerammt habe?

Nein! Es ist eine Stimme.

»Romy?«, sagt eine andere Stimme. »Wir haben hier einen Schweißbrenner. Geh von der Tür weg.«

Diese Stimme kenne ich. Es ist Brig!

Und die andere – war das Lily? Die echte Lily, nicht das Schiff?

Ungeschickt krabbele ich rückwärts gegen die Wand. Mein Herz hämmert. Ich lege eine Hand gegen meinen verletzten Kopf. Ich phantasiere nicht! Nein! Mein Kopf schmerzt und an meinen Händen und in meinem Gesicht klebt dunkles, getrocknetes Blut, und da ist tatsächlich jemand draußen vor der Tür!

Auf einmal kippt sie mit einem Geruch nach Feuer und Metall aus den Angeln.

Lily! Und Brig! Da stehen sie vor mir, er mit einem Schweißbrenner, sie mit einem Gewehr in der Hand.

Sie sind zurückgekehrt!

»Romy!« Brig kniet sich auf die eine, Lily auf meine andere Seite. Sie greifen mir rechts und links unter die Arme und hieven mich hoch.

»Wir haben dich«, sagt Lily.

»Brig«, flüstere ich. »Lily.« Dann fällt es mir wieder ein. Lily ist das Schiff. »Das ist nicht dein richtiger Name. Wie heißt du?«

»Indie«, sagt sie.

Kapitel 50

»Beeil' dich!«, drängt Indie. »Wir sind nicht die Einzigen, die deinetwegen zurückgekommen sind.«

»Wie meinst du das?«

»Die Siedler.« Sie verlagert ihr Gewicht, so dass sie mich besser unterstützen kann. »Ein paar von ihnen stehen da draußen. Diejenigen, die der Admiral nicht dazu auserwählt hat, mit auf die *Palingenese* zu kommen.«

Ich bin ausgekühlt, blutig und erschöpft. Ich muss nachdenken. Der Druck von Brigs und Indies Armen gegen meine erinnert mich daran, dass das mein Körper ist und ich da drin bin. Es erdet mich hier auf meinem Schiff und reißt mich weg von den Gedanken an das andere, das ohne mich geflogen ist.

»Ich glaube, sie wissen, dass wir hier sind«, meint Indie. »Ich glaube, sie warten darauf, dass wir mit dir rauskommen.«

Wir schaffen es drei Schritte weit, fast bis zur Tür, und schon erhalten wir den Beweis, dass Indie recht hat.

»Captain Blythe!« Eine Stimme, verstärkt durch ein Megaphon, dröhnt durch das zerbrochene Fenster herein. »Bitte kommen Sie heraus! Es droht Ihnen keine Gefahr. Wir werden Ihnen nichts tun.«

»Ihr hättet nicht zurückkommen sollen.« Ich richte mich

auf, verlagere mehr Gewicht auf meine Beine. Sie tragen mich.

»Stimmt«, sagt Lily. Indie. Ich muss mir merken, wie sie richtig heißt. »Aber wir haben es trotzdem getan.«

»Sie können Ihre Freunde mitbringen«, fährt die Megaphonstimme fort. Das ist nicht der Admiral. Die Stimme klingt jünger, und einen Augenblick lang bin ich irritiert und denke *Tam*?, worauf mich der Kummer übermannt.

Tam.

Er hat zu uns gehört, und wir werden ihn nicht vergessen. Dieses Lächeln! Die Art, wie er uns auf einer Lichtung im Wald Essen zubereitet hat. Sein Profil, als er das Gewehr angelegt hat, sicher und schnell.

Er hielt mich für die Art von Mensch, die ihre Überzeugungen ändern kann. Die sich für andere Geschichten interessiert. Du hast mich richtig eingeschätzt, Tam. Tränen treten mir in den Augen, und ich muss heftig schlucken.

»Wir können eine weiße Flagge auf dem Deck hissen und darauf warten, dass sie zu uns kommen«, schlage ich vor. »Sollen sie an Bord kommen, wenn sie reden wollen.«

Weder Brig noch Indie sagen etwas. Ich weiß, dass Tam auf diesem Deck gestorben ist. Ich weiß, dass auch Call dort gestorben ist, auf einem anderen Schiff. Ich weiß, dass dort oben Blut klebt. Aber ich möchte draußen im Freien auf dem Schürfbagger stehen, wenn ich mich ergebe. Ich will nicht auf ihrem Terrain, sondern auf meinem sein.

»Lasst uns gemeinsam entscheiden«, sage ich. »Ich bin nicht ausschlaggebend.«

»Du bist der Captain«, erwidert Brig.

»Das ist dein Schiff«, sagt Indie.

Wir holen ein Betttuch aus einer der Kajüten, klettern hinauf an Deck, binden es an die Reling und warten. Draußen am Ufer haben sich mehrere Wagen in der Nähe des Absatzes aufgestellt. Die Siedler, die mit dem Admiral den ganzen Fluss hinaufgezogen sind und dann zurückgelassen wurden, als er sie nicht mehr brauchte.

Wie sie sich wohl gefühlt haben, als das Schiff aufstieg?

Die weiße Fahne flattert im Wind. Brig und Indie stehen dicht an meiner Seite, falls ich umkippen sollte. Ich kann mich nicht an der Reling festhalten, weil ich an beiden Händen verletzt bin, aber ich will mich auch nicht hinsetzen. »Warum hat Porter es zugelassen, dass ich mich den Siedlern ergebe?«, frage ich.

»Er hat dir vertraut.« Indie schiebt sich eine Strähne ihrer zerzausten Haare aus den Augen. Obwohl wir uns nicht bewegen, umspielt der Wind das Schiff, als wolle er die Illusion erzeugen, dass wir unterwegs seien. »Er hat erkannt, dass du wahrscheinlich am besten wusstest, wie der Admiral tickt. Was der Admiral als Nächstes tun könnte. Er meinte, wir sollten uns nach dir richten.«

»Weil ich dem Admiral ähnlich bin.« Die Worte schmecken Übelkeit erregend sauer auf meiner Zunge.

»Nein!«, erwidert Brig heftig, und ich spüre, wie er mich ansieht, obwohl ich die Augen auf das Ufer gerichtet halte. »Jemanden gut zu kennen bedeutet nicht, genauso zu sein wie er.«

»Warum wollten die Vagabunden eigentlich wirklich das Gold?«, frage ich Indie. »Wolltet ihr auch versuchen, an Bord der *Palingenese* zu kommen?«

»Nein«, erwidert Indie. »Wir wussten, dass der Admiral

das Gold unbedingt wollte, und wir wussten, was er damit vorhatte. Deswegen wollten wir es ihm abnehmen und ihn an seinem Treffpunkt erwarten. Wenn wir das Gold gehabt hätten, das er brauchte, und zusätzlich den Schutz der anderen Leute, die dort wohnen, hätten wir mit ihm verhandeln können. Hätten versuchen können, unsere Kinder zurückzubekommen.«

»Wollten deswegen die Vagabunden auch das Gold von unserer ersten Expedition?«, frage ich.

Sie nickt. »Wir brauchten es für verschiedene Zwecke«, erklärt sie. »Unter anderem, um Leute zu bestechen, die uns Informationen über den Admiral und seine Pläne verschafften.« Sie holt tief Luft. »Aber wir hatten noch nicht genug, um alle nach Hause zu holen.«

Der Admiral wollte das Gold, um eine neue Welt zu gründen, um zu Ruhm und Macht zu fliegen, fort von dem Durcheinander und dem Zerfall des Außenpostens. Die Vagabunden wollen es, um Dinge damit herzustellen und um ihre eigenen Kinder freizukaufen.

»Wollt ihr immer noch versuchen, sie zu finden, auch ohne das Gold?«

»Ich weiß noch nicht genau.« Indie verschränkt die Arme vor der Brust.

»Und was ist mit dir?«, frage ich Brig, noch immer ohne ihn anzusehen. »Du hast gesagt, dass du Verwandte im Außenposten hast.«

»Ich weiß es auch noch nicht«, antwortet er.

»Um ehrlich zu sein, sind wir noch nicht weitergekommen«, sagt Indie. »Wir wollten dir erst mal zur Flucht verhelfen. Was uns noch nicht ganz gelungen ist.«

»Was ist mit ihnen?«, frage ich Brig und Indie und deute auf die Siedler am Ufer. Sie reden miteinander, zeigen auf die Flagge und auf uns. »Die Leute, die der Admiral zurückgelassen hat. Was wollen sie?«

Brig berührt mich nicht mehr; aber seine Schulter ist nur wenige Zentimeter von meiner entfernt. »Ich glaube, sie wollen dich.«

Kapitel 51

Fünfzehn Siedler und wir drei. Wir stehen auf dem Deck und sehen einander an. Mir ist, als sähe ich Geister im abendlichen Wechselspiel von Wärme und Kühle und den Veränderungen in Luft und Licht.

Call, der hier oben Wache hält. Tam, der auf den Heckenschützen am Ufer zielt.

»Wir wollen euch nichts tun«, sagt eine Siedlerin mit langem schwarzem Haar. Sie scheint die Sprecherin der Gruppe zu sein und sieht aus wie etwa Mitte zwanzig. Auf einmal erkenne ich sie wieder – sie war die Ärztin auf unserer Expedition. Laura Seng. »Wir kehren zurück zum Außenposten, Captain Blythe. Und wir wollen, dass Sie uns anführen.«

Das ist nicht ihr Ernst! Ich blicke von einem Siedler zum anderen und warte darauf, dass sie anfangen zu lachen. Aber alles was ich sehe, sind ernste Gesichter, die mich beobachten. Abwartend.

»Warum?« Ich fahre mit einer Hand durch mein Haar, das mit getrocknetem Blut und Schweiß verklebt ist. Verwirrung und Ärger spülen über mich hinweg, als wäre ich ein Stein im Fluss. »Ist euch nicht aufgefallen, wie toll das gelaufen ist, als ich das letzte Mal das Kommando hatte?« Ich deute auf das havarierte Schiff, auf dem wir stehen.

Einer der Siedler runzelt die Stirn.

Doch Laura weicht nicht von ihrem Plan ab. »Zusammen schaffen wir das schon«, sagt sie und dreht sich halb um, so dass sie sowohl mich als auch die Siedler hinter ihr sehen kann. »Wir werden behaupten, dass die Piraten den Admiral und das Quorum und alle anderen umgebracht haben, die nicht zurückkehren. Wir erzählen den anderen Siedlern, dass der Admiral, als er im Sterben lag, Captain Blythe das Kommando des Außenpostens übertragen hat. Dann werden sie sie schon akzeptieren.« Sie nickt mir zu. »Wir stärken Ihnen den Rücken. Wir alle. Wir erzählen alle dasselbe.«

Indie stößt einen verächtlichen Laut aus und verschränkt die Arme. »Ihr wollt also uns die Schuld in die Schuhe schieben?«

»Ihr habt es nicht anders verdient!«, ruft einer der Männer hinter Laura aus. »Ihr Piraten habt das Schiff gekapert! Ihr habt unsere Frauen und Männer getötet!«

»Na klar«, sagt Indie schneidend kalt. »Fangen wir mal damit an, was wir alle verdient haben. Listen wir auf, was jede Seite Böses getan hat. Dann will ich gern sehen, welche Liste länger ist.«

»Moment.« Ich hebe meine verletzte Hand. »Wie viele Siedler hat der Admiral zurückgelassen?«

»Insgesamt sind wir dreiundzwanzig«, antwortet Laura. »Die anderen warten am Ufer.«

Brig atmet tief ein, und ich erhaschte seinen Blick. Ihm ist die Zahl auch aufgefallen. So viele Besatzungsmitglieder hatte die *Lily*, als wir aufgebrochen sind.

Doch das bedeutet nichts. Es ist weder ein Omen noch ein Zeichen.

»Was ist mit Naomi?«, frage ich.

Laura presst die Lippen zusammen. »Sie bleibt draußen auf den Feldern, wo die *Palingenese* gestartet ist. Sie glaubt, dass sie eines Tages zurückkommen wird.«

Naomi hat für dieses Schiff getötet. Jetzt wartet sie darauf.

»Alle anderen sind entweder im Kampf mit den Piraten gestorben oder dem Admiral gefolgt.« Laura verschränkt die Arme. »Wir brauchen jemanden, der uns zusammenhält, sonst wird der Außenposten ins Chaos stürzen. Die Führer des alten Systems sind fort. Der Admiral hat das ganze Quorum mitgenommen.«

Die *Lily* stöhnt, wie aus Protest oder vor Schmerzen. Ich frage mich, wie stabil sie hier auf der Sandbank liegt. Versucht der Fluss, uns zurückzuholen?

Wie können sie das von mir verlangen? Den Platz des Admirals einzunehmen?

Endlich war ich bereit zu fliehen.

Ich schließe die Augen und lausche. Dem Wind, dem Wasser, dem Schiff.

Was werden die Leute Generationen später von diesem Schürfbagger halten? Sie werden ihn seiner Panzerung beraubt sehen, auf Grund gefahren, auseinandergenommen und aller nützlichen Teile beraubt. Sie werden sehen, wie er den Fluss zerstört hat. Seine Spur der Vernichtung.

Doch wenn genügend Zeit vergangen ist, wird sich der Fluss vielleicht wieder ein wenig regeneriert haben. Vielleicht ist das Schiff dann von Moos bedeckt, Vögel nisten darin, und alles Mögliche, was der Wind herbeigeweht hat, hat sich in den immer weiter auseinanderklaffenden Rissen und Spalten angesammelt.

Ich öffne die Augen.

»Schön«, sage ich. »Aber wir werden die Schuld nicht auf die Piraten schieben. Wir werden die Wahrheit sagen.«

Werden die Siedler mitspielen? Wird mir irgendjemand im Außenposten zuhören?

»Romy.« Brigs Stimme klingt hart, aber seine Hand ruht sanft auf meinem Arm. Sein Blick ist besorgt, und ihm ist in den Tagen des Kampfes und der Rückkehr zu mir ein Bart gewachsen. »Du bist ihnen nichts schuldig.«

»Wie kannst du auch nur darüber nachdenken?«, fragt Indie wütend und ungläubig. »Nachdem wir alles riskiert haben, um dich rauszuholen?«

Ich denke an den Außenposten. An den Admiral, der in dieses großartige, elegante Schiff gestiegen ist und alles zurückgelassen hat. Er hat dem Chaos den Rücken gekehrt.

Und ich habe das auch getan. Ich habe eine Panzerung entwickelt, die darauf abzielte, zu töten und zu zerfleischen, montiert an ein Schiff, das dazu erbaut war, Vernichtung zu säen. Ich habe Bäume in Brand gesteckt, an denen Häuser hingen wie Kokons.

Es ist leichter, zu töten, als zu schützen.

Es ist leichter, sich eine neue Welt vorzustellen, als die zu erhalten und zu schützen, die man hat.

Musste ich so weit reisen, nur um wieder zurückzukehren?

Ich dachte, ich könne nur einen Menschen lieben. Call. Ich dachte, ich könne nur eine Sache erschaffen. Die Panzerung, um zu töten.

Doch angenommen, es gibt noch mehr?

Angenommen, ich kann noch etwas erschaffen?

Angenommen, ich kann wieder jemanden lieben?

Wenn ich zurückkehre, könnte ich etwas aufbauen, anstatt etwas zu zerstören. Ich könnte den Vagabunden dabei helfen, ihre entführten Kinder wiederzufinden.

»Ich komme mit euch zum Außenposten«, verspreche ich. »Aber ich übernehme nicht das Kommando, es sei denn, das Volk will es so.«

Indie schnauft frustriert. Brig schaut mir fest in die Augen. Er versucht, mich zu verstehen.

Ich glaube, das wird er schon. Dieser Gedanke entzündet einen Funken Hoffnung in mir, und zu meiner eigenen Überraschung strecke ich die Hand aus und streichle seine.

»Vielen Dank, Captain Blythe«, sagt einer der Siedler. Erstaunt registriere ich die Erleichterung in seiner Stimme und auf den Gesichtern der meisten Umstehenden. Einschließlich dem von Laura, die mich auf der Expedition begleitet hat und genau weiß, wie schlimm sie ausgegangen ist. Welchen Grund habe ich ihnen gegeben, so sehr an mich zu glauben – und so viel von mir zu verlangen?

Und warum gehen sie davon aus, dass ich das kann? Dass ich das versuchen sollte? Dass ich den Mythos und den Glauben verändern könne, die sowohl in mir als auch in allen anderen im Außenposten fest verankert sind – dass wir im Stich gelassen, zurückgelassen wurden?

Call hat mich geliebt. Das ist ein Teil meines Lebens, aber nicht mein ganzes Leben. Auch die Überreste der zerstörten Lily unter meinen Füßen gehören dazu. Die Baumhäuser der Vagabunden, ihre verlorenen Kinder. Diejenigen aus der Mannschaft, die mir vom Schiff hinunter und in die Wälder gefolgt sind. Naomi hat mich verraten, und Eira ist fort, aber

Tam und ich haben Seite an Seite gekämpft. Indie und Brig sind meinetwegen zurückgekehrt.

Mein Leben ist alles, was geschehen ist und was übrig bleibt.

»Aber eines muss euch klar sein«, sage ich zu den Siedlern. »Das Schiff bringe ich mit.«

Kapitel 52

Indie ist immer noch sauer. Sie gleicht einer der Lampen oben in den Baumhäusern. Jedes Mal, wenn ich einen Blick auf sie erhasche, lodert sie auf. Glüht regelrecht. *Manche Menschen brennen immer.* Damit hatte Naomi recht.

Wenn Indie eine Lampe ist, was ist dann Brig?

Er ist jedenfalls nicht der treue Admiralsjünger, aber in gewisser Weise erinnert er mich an ein Werk der Vagabunden. Gebogen, biegsam, in einem Baum, auf dem Wasser. Nachgiebig, gebend, ohne zu zerbrechen.

Ich warte auf der Gangway des Schiffes. Brig und Indie stehen nur wenige Meter entfernt am Ufer bei einigen der anderen Vagabunden und Siedler. Ein paar sind mir auf den Bagger gefolgt – Mac von den Vagabunden, Laura von den Siedlern, ein Maschinist und ein Vagabund, der sich mit Reparaturen auskennt. Die Atmosphäre ist etwas angespannt, während alle zusammenarbeiten, um die *Lily* wieder schwimmfähig zu machen.

Wir haben alles vom Schiff heruntergebracht, was wir nur konnten, und es verschenkt. Die übrigen Vagabunden kamen und nahmen einiges davon mit. Andere Leute, die mit den Vagabunden befreundet sind, nahmen den Rest. Ich habe erfahren, dass es neben der festen Siedlung der Vagabunden weiter im Norden mehrere andere Gruppen gibt, die östlich des Flusses leben. Sie haben beobachtet, wie die Leute mit dem fliegenden Schilf kamen, um Handel zu treiben und alles Mögliche zu horten, und sie dann wieder wegflogen.

Sie zeigten mir das Feld, auf dem die *Palingenese* gelandet ist. Im Gras sind Brandspuren und tiefe Furchen zurückgeblieben, wo die Räder sich bei Landung und Start eingegraben haben. Sogar ein so graziles Schiff, das sich in die Lüfte schwingen kann, hinterlässt Narben.

Alles kommt mir mit einem Mal so klein vor. Der Außenposten, das Leben, das wir geführt haben, das wir für das einzig wahre gehalten haben. Der Admiral weigerte sich, das, was wir hatten, mit den anderen Menschen in unserer Umgebung zu teilen. Er war nicht daran interessiert, von ihnen zu lernen. Doch sie waren die ganze Zeit da – Leute, die überlebten, ohne zum Außenposten zu kommen –, obwohl man uns immer erzählt hatte, das sei so gut wie unmöglich.

»Als die Leute mit der *Palingenese* hier ankamen, suchten sie nach Gold«, erzählte mir Mac. »Sie hatten gehört, hier draußen gäbe es welches. Und sie suchten neue Leute, die sie mitnehmen konnten.«

Der Admiral wusste, was er tat. Was hatte sich im Laufe der Zeit und über die Kulturen hinweg als wertvoll erwiesen? Gold. Sogar bevor der Admiral genau wusste, wofür er es benutzen sollte, sammelte er es. Er häufte mit allen Mitteln Vorräte an. Egal, ob er dafür einen Fluss zerstören oder ein Kind stehlen musste.

Laura und die anderen Siedler haben noch mehr in Erfahrung gebracht, indem sie mit den anderen Gruppen redeten.

»Nachdem der Admiral von der *Palingenese* erfahren hatte, hat er Boten ausgesandt, um sich so viele Informationen wie möglich zu beschaffen. Er fragte, was die Leute auf dem Schiff wollten. Und es stellte sich heraus, dass er alles hatte, was sie brauchten, nicht nur das Gold. Der Admiral überzeugte sie davon, dass unsere besten Leute besser wären als irgendjemand, den die Vagabunden oder die anderen kleinen Gruppen bieten konnten.«

»Wie nennen sie sich?«, fragte ich. »Die Gruppe, die das Schiff mitgebracht hat?«

Laura zuckte mit den Achseln. »Sie schienen keinen richtigen Namen zu haben. Sie nannten sich ›die Letzten der Gesellschaft‹.«

Als Laura das sagte, ging Indie weg, ohne einen Blick zurück oder ein Wort der Erklärung. Ich rief ihr nach, aber sie hielt nicht inne, während sie zu einem der Vagabundenboote ging und es mit mühelosen, langen Paddelschlägen auf den Fluss steuerte.

Ich dachte, sie wäre vielleicht für immer weggegangen. Doch am nächsten Morgen war sie zurück auf unserem Schiff, rief Befehle und überlegte, wie wir es am besten ins Wasser bringen könnten.

»Wärst du gern mit auf die *Palingenese* gegangen?«, frage ich Mac.

»Ich weiß nicht«, sagt er. »Irgendwie hätte ich schon gern die Chance gehabt.«

»Sie könnte noch im Außenposten sein«, sage ich.

»Ich weiß«, sagt er. Aber ich verstehe, warum er zögert, warum er es überhaupt in Betracht ziehen würde, auf das Schiff zu gehen und damit die Möglichkeit aufgeben würde, jemals seine Tochter zu finden. Wenn das Herz gebrochen ist, ist es schwer, weiterzusuchen.

»Irgendetwas ist passiert, nachdem die *Palingenese* abgehoben hat«, sage ich. »Hast du das gesehen, als sie an der Sonne vorbeigeflogen ist?«

»Ein paar Leute glauben, dass sie verbrannt ist«, sagt er. »Andere meinen, es wäre eine Lichtspiegelung gewesen – die Metalloberfläche, die die Sonne reflektiert hat. Keine Ahnung, was es war.«

Ich weiß, dass der Admiral an Bord war, und das Quorum. Ich hasse sie alle. Aber auch Eira war auf diesem Schiff, und andere von meiner Mannschaft, und fast gegen meinen Willen hoffe ich, dass sie es dorthin geschafft haben, wo immer sie hinwollten.

Und dass sie niemals wiederkommen.

Mac drückt mir etwas in die Hand. Ich öffne die Faust und finde einen Zettel mit einem Namen darauf.

Eva.

»Wenn du sie findest«, sagt er, »gib mir Bescheid.«

»Das mache ich«, verspreche ich. »Ich schicke dir eine Nachricht.«

Es wird Zeit zu gehen.

Mac und die anderen, die geholfen haben, den Schürfbagger zu richten, gehen über die Gangway ans Ufer. Ich blicke hinauf zur *Lily.* Sie überragt mich; nur noch eine fahrende Hülle, beraubt all dessen, was sie einst enthielt und was sie einst beschützte.

An Bord sind nur die Dinge zurückgeblieben, die ich auf der Reise zurück zum Außenposten zum Überleben brauche. Werkzeug zum Reparieren des Motors, falls er Schwierigkeiten macht. Ein paar Nahrungsmittel. Ein paar Decken und Pritschen.

Das Schiff ist komplett ausgeräumt worden. Nun wird es Zeit, herauszufinden, ob es leicht genug ist, um damit nach Hause zu kommen.

Die Siedler haben Pferde und die selbstfahrenden Wagen vor den Bagger gespannt. Sie wollen ihn am Ufer entlang flussabwärts ziehen bis zu einer Stelle, wo das Wasser tiefer ist. Dann werden sie mich abkoppeln, und ich starte den Motor. Ich hoffe, der Plan funktioniert. Es könnte klappen.

Der Fluss ist angestiegen.

»Wir treffen uns im Außenposten!«, rufe ich Laura und den anderen am Ufer zu. Mein Herz klopft wie wild. Werde ich es schaffen? Kann ich die *Lily* allein nach Hause bringen? Kann ich die Vagabunden verlassen, Mac, Brig und Indie, vielleicht für immer?

Ich gehe die Gangway hinauf und beginne, sie hineinzuziehen.

Auf einmal höre ich Schritte hinter mir. Ich drehe mich um. Es ist Brig, dessen Stiefel staubige Abdrücke auf dem Metall hinterlassen.

»Ich dachte, du bleibst bei den Vagabunden.«

»Das hätte ich vielleicht auch getan«, antwortet Brig. »Wenn du auch geblieben wärst.« Das Sonnenlicht wird vom Wasser und dem Metall rings um uns reflektiert. Seine Augen scheinen zu tanzen, zu hoffen.

Was will er sagen? Was sollte ich zwischen den Zeilen lesen? Da muss etwas sein. Aber ich weiß noch nicht, was ich damit anfangen soll. Doch in meiner Brust keimt ein Same auf, und ein Blatt entfaltet sich.

Noch habe ich Angst, den Keim Wurzeln schlagen zu lassen.

»Natürlich«, sage ich mit neutraler Stimme. »Du hast Verwandte im Außenposten.«

»Aber das ist nicht ...«, beginnt er.

Und dann ist plötzlich auch Indie da, beinahe stampfend kommt sie die Rampe hinauf.

»Warum machst du das?«, fragt sie. »Wer sagt, dass sie dich nicht töten, wenn du dort ankommst?« Sie starrt mich an, die Hände auf die Hüften gestützt.

»Das ist doch deine Schuld«, erwidere ich und starre zurück. »Ich würde nicht zum Außenposten zurückkehren, wenn ihr mich nicht rausgeholt hättet. Noch nie hat sich jemand so für mich eingesetzt.«

»Doch, das haben wir«, erwidert Brig. »Als du die Feuer im Wald gelegt hast. Da sind wir auch zurückgekommen.«

Das stimmt. Das haben sie getan.

»Also, dass wir dir geholfen haben, hat dich dazu gebracht, den Siedlern helfen zu wollen?« Indie verdreht die Augen. »Das sind keine Unschuldslämmer, das weißt du schon.«

»Das bin ich auch nicht.«

»Das ist keiner von uns«, sagt Brig. Ich kann mich nicht dazu überwinden, ihn anzusehen, um dort etwas oder nichts zu entdecken, doch seine Stimme vibriert rings um mich und schickt ein Kribbeln durch meinen ganzen Körper, von den Fußsohlen bis hinauf zum Kopf. Als würde das Schiff schon fahren, dabei liegt es reglos da. Ich habe es noch nicht gestartet.

Indie verschränkt die Arme. »Ich begreife das immer noch nicht.«

»Du brauchst nicht mitzukommen«, sage ich zu ihr. »Du gehörst zu den Vagabunden.«

»Ich gehöre zu gar niemandem.«

»Du weißt genau, was ich meine«, erwidere ich. »Sie mögen dich. Und du magst sie.« Sie hat einen Platz gefunden, wo sie hingehört, trotz allem. Warum sollte sie fortgehen? »Und da Porter nicht mehr da ist, brauchen sie jemanden, der das Kommando übernimmt.«

»Sie haben Mac«, erwidert sie. »Und ich habe schon mehrmals neu angefangen.« Sie hält inne. »Früher glaubte ich, das wäre traurig. Und das ist es auch. Aber ich weiß, dass ich es noch einmal schaffen kann. Ich habe keine Angst davor, mehr von dem zu sehen, was da draußen ist.« Indie zuckt mit den Achseln. »Ich muss alles, was ich kann, über die Kinder in Erfahrung bringen. Und außerdem kann ich zurückgehen, wenn es mir dort nicht gefällt.«

Das könnte sie tun. Sie weiß, wo die Vagabunden leben. Aber wenn sie zurückkehrt, wird nichts mehr genauso sein wie zuvor. Und auch das weiß sie.

»Ihr solltet beide gehen«, sage ich. »Lauft!« Mir liegt noch mehr auf dem Herzen, mehr Worte, Gedanken und Gefühle, aber ich bringe sie nicht heraus, weil ich einen dicken Kloß in der Kehle habe und die Wurzeln des verräterischen Keims sich ohne Erlaubnis um mein Herz schlingen.

»Du wirst Hilfe brauchen.« Indie holt tief Luft.

Sie klopft gegen die Schiffswand. »Außerdem ist dieses Ding nach mir benannt.«

Wir drei stehen oben auf der Brücke. Ich steuere mit meinen bandagierten Händen, und Indie und Brig rufen den Siedlern

Anweisungen zu, während diese unser Schiff am Ufer entlang zu der tiefen Stelle ziehen. Anfangs befürchte ich, dass das Wasser uns nicht tragen wird, obwohl ich Wellen gegen den Metallrumpf des Schiffs schlagen hören und spüren kann, wie wir schaukeln. Doch dann – Wagen und Pferde legen sich ins Zeug, Siedler und Vagabunden spornen sich lauthals an – rutscht das Heck von der Sandbank, und wir schwimmen.

Wir drei brechen in Jubelrufe aus. Brig legt einen Arm um mich. Ohne nachzudenken, lehne ich mich an ihn und hätte beinahe die Stirn an seine Schulter gelegt. Die Bewegung überrascht ihn – ich spüre, wie er zusammenzuckt – und mich gleichermaßen. Ich wollte mir doch nicht erlauben, verletzlich zu sein. Ich wollte mir nicht erlauben, andere zu berühren.

»Indie, kannst du kurz das Ruder übernehmen?«, frage ich und löse mich von Brig.

»Klar kann ich das«, erwidert sie beleidigt. »Ich habe schon wesentlich kompliziertere Maschinen gesteuert als dieses Ding hier. Die *Lily* zu lenken ist wie einen Wal zu steuern im Vergleich zu einem Kolibri.«

»Aha«, sage ich, weil ich nicht genau weiß, was sie meint.

»Einen Kolibri zu lenken ist viel schwerer. Sie sind superschnell. Auf der *Lily* kann ich schon einen Kilometer vorher sehen, was auf uns zukommt.« Sie deutet den Fluss hinunter.

Wir haben die Vagabunden nicht kommen sehen. Aber ich spreche das nicht laut aus. Sie weiß es sowieso.

»Brig, holst du uns die Karte aus der Kapitänskajüte?«, bitte ich ihn. »Sie ist die Beste. Bring sie rauf zur Brücke. Ich starte solange den Motor.«

Sie fragen mich nicht, ob ich Hilfe brauche oder ob sie mich begleiten sollen.

Sie wissen, dass ich allein sein möchte.

Unten auf dem Förderdeck lege ich den Schalter um. Der Motor springt an und beginnt, mechanisch zu brummen. Auch ohne den Fördermechanismus ist es laut im Bauch des Schiffes, da der Refrain des Motors von den Metallwänden widerhallt. Es ist keine schöne Melodie, keine leichte, kein Schlaflied. Es ist so ein Summen, in das man unwillkürlich verfällt, wenn man trotz großer Müdigkeit weiterarbeitet oder versucht, auch unter den dramatischsten Umständen ruhig zu bleiben, oder um sich einfach daran zu erinnern, dass man immer noch eine Stimme hat, auch wenn man die Einzige ist, die sie hört.

Ich setze mich neben den Motor. Im rechten Knie meiner Hose ist ein Loch. Tams Blut klebt immer noch an meinem Hemd. Auch mein eigenes Blut.

Kein Gold. Keine Panzerung. Kein Tam. Kein Call.

Nur ich und das Schiff summen vor uns hin.

»Der Motor klingt gut«, bemerkt Indie, als ich auf die Brücke zurückkehre. Brig pinnt gerade die Karte an die Wand und blickt über die Schulter zu mir herüber. Ich weiß nicht, ob einer von beiden an meiner Stimme hört, dass ich geweint habe. Die Tränenspuren auf meinem Gesicht habe ich sorgfältig abgewischt.

Indie gibt mir mit einer Geste zu verstehen, dass ich ihren Platz einnehmen soll. »Du bist dran«, sagt sie. »Ich habe Hunger.« Ihr langes rotes Haar ist durcheinander und ihre

Kleider sind fast genauso schmutzig wie meine. Brig ist fertig mit der Karte und kommt zu uns herüber ans Ruder.

»Das hat mir Mac gegeben«, sage ich, hole den Zettel heraus und zeige ihn ihnen.

»Eva.« Indie berührt das Papier. »Macs Tochter.«

»Was immer auch passiert, wir versuchen, die Kinder aufzuspüren«, verspreche ich.

Sie nickt und fährt sich mit einer Hand über die Augen, bevor sie durch den geschwärzten Türrahmen hinausgeht. Weder Brig noch ich rufen ihr nach oder folgen ihr. Jetzt ist Indie an der Reihe, allein zu sein.

Ich lege die Hände auf das Ruder, um zu steuern. Wir drei werden uns dabei abwechseln, den Kurs zu halten. »Wir müssen auch Tams Familie suchen«, sage ich zu Brig, ohne ihn anzusehen. »Wir müssen ihnen erzählen, was passiert ist.«

Brig tritt ans Fenster neben mich. Er blickt hinaus über den Fluss vor uns und knetet sich den Nacken mit seiner starken, verschmutzten Hand. Über den Handrücken, seine Handgelenke und den Unterarm ziehen sich überall Schnitte und Verbrennungen. Meine Augen wandern über seine Hand, seinen Nacken, sein lockiges Haar, seine breiten Schultern, und ich fühle mich ertappt, als er sich umdreht.

Ich schlucke.

»Das hier habe ich in der Kapitänskajüte gefunden«, sagt er und fasst in seine Hemdentasche. »Jemand muss es gefunden und für dich zurückgelegt haben.«

Ich reiße meinen Blick von seinem Gesicht los und schaue auf das, was er in der Hand hält.

Calls Zollstock.

Ich nehme ihn in die Hand. Dabei berühren meine Fingerspitzen die von Brig. Ich stecke den Zollstock in die Tasche. Ich halte die Luft an, als ich aufblicke. Seine Augen leuchten, und mein Herz flimmert.

Kapitel 53

»Versprecht mir«, flüstere ich Brig und Indie zu, »dass wir weglaufen, wenn es sein muss!«

»Ich verspreche es«, sagt Brig. Indie nickt.

Wir nähern uns dem Außenposten. Seine Lichter flackern in der Ferne. Morgen werden wir ankommen. Ich habe den Motor abgeschaltet, damit wir hinauf an Deck gehen, die Ruhe genießen und versuchen können, ein, zwei letzte Sterne zu sehen.

Ich atme tief ein. Ich schmecke den Fluss in der Luft und den Wald dahinter.

Du bist ganz nach meinem Geschmack.

Das hat Call oft gesagt, und noch mehr.

Beende es für mich.

Das ist der einzige Weg, wie du die Welt sehen kannst, Romy.

Geh, sagte er zu mir. *Danach kannst du wieder raufkommen.*

Mein Herz klopft.

Hättest du all das für mich gewollt, Call?, denke ich, als ich frierend auf einem Schiff ohne Gold an Bord stehe. Als ich die Sterne am Himmel zähle. Als ich Brigs Wärme spüre, der dicht neben mir steht, und Indie betrachte, ein paar Schritte entfernt.

Ja.

Call.

Ich hätte gern deine Träume für dich beendet.

Doch das ist ein Teil der Tragödie, wenn man zu früh stirbt.

Man kann sie nicht beenden, und niemand kann es für dich tun, egal, wie sehr man es versucht.

Aber lebt man wirklich weiter, wenn jemand, den man geliebt hat, jemand, der einen liebt, weiterlebt und seine eigenen Träume träumt?

Ich glaube daran. Ich glaube, so kann man am besten weiterleben.

Du bist in meinem Herzen, wenn es aufgeht. In meinen Händen, wenn sie etwas Neues erschaffen. In meinem Atem, wenn ich renne.

Und eines Tages wird auch all das nicht mehr existieren.

Du wirst tief in meinem Blut und in meinen Knochen sein, ein Teil von mir, aber ich werde an dir vorbeigegangen sein.

Obwohl ich dich in mir trage, werde ich dich zurückgelassen haben.

DANKSAGUNG

Allen voran möchte ich meinem Ehemann Scott und unseren vier Kindern meine tiefe Dankbarkeit aussprechen: Calvin, Ian, Truman und Lainey. Ihr habt alle eure eigenen Geschichten und eure eigene Art, in der Welt zu sein, und ich lerne jeden Tag von euch. Es ist ein Privileg und eine Ehre, Teil dieser Familie zu sein. Danke für eure Geduld, eure Unterstützung und eure Liebe.

Großen Dank schulde ich auch meinen Eltern, Robert und Arlene Braithwaite, die mich immer mitgenommen haben an wilde und wundervolle Orte und mich angeregt haben, die Augen aufzumachen und genau hinzusehen.

Eine der wahren Freuden meines Berufs ist es, dass ich dadurch wundervolle Lehrer, Bibliothekarinnen und Buchhändlerinnen kennenlerne. Rose Brock, Gene Nelson, Anne Holman und Magaret Neville, ich danke euch für eure nimmermüden Bemühungen um euer Lesepublikum und eure Gemeinden.

Das Schreiben dieses Buches verlangte es von mir, in vieler Hinsicht meine Komfortzone zu verlassen. Ich war so glücklich, Experten zu haben, die mir mit Rat und Tat beiseitestanden. Alle Fehler, die stehen geblieben sind, habe ich zu verantworten. Corwin Revis half mir, die Mechanik und

Logistik für ein futuristisches Schiff zu entwerfen, das auf den Schürfbaggern damals und heute basiert, und er lieferte stets kluge, geduldige und interessante Kommentare und Vorschläge.

James Worthington beantwortete zahlreiche wirre SMS in Bezug auf Schießereien und wie sie am besten dargestellt werden könnten, und er hat mich nie ausgelacht (zumindest nicht in meiner Hörweite). Vielen Dank an ihn, seine Frau Amy und ihre wunderbaren Kinder, dass sie so phantastische Nachbarn und Freunde sind.

Nachdem mein letzter Roman veröffentlicht worden war, bin ich noch einmal zurück an die Uni gegangen und habe einen Master in kreativem Schreiben gemacht – es war mit das Beste, was ich je getan habe. Meine lieben Kommilitoninnen und Kommilitonen am Vermont College of Fine Arts waren eine Überraschung und ein Geschenk. Ich wusste, dass ich gern aufs VCFA gehen würde, aber ich ahnte nicht, wie sehr. Die Dead-Post-It-Society hat einen speziellen Platz in meinem Herzen. Besonderen Dank an Salima Alikhan, Robin Galbraith und Brendan Reichs, die während meiner Collegezeit mit mir zusammenwohnten. Ihr habt mich aufgehoben, wenn ich am Boden lag, und mich dazu gebracht, laut zu lachen, groß zu denken und viel zu lange wach zu bleiben. Ich werde euch für immer dankbar sein. Mein Dank gilt auch den TutorInnen und MentorInnen, die ich am VCFA hatte. Es war eine große Ehre, mit so talentierten LehrerInnen, SchriftstellerInnen und Menschen zusammenzuarbeiten. Besonderen Dank an An Na, Kekla Magoon und Susan Fletcher.

Ash Allan, Mikayla Kirkby und Mylee Edwards: Ihr habt

euch während meiner Arbeit so liebevoll um meine Kinder gekümmert, und wir fühlen uns alle dadurch bereichert, dass wir euch in unserem Leben haben. Es ist gefährlich, geschätzte Autorenfreunde aufzulisten, denn ich befürchte, jemanden zu vergessen, aber ihre Unterstützung und Freundschaft haben mir so viel bedeutet! Ich schulde Renée Ahdieh und Sabaa Tahir unglaublich viel für ihre Unterstützung und Ermutigung insbesondere bei diesem Manuskript. Ally Carter und Jenny Han, danke, dass ihr mich zu Orten des Rückzugs eingeladen habt, wo ich an eurer Genialität teilhaben und an diesem Roman arbeiten konnte. Meinen Schreibfreunden in unserer Umgebung – Ann Dee Ellis, Shannon Hale, Veeda Bybee, Lindsey Leavitt Brown, Emily R. King, Bree Despain, Rob Wells, Emily Wing Smith, Brandon Mull, Julie Olson und Erin Summerill – danke ich zutiefst für die Unterstützung von WriteOut, für Abendessen und Mittagessen an Lieblingsplätzen, für Wanderungen, Gespräche und lustige Momente. Wir fanden mehrmals gemeinsam Silberstreifen am Horizont während einiger sehr trüber Zeiten.

Margaret Stohl, danke, dass du mich unter deine Fittiche genommen und mir beigebracht hast, wie man sich revanchiert und weitermacht. So vieles von dem, was in meinem Leben und meiner Arbeit gut ist, geht auf dich zurück.

Ich weiß nicht, wie ich das Glück verdient habe, Brendan Reichs und Soman Chainani als meine Freunde zu haben, aber ich bin mehr als dankbar dafür. Manchmal denke ich, dass ich keine Worte mehr finde oder allein bin, und dann erinnert ihr mich daran, dass beides nicht wahr ist. Ihr seid zwei der besten Menschen, die ich kenne. Ich danke euch beiden für alles.

Während ich an diesem Buch schrieb, hatte ich das Glück, bei der Gründung eines Schreibcamps für Jugendliche im ländlichen Utah dabei sein zu dürfen. Ich kann dem Write-Out Board nicht genug für die unzähligen Stunden danken, die sie in das Camp und die teilnehmenden Kinder investiert haben. Ein Riesendank an alle Freiwilligen vor Ort, die uns unter die Arme griffen. Meine tiefe Dankbarkeit gilt nicht zuletzt unseren wunderbaren Teenagern, die sich gegenseitig mit solcher Rücksichtnahme, Freundlichkeit, Großzügigkeit und Freude behandeln.

Zum Schluss und wie immer ein großes Dankeschön an die Leserinnen und Leser. Ihr seid das Warum und das Wie. Danke, dass ihr mir diese Arbeit, die ich liebe, ermöglicht. Danke, dass ihr Bücher liebt und euch umeinander und um eure Umwelt Gedanken macht.